고구려

2

고구려2 다가오는 전쟁

개정판 1쇄 발행 | 2021년 6월 14일
개정판 8쇄 발행 | 2024년 7월 10일

지 은 이	김진명
발 행 인	김인후
편 집	정은진, 박 준　**마 케 팅**　홍수연
디 자 인	이정아, 원재인　**경영총괄**　박영철
주 소	서울시 은평구 통일로 1034, 시설동 228호
문의전화	02-322-8999
팩 스	02-322-2933
블 로 그	https://blog.naver.com/eta-books
발 행 처	이타북스
출판등록	2019년 6월 4일 제2021-000065호

ⓒ 김진명, 2021
ISBN 979-11-970632-2-0 04810
　　　979-11-970632-0-6 (세트)

김 진 명 역 사 소 설

고 구 려

2

미천왕

다가오는 전쟁

이타

고을불(高乙弗)

고구려의 기상을 떨친 정복자. 고구려 제13대 서천왕의 차자(次子)이며 제14대 봉상왕의 동생인 돌고의 아들. 명민하고 심성이 깊이 어려서부터 종조부 달가의 총애와 주변의 기대를 한 몸에 모았다. 상부가 즉위하고 폭정이 펼쳐지자 도성을 떠나 유랑을 시작한다.

모용외(慕容廆)

전연(燕)의 시조. 열일곱 어린 나이에 모용부의 우두머리가 된 후 천하무쌍, 일기당천의 칭호가 붙는 영웅. 과거 죽음의 문턱에 섰을 때 주아영의 도움으로 목숨을 구하고 재기에 성공한 인연이 있다.

최비(崔毖)

진(晉)의 마지막 기둥이자 낙랑 태수. 진(晉)을 건국한 사마염이 가장 사랑하던 재사로 오로지 사마씨의 진나라를 지키는 데 평생을 바치는 인물. 팔왕오제(八王五帝)의 난으로 엉망이 된 진나라 재건의 숙원을 짊어지고 낙랑으로 들어가 훗날을 준비한다.

창조리(倉租利)

어린 나이에 발탁되어 생사고락을 함께한 안국군 달가의 심복으로 뛰어난 지략가. 고구려 사직을 지키기 위한 원모심려(遠謀深慮)를 올리고 훗날의 고구려를 이끌 인물이 나타나길 기다린다.

주아영(周娥榮)

낙랑 거상의 딸. 가업을 물려받아 상인의 길을 걷고 있었으나 우연히 당대의 호걸 모용외와 얽히며 시대의 흐름에 휩쓸린다. 모용외의 끝도 없는 구혼을 받으나 국법으로 금기시되는 철을 거래하다 또 다른 영웅과도 인연을 맺게 된다.

아달휼(阿達鷸)

고구려와의 전쟁에서 죽은 숙신 족장 아달상목의 자식. 어린 나이에 숙신의 한(恨)을 홀로 짊어지고 떠나 천하를 방랑한다.

여노(如孥)

오로지 무예만을 쫓는 정통의 고구려 무사. 훗날 을불의 가장 가까운 벗이자 신임하는 장수가 되어 수많은 군공을 올린다.

사도중련(司徒仲連)

모용외를 도와 훗날의 연(燕)나라 기틀을 세운 인물. 최비와 더불어 진(晉) 황제 사마염의 총애를 받던 재사였으나 진이 기울자 일찍이 점찍었던 영웅인 모용외에게 의탁한다. 모용외와 시작과 끝을 함께하는 충신 중의 충신.

반강, 도환, 아야로, 번나발

모용외가 높이 세운 네 명의 장수. 다른 장수와 구별하여 사신장이라 일컬어지며 무예와 용병술이 비범하다. 은연중 서로 경쟁하며 질시하는 관계.

고노자(高奴子)

고구려 제일의 정병을 이끄는 신성 태수. 강직한 무장인 탓에 상부가 폭군임을 알고도 한결같은 충성을 다하며 을불의 강력한 적으로 등장한다.

六家為看烟農賣黃城國烟一看烟
卅六家為看烟於□□就造□城五家
□敎言一家為看烟六家為看烟於利城
□言祖王先王但敎取遠近□八家
略來韓穢令備酒掃言数如□
守墓韓穢國烟卅好太王三百都
國上閣□
育富之者不得更

國舊一看烟二興利城四國
六家為看烟農賣城國烟一看烟
八十城六家為看烟於就造城五家
教言相王先王但教即此家
教略來韓穢令備洒掃言教如
新造守演願國烟卅看烟三百都
國上開去太王恩

차례

을불의 결단

봉상왕 9년 봄.

낙랑을 떠난 을불과 저가 일행은 해추와 직찰대의 끈질긴 추격을 따돌리고 마침내 숙신 땅의 경계에 접어들었다.

"숙신!"

산 아래로 군데군데 드러난 화전을 바라보는 을불의 입에서 자신도 모르는 사이에 숙신이라는 감개무량한 이름이 새어 나왔다. 그간 상부의 추적을 피하느라 안 가본 데가 없었고 그 어름에 두 번이나 찾았던 숙신 땅이었지만 이번에는 사뭇 다른 느낌으로 다가왔다.

"종조부님!"

숙신은 안국군의 땅이자 을불의 고향이었다. 과거 숙신을 정벌한 안국군 달가는 서천왕에게 간청하여 숙신 땅에 고구려 관리를 보내는 대신 숙신족으로 하여금 직접 그 땅을 다스리며 살아가도록 배려하였다.

또한 달가는 고구려 백성들을 홀한주 등으로 이주시켰고 스스로도 숙신에서 오랜 세월을 보냈다. 그래서 달가를 유독 따랐던 을불도 숙신에서 유년기를 보냈던 것이다.

금세라도 어느 모퉁이에선가 말을 탄 할아버지가 나타나 반길 것만 같은 꼬불꼬불한 산길을 내려다보며 을불은 어린 시절의 행복한 기억들을 떠올렸다. 안국군의 손을 잡고 봄가을이면 꽃구경을 다니던 일에서부터 사냥길에 따라나서던 일까지 어린 시절의 황금 같은 기억들이 주마등처럼 스쳐갔다. 다섯 살 무렵 가난한 화전민 아이들이 눈 속에서 헐벗은 채 오들오들 떠는 걸 보고 입고 있던 털옷을 벗어주자 안국군이 몸이 으스러져라 안아주며 칭찬하던 말도 생각났다.

'왕재로다, 왕재로다.'

안국군의 추억을 떠올리다 보니 을불은 비통한 마음이 되어 다시 한번 외쳤다.

"조부님! 일세의 영웅이 어찌 그토록 비참하게 가셨습니까. 어찌 저 금수만도 못한 상부가 조부님을 해하도록 하셨습니까!"

산 이곳저곳에서 메아리쳐 돌아오는 그 말은 마치 온 산하가 을불에게 외치는 듯했다. 을불은 비통한 표정을 거두어들이고 이를 악물었다.

"이 을불, 이제 숙신 땅에 왔습니다. 조부님께서 거두고 일구신 땅을 더욱 부강하게 만들고자 이 자리에 섰습니다. 저는 대고구려의 부흥을 여기서부터 시작할 것입니다. 뜻이 맞는 이들을 모으고 힘을 키워 조부님의 뜻을 잇겠습니다. 저승에서나마 부디 살펴주십시오!"

이때 저가가 을불 앞으로 급히 나서며 한 방향을 손으로 가리켰다.

"왕손님, 잠시……."

"음!"

열 명 남짓한 고구려 병사들이 무리를 지어 산 아래 마을로 들어가는 것이 을불의 눈에 들어왔다. 목소리를 낮추라는 의미인 듯했다. 을불이 의아해하며 말했다.

"과거 종조부께서 숙신 땅에 고구려군이 들어오지 않도록 약조했을 터인데……."

저가가 어두운 표정으로 답했다.

"안국군께서 돌아가신 지 벌써 여덟 해가 지났습니다. 상부가 지금껏 그분의 약속을 지킬 리가 없지요. 그간 오죽 노략질을 해댔겠습니까? 이래서야……. 숙신에서 우리를 반겨줄는지 모르겠습니다."

"하아."

을불이 한숨을 쉬자 저가도 따라서 어두운 낯빛으로 군사들을 지켜보면서 말했다.

"저 마을은 그냥 지나치는 게 낫겠습니다. 군사들의 이목을 끌어 좋을 일이 없습니다."

일행은 말에서 내리지 않고 마을을 우회해 한참을 갔다. 다른 마을 하나가 눈에 들어오자 양우가 반가운 목소리로 말했다.

"일단 여기서 끼니를 해결하는 게 좋겠습니다."

마을 어귀에 이르러 몇 사람의 무사가 신세질 만한 민가를 찾았다. 그러나 들어서는 집마다 텅 비어있어 인기척을 찾아볼 수 없었다. 빈집들을 지나쳐 마을 안으로 한참 들어가서야 일행은 마침내 솥을 걸고 불을 때는 부부를 발견할 수 있었다. 양우가 그들에게 다가가 도움을 청하였다.

"우리는 나그네인데 숙신 땅의 형편을 몰라 먹을 것을 마련해 오지 못하였소. 값을 치를 테니 시장기를 좀 면하게 해주시오."

얼굴이 바싹 곯은 부부는 삽시간에 들이닥친 을불 일행을 보자 겁에 질린 기색이 역력했다. 이들의 표정을 살피던 저가가 나직하고 온화한 목소리로 말했다.

"우리가 비록 무장을 하긴 했지만 군사가 아니오. 서로 따뜻한 인정을 나누고자 할 뿐이니 두려워할 필요 없소."

여자가 고개를 저으며 울음 섞인 목소리로 말했다.

"이것은 전식(轉食)하여 끼니를 때우는 것이니 도무지 대접할 수 없습니다."

"대가를 후히 치를 테니 조금 나누어주시오."

"이것은 전식입니다. 전식을 나누어드릴 수야 없지 않습니까."

이에 양우가 이에 물었다.

"대체 전식이란 것이 무엇이기에?"

"……"

"알겠소. 다른 집을 찾아보지요. 그런데 도대체 전식이라는 것이 뭐요?"

"……"

여자는 양우가 거듭 묻자 참았던 울음을 터트리더니 기어코 땅에 주저앉아 통곡하기 시작했다.

"아, 알겠소. 내 더 묻지 않으리다. 결코 빼앗을 생각이 아니었소. 전식이 무엇인지 그저 궁금해서 물었던 것이니 겁내지 마시오."

"으아아아!"

이번에는 두려움과 슬픔으로 겨우 곁을 지키고 서 있던 남자가 더 이상 못 참겠던지 여자 옆에 몸을 내던지며 통곡하기 시작했다. 이를 보다 못한 을불이 나서서 달랬다.

"무슨 일인지 모르겠지만 언짢게 해드렸다면 미안하오. 우리는 그냥 떠날 것이니 이것은 받아두시오."

을불이 남자의 손을 잡아 자그마한 은덩어리를 하나 쥐어 주자 남자는 통곡 중에도 이마를 은덩어리에 대고 마구 문질러댔다. 이를 씁쓸히 바라보던 을불은 곧 고삐를 잡아채며 말에 올랐고 양우도 혀를 차며 을불을 따랐다.

"장군님!"

떠나는 이들을 바라보던 남자가 을불을 소리 내어 불렀다. 어느새 고개를 든 남자의 눈에는 눈물이 말라 있었다.

"정말 전식이라는 것을 모르십니까?"

"알려주시겠소?"

남자는 결심한 듯 을불을 바라보며 입을 열었다.

"이 지방 남자들은 고구려에 노역을 가야 합니다. 가뜩이나 젊은 남자가 없는데 노역을 가면 농사도 짓지 못하고 양도 몰지 못해 세를 바치지 못합니다. 세 낼 곡식이나 가축이 없으면 아내가 사냥이라도 해 무엇이건 부족장에게 바쳐야 하지요. 쥐새끼 한 마리라도 잡히는 대로 먹고 싶지만 세를 바치지 않으면 부족장에게 끔찍한 일을 당하기 때문에 이 마을 사람들은 도무지 먹을 것이 없습니다."

"허! 고구려에는 노역을 바쳐야 하고 숙신의 부족장에게는 세를 바쳐야……."

"우리는 노상 풀뿌리와 나무껍질을 벗겨 먹습니다. 그러나 이렇게 먹고서는 건장한 어른도 얼마 버티지 못하여 배탈이 나고 병에 걸려 골골하며 겨우 살아갑니다. 속병이 나면 굶어 위를 가다듬었다 출혈이 멈추면 다시 먹습니다."

"음!"

"그러나 아이들은 다릅니다."

갑자기 여자가 더욱 크게 통곡했다. 남자는 이를 묵묵히 바라보며 말을 이었다.

"아이들은 어른과 달리 아무 탈이 없습니다. 그러니 설마 하면서 자꾸 먹이게 되는 거지요. 그러다 갑자기 죽습니다. 방금까지 잘 놀던 애가 갑자기 컥, 하고 죽는단 말입니다. 어른처럼 아팠다 나았다 하지 않고 재잘거리다 캑 죽어요. 이 아이들이 죽으면 묻어주지 않고, 아아, 삶……삶아서 먹습니다."

"음!"

남자의 이야기가 여기까지 닿자 을불은 비통한 신음을 흘렸다.

"전식이란 그러한 뜻입니다. 차마 자기 아이를 못 먹는 사람은 다른 집과 죽은 아이를 바꾸어서 먹습니다. 형을 먹여 동생을 살리고 동생을 먹여 형을 살립니다. 그나마 자기 아이가 없으면 그 고기도 못 먹습니다. 여기 삶고 있는 이 고기는 엊그제까지 살아있던 옆집 아이입니다. 한 달 전에는 저희 아이가 그 집 상에 올라갔습니다. 어찌 그러한 고기를 손께 대접할 수 있겠습니까!"

다시 복받친 남자는 고개를 들어 하늘을 보고 울부짖었다. 통곡하던 여자는 실성하였는지 땅바닥을 엉금엉금 기었다.

"저는 보름 전 고구려에서 도망쳐 왔습니다. 노역이 힘들어서가 아닙니다. 아이를 굶겨 죽이지 않으려고 필사적으로 도망쳐 나왔습니다. 그러나, 그러나……."

을불이 갑자기 칼을 뽑아 말의 목을 쳤다.

"히히히힝!"

깜짝 놀란 말이 앞발을 들고 크게 뛰어오르자 을불은 결연한 표정으로 다시 말의 가슴을 찔렀다. 말의 가슴에서 분수처럼 피가 뿜어져 나와 온몸이 피로 물들었지만 을불이 개의치 않고 다시 한번 칼로 말의 목을 내리치자 말은 그 자리에 쓰러져버렸다. 무사란 원래 말을 제 몸처럼 아끼는 존재라 일행 중엔 이 처절한 광경을 차마 보지 못하고 고개를 돌리는 사람도 있었다.

"사람들을 부르시오! 온 동리 사람을 다 모아 이 고기를 먹이시오! 여기 말을 몇 마리 더 놓아두고 가겠소. 차례차례 잡아먹고 몸을 보하시오!"

을불의 뜻에 따라 양우와 몇몇 무사가 말에서 내려 마당 한편에 서 있는 고욤나무에 고삐를 묶었다. 을불은 말없이 부부를 남겨둔 채 돌아서 걸었다. 그러자 모두 말에서 내려 고삐를 손에 쥔 채 을불을 따라 걸었다.

마을 어귀를 빠져나올 즈음 갑자기 들려온 어지러운 발걸음 소리에 을불은 마을 쪽을 향해 홱 고개를 돌렸다. 아까 고갯마루에서 보았던 고구려 병사들이 부부를 둘러싸고 있는 것이 눈에 들어왔다. 노역에서 도망쳤다는 남자의 말이 머리에 울림과 동시에 남자가 내지르는 단말마의 비명 소리가 날아와 을불의 귀에 꽂혔다.

"이놈들!"

이제는 실성한 부인에게 창을 겨누고 있는 병사들을 향해 을불은 말을 몰아 달려들었다.

"누구냐!"

분노한 을불의 칼에 병사들은 저항할 새도 없이 순식간에 쓰러졌다. 양우가 가세하자 열 명에 가깝던 이들 태반이 금세 목숨을 잃었다.

"도대체 누구기에 이러시오!"

한 병사의 겁먹은 말에 을불의 칼이 멈추었다.

"왜 저자를 베었느냐."

"노역에서 도망친 자요."

"그리하면 베어도 되는 것이냐!"

"우리는 국법을 어긴 자를 찾아 죽이라는 명을 받고 나온 것이오. 군사가 위로부터 받은 명령을 좇지 않는다면 어찌 군사라 할 수 있소?"

을불은 막 칼을 치켜들고 병사의 목을 내리치려는 양우를 저지했다.

"그냥 두어라. 이들 또한 명을 따라야만 하는 자들. 따지고 보면 이들이 무슨 죄가 있겠는가."

곁에 있던 저가도 머리를 크게 흔들며 탄식했다.

"그렇습니다. 죄가 있다면 상부에게 있는 것이지요! 왕손님께서도 안국군 살아생전의 숙신을 기억하지 않으십니까. 넉넉하지는 않아도 굶을 걱정은 없던 평온하고 자유로운 땅이었는데……."

"저가 어른!"

"예, 왕손님."

"이 모두 상부의 탓입니까?"

"분명 그러합니다. 만약 돌고 공이나 안국군이 왕이 되셨더라면 어찌 이런 일이 벌어진단 말입니까?"

을불은 결연한 표정으로 한 마디 한 마디 힘을 주어 내뱉었다.

"나는 반드시 고구려의 왕이 되겠습니다. 왕이 되어 온 천지에 신음하는 백성들을 구해야만 하겠습니다."

"당연한 생각이십니다."

"그러기 위해서는 먼저 해야 할 것이 있습니다."

"말씀하십시오."

"숙신으로 보낸 철은 지금 어디에 있습니까?"

철의 안전 여부를 묻는 것으로 알아들은 저가가 대답했다.

"여기서 이틀 거리에 있는 아라곳이라는 마을에 있습니다.

저의 지기가 심복들로 하여금 지키게 하고 있으니 안심하십시오."

그러나 을불의 뜻은 다른 데 있었다.

"우선 그 철을 숙신에 주어야 하겠습니다."

"예?"

갑작스러운 을불의 말에 저가가 크게 놀랐다.

"하지만 왕손님, 이 철은 장차 왕손님의 기반이 될 물건입니다. 이 철로 무장한 병사들을 얻어서 세력을 쌓으려는 것이 아니었습니까?"

"숙신을 이 지경으로 만든 것은 고구려이고, 나는 고구려의 왕이 되려고 하는 사람입니다."

"왕이 되려면 더욱더 참아야 하지 않겠습니까? 이런 작은 광경에 큰 뜻을 위해 힘들게 마련한 철을 모두 내어 준다는 건 오히려 왕업을 해치는 길입니다."

"맞는 말씀입니다. 하지만 굶주림에 지친 백성을 외면하고 그 철로 무기를 만드는 건 수탈과 다를 바 없습니다. 지금은 나의 목표보다 숙신 백성의 처지가 훨씬 다급합니다."

을불의 결심이 단호했지만 저가 역시 물러서지 않았다.

"왕손님, 그러나 이 철을 줘버리면 무기를 만들 수 없고 무기가 없으면 군사를 모을 수 없습니다."

"이런 상황에서는 철이 무기가 아니라 백성의 살림에 쓰여야 합니다. 쟁기를 만들어 밭을 갈고 도끼를 만들어 나무를 자르고 호미와 낫을 만들어 풀을 베어야 합니다. 군사란 그 후에 생각할 문제입니다."

"왕손님! 안 됩니다!"

저가가 대들다시피 반대했지만 을불은 완강히 고개를 저었다.

"이미 결심했습니다."

모용외의 분노

　새로운 낙랑의 재정을 챙기는 사람은 원영이었다. 원영은 최비가 무제 사마염을 따라 종군할 적부터 함께하던 자로 최비는 그의 수완을 무척 신임하여 낙랑의 재정을 일임했다.

　낙랑은 끊임없이 유입되는 인구와 날로 성장하는 세력에 반해 물산이 적은지라 최비가 태수 자리에 오르는 그 순간부터 원영의 근심은 끊일 날이 없었다. 그는 유주자사와 평주자사에게 최비의 앞날을 상기시켜 막대한 식량을 받아내는 수완을 부리기도 했지만 매번 이런 식으로 해결할 수만은 없는 일이었다. 요는 식량과 교환할 상당한 재물이 필요했던 것이다. 오랜 시간 고민하던 원영은 결국 그동안 큰 부를 축적한 일부 토호세력을 부정한 축재자로 지목하여 숙청하고 그 재산을 빼앗는 방안을 만들어 최비에게 건의했다.

　"꼭 이렇게 해야 하나?"

　"지금 미룬다 하더라도 언젠가는 해야 할 일이 아니겠습니까. 그렇다면 아직 어수선한 지금이 가장 적기입니다. 개혁이란 정권이 바뀔 때를 놓치면 할 수 없는 법입니다."

"음, 맞는 말이긴 하지만…… 저항도 만만치 않을 텐데."

"이대로 가다가는 머지않아 낙랑부가 비축하고 있는 황금을 팔아 식량을 들여와야 할 판입니다. 더군다나 유주와 평주 지역 모두 작년에 이어 올해도 흉작이라 이제 두 자사도 그 지역 토호들과 백성들의 눈치를 보지 않을 도리가 없을 것입니다."

사실 낙랑 태수는 유주자사의 아랫자리였고 유주자사는 다스리는 지역이 넓어 그 밑에 둔 태수만도 열 명에 가까웠다. 그러나 최비는 관등하고는 무관한 사람이었고 자사는 누구보다도 이를 잘 알고 있었다. 평주자사 또한 최비가 앞으로 황제가 될 수도 있다고 생각했기 때문에 한동안 조정에 보낼 공물조차 쪼개어 낙랑으로 보내주곤 했는데 이제는 더 이상 반출하기 힘들 것이라는 게 원영의 말이었다. 원영은 낙랑부의 황금에 손을 대지 않고 이 문제를 해결하려는 생각에 망설이는 최비를 밀어붙였다.

"어차피 사람은 계속해서 모여들고 있는데 어찌 옛 낙랑의 소수 낡은 세력을 겁내십니까."

최비는 마침내 고개를 끄덕였다.

"뜻대로 하라."

최비의 전폭적인 지지를 얻어낸 원영은 곧 낙랑의 부호들을 조사하여 명단을 만들고 이들의 약점을 캐기 시작했다. 그러던 그의 눈에 가장 먼저 걸린 사람이 바로 아영의 부친 주 대부였다.

"십만 금 부호라……. 이런 자가 있었단 말인가!"

원영은 주 대부의 막대한 재산 목록을 보며 뛸 듯이 기뻐했다. 그러나 주 대부의 약점은 쉽사리 드러나지 않았다. 유일하게 문제 삼을 일로는 사사로이 철을 매집하고 낙랑 바깥으로 이를 반출한 사실이 있으나 모두 당시 낙랑 태수인 유건에게 윤허를 받은 것으로 기록되어 있었다.

"원 대인, 이자에게는 트집을 잡을 것이 없습니다."

"못난 놈, 어찌 과거에 문제없었던 일이라고 지금도 문제가 없단 말이냐? 무엇보다도 이자는 고구려인이다. 이보다 좋은 일이 어디에 있겠느냐. 어서 이자를 잡아들여라."

아랫사람의 보고를 무시하고 주 대부를 잡아들인 원영은 목소리를 높였다.

"옛 태수 유건은 역적이다. 네놈은 어째서 역적을 도와 철을 빼돌렸느냐?"

"나라의 관리가 명하는 것을 어찌 거절할 수 있었겠습니까!"

"너는 관리가 명하면 살인도 하느냐?"

주 대부는 지지 않았다.

"물론입니다. 그럼 현 태수님이 명을 내리실 때 거역하는 게 옳다는 말입니까?"

"잘도 주워대는구나. 그리하면 네 윗사람이 역모를 명하면 그것을 그대로 따르는 게 옳단 말이냐? 내가 지금 이 자리에서 너에게 역모를 명하면 행할 테냐? 그리할 테냐?"

"그건……."

"낙랑 바깥으로 철을 내보냈다는 건 곧 오랑캐들에게 철을 주었다는 것. 바로 반역이다! 너는 그런 엄청난 짓을 하고서도 더 할 말이 있단 말이냐?"

주 대부가 아무리 항변해도 달라지는 것이 없었다. 원영은 주 대부를 역적으로 고발하고는 그의 일가족을 모두 잡아들였다.

"아영아, 이 일을 어쩌면 좋겠느냐!"

옥에 갇힌 채 주 대부가 집안의 실질적인 가장인 딸을 보며 물었다. 아영이 자못 근심 어린 얼굴로 중얼거렸다.

"시기가 좋지 않습니다."

"그게 무슨 말이냐?"

"언젠가는 벌어질 일인 줄 알았지만……."

"알았지만?"

"너무 빨리 닥쳤습니다. 이들이 진의 조정에서 큰일을 하던 자들이라는 것을 생각했어야 했는데. 예전 낙랑과는 일의 빠르기가 너무 다르네요. 벌써 이런 극단적인 수를 둘 줄은……."

"아영아, 너무 자책하지는 말아라. 미리 알았어도 대비할 방도가 없던 일 아니냐?"

주 대부의 위로에 아랑곳없이 아영이 혼잣말처럼 중얼거렸다.

"때를 기다리던 중이었어요. 그가 어느 정도 모양새만 갖추길 기다렸는데. 일이 이렇게 될 줄은……."

"그라니?"

아영은 대답이 없었다. 침묵을 지킨 채 약간 미묘하게 얽혀가는 아영의 표정을 바라보던 주 대부가 의아한 눈초리로 물었다.

"네가 말하는 그가 혹시 을불 공이냐?"

아영은 여전히 대답을 하지 않고 곰곰 무언가를 생각하는 표정이었다. 이런 아영을 보며 주 대부는 달래듯 말했다.

"아영아, 나도 을불 공에게 기대하는 마음이 작지는 않았다. 그러나 이미 사달이 났는데 힘없는 그가 무엇을 할 수 있겠느냐. 그는 다만 쫓기는 반역자의 신분이 아니더냐. 지금 천하에 우리가 기댈 곳이라고는 오로지 모용 장사뿐이다. 네가 모용 장사에게 서한을 보내는 것은 어떻겠느냐?"

"그건 안 됩니다."

"어째서? 지금 다른 방법이 있는 것도 아니지 않느냐?"

아영은 주 대부가 몇 번을 다그쳐서야 조심스럽게 대답했다.

"지금 모용외에게 빚을 갚을 기회를 주어서는 안 돼요. 게다가 이런 신세를 지면 더 이상 모용외의 요구를 거절할 수가 없게 됩니다."

"모용외의 요구?"

"……."

"혼인을 말하는 게로구나."

"……."

"너는 어째서 그를 받아들이지 않는 게냐? 모용 장사만 한 영웅이 천하 어디에 또 있다고……."

"모용부는 이미 천하의 한 축으로 일어섰습니다. 그는 제가 크게 필요치 않아요. 다만 아녀자로서 맞이하려는 것이지요."

"그게 싫으냐?"

"더욱이 우리는 고구려 사람이에요. 그의 곁에서 고구려를 위협할 수는 없습니다."

주 대부는 답답하다는 듯 고개를 설레설레 저었다.

"허어, 그것 참. 아영아, 우리에게 고구려가 무슨 소용이냐. 이미 우리는 낙랑에서 평생을 보내지 않았느냐."

"세월이 아무리 흘러도 제가 고구려 사람이라는 것은 바뀌지 않아요."

아영의 단호한 말에 주 대부가 한숨을 토해내고는 어르듯 말했다.

"아영아, 다시 한번 생각해 보아라. 어느 나라 사람인 것이 무어 그리 중요하냐. 네 일이라면 모용 장사는 반드시 힘을 쓸 것이다."

"일이 급할수록 돌아가야 하는 법입니다. 생각을 정리할 시간이 필요해요."

"또 무슨 방법이 있겠느냐. 어서 모용 장사에게 글을 써라. 이대로 있으면 모든 걸 다 빼앗기고 자칫 잘못하면 여기서 죽을 수도 있다."

주 대부는 아영을 몇 번이고 재촉했으나 아영은 대답하지 않았다.

그러나 아영과 주 대부가 하옥당한 사실은 이미 극성에 있는 모용외의 귀에까지 전해지고 있었다. 낙랑에 놓아둔 세작이 가져온 소식에 모용외는 불같이 분노하여 자리를 박차고 일어섰다.

"뭐라! 아영이 옥에 갇혀? 그녀가 하옥당한 것이 언제더냐!"

"이레가 되었습니다."

"이놈! 낙랑에서 여기까지 죽어라 말을 달리면 나흘이면 도착한다! 네놈은 어찌 이제야 당도한 것이냐! 네가 아영을 죽이려고 작심이라도 했단 말이냐!"

불같이 화를 내며 세작을 단칼에 벨 듯이 펄펄 뛰던 모용외는 바로 군막을 열어 부하 장수들을 불러 모았다.

장수들이 모두 모이자 모용외가 외쳤다.

"반강! 지금부터 네게 군권을 주겠다. 당장 가장 날랜 병사 이천을 추려내어 말에 태워라! 열흘 후에는 낙랑의 북쪽 관문인 위추관(衛鄒關)에 도착해야 할 것이다!"

"주공! 어찌 세상의 모든 말이 주공의 한혈마와 같이 달리겠습니까! 열흘은 무리외다."

반강이 항변하자 한쪽 팔이 없는 도환이 이죽거렸다.

"흥, 나흘이면 족한 거리라 하시는 말씀을 듣지 못하였는가."

도환의 한쪽 팔은 바로 그가 진의 군교이던 시절, 반강의 도적 떼를 토벌하던 중에 잃은 것이었다. 그 탓에 반강과 도환은 늘 사이가 좋지 않았다. 반강이 도환의 말에 성내며 외쳤다.

"어찌 홀로 말을 모는 것에 비하느냐! 이천 명의 병사를 이끌고 가는 길이 아니냐!"

"장수가 병사를 제 몸같이 다루지 못해서야 누가 장수라 할까. 홀몸과 병사를 거느린 것이 어찌 다를 수가 있는지 모르겠다."

"너 이놈, 말이 한껏 지나치구나!"

"주공, 제게 군사를 주시면 엿새 안에 위추관을 들이쳐 보이겠습니다."

도환은 더 이상 반강과 말을 섞기도 싫다는 듯 돌아서 모용외를 향해 고개를 숙였다.

"네놈은 그 말에 책임을 져야 할 것이다!"

"그만!"

이 둘의 다툼을 지켜보던 모용외가 갑자기 벌떡 일어서 허리춤의 칼을 뽑아 던졌다. 도환과 반강의 사이로 날아간 칼은 바닥에 깊게 박혀 검신을 부르르 떨었다.

"너희가 감히 내 앞에서 다투는 것인가!"

모용외의 벽력같은 고함에 즉시 다툼을 멈춘 두 장수가 고개를 숙였다. 모용외는 이들을 한참 노려보다 분노한 목소리를 내뱉었다.

"너희들은 내 앞에서 공을 다투었으니 그만한 책임을 지도록 하라."

모용외는 그들의 앞에 칼 한 자루를 더 던졌다.

"각자 그 칼을 들라."

도환과 반강이 영문을 모른 채 바닥에 꽂힌 칼을 뽑아 들었다.

"두 장군에게 각기 천 명씩의 병사를 주겠다. 도환은 자초관으로, 반강은 위추관으로 향하라. 먼저 관문을 함락시킨 자가 그렇지 못한 자를 그 칼로 베도록 하라. 이것은 군령이니 결코 어겨서는 안 될 것이다!"

모용외의 서슬 퍼런 외침에 반강과 도환은 아무 말도 하지 못하고 각자 고개를 숙여 명을 받았다.

"아야로! 사흘을 주겠다. 극성으로 군사를 모으라! 내 직접 모용선비의 모든 용사를 이끌고 아영을 구하겠다!"

"예! 주공!"

아야로가 크게 외치며 물러서자 여러 장수도 모용외에게 절을 올리고 물러났다. 홀로 남은 모용외는 분기에 몸을 떨며 나직이 다짐했다.

"아영, 조금만 참아라. 내 반드시 그대를 구하리라."

군사 사도중련

모용외에게는 사도중련(司徒仲連)과 배의라는 두 군사(軍師)가 있었는데, 분노한 모용외의 앞을 물러나 돌아가던 중에 배의가 가만히 사도중련의 소매 깃을 잡고 자신의 처소로 이끌었다. 자리를 잡고 앉자 조심스레 배의가 입을 열었다.

"주공께서 사적인 감정에 천하대사를 그르칠까 두렵습니다. 낙랑의 최비가 그리 만만한 자가 아니지 않습니까. 일찍이 진(晉)무제가 그를 보고 제갈공명에 비한 바가 있을 정도로 지혜가 높은 지장이거늘 주공께서는 어찌 군사를 이렇게 서두른단 말입니까."

배의는 말을 끊고 사도중련의 얼굴을 살폈으나 그가 별다른 표정 없이 가만히 듣고만 있자 다시 조심스레 입을 열었다.

"아무리 진이 사분오열 되었다고는 하나 유주에만 십만이 넘는 군사가 있습니다. 최비가 비록 직위는 낙랑 태수에 불과하다고 하지만 그 위세가 유주자사쯤은 턱짓으로도 부를 수 있는 자입니다. 주공께서 낙랑을 치려 하신다면 긴 세월을 찬찬히 준비하여 호기를 노려야……."

"배 공은 어찌 이토록 생각이 짧소?"

한참 듣고만 있던 사도중련이 말을 끊으며 배의를 힐난했다.

"예?"

"최비는 진 황실의 반역자요. 반란을 일으켜 낙랑을 점령한 반역자를 누가 도울 수 있겠소? 지금은 유주자사 아니라 황제, 황후라도 도울 수 없는 자가 낙랑의 최비요."

"아니, 그렇더라도 낙랑은 지금 그 힘이 강성하여……. 유주자사와 평주자사는 자신의 백성들에게 먹일 식량도 낙랑에 넘겨준다 합니다."

사도중련의 목소리가 커졌다.

"반역자에게 식량을 넘겨주는 것은 증인이 한둘 있는 일이고 군사를 동원하는 것은 그 군사의 수만큼 증인이 생기는 일인데 두 일이 어찌 같겠소? 그리고 배 공은 지금 주공의 뜻을 규탄하는 것이오?"

"아영 낭자를 향한 연심에 주공께서 조바심을 내는 것이 두려운 것뿐입니다."

이에 사도중련이 크게 한숨을 쉬었다.

"공이 아직 헤아림은 모자라나 충심으로 직언을 하니 내 비난할 수가 없소. 이제 내가 주공의 뜻을 대신 공에게 설명할 테니 잘 들으시오."

사도중련은 차를 한 모금 마시고는 천천히 입을 열었다.

"주공께서는 깊이 생각하고 앞일을 헤아리는 재주는 없으나 천하의 흐름을 몸으로 느끼고 본능적으로 적과 나의 싸움을 헤아리는 분이시오. 그것이야말로 타고난 왕재이지. 세상의 복잡다단한 일을 어찌 그때그때 머리로 헤아려 해결할 수 있겠소? 머리보다는 원칙이, 원칙보다는 본능이 더 큰 법이오."

"하지만 저는 아무리 생각해도 아영 낭자 때문에 이리 급히 군사를 일으키는 게……."

"아영 낭자 사건은 주공의 본능에 동기를 부여한 것일 뿐이오. 낙랑을 치는 건 지금이 맞소. 낙랑은 부유하고 진나라, 고구려, 백제, 그리고 우리 선비의 한가운데에 있는 요충지요. 낙랑을 얻는 자가 바로 천하를 정복하는 자란 말이오."

그러나 배의는 자신의 판단을 거두려 하지 않았다.

"주공께서 본능이라는 혜안을 가지셨다는 것은 저도 잘 알고 있습니다. 게다가 낙랑이 중요한 땅이라는 것 또한 알고 있습니다. 그렇기에 그만큼 시간을 두고 신중을 기해야 한다는 말이 아니겠습니까. 지금은 너무 서두르는 것이 아닙니까?"

"거듭 말하지만 지금이 맞소."

배의는 옛 노나라 땅에서 학문을 한 유가(儒家) 출신이라 수긍이 가지 않는 일에 무조건 머리를 끄덕이는 성품이 아니었다.

"이해가 가지 않습니다."

"귀를 씻고 들으시오. 근래 최비의 명망과 지략을 사모하는 천하의 영웅들이 낙랑으로 모여들고 있고 진의 유민들까지 흘러들어 군사가 늘어나고 있소. 머잖아 낙랑이 바로 진나라의 중심이 될 것이니 지금이 지나면 낙랑을 갖는 것은 한 조각 춘몽이 되는 것이오."

"그러면 왜 이제껏 낙랑을 치지 않았습니까?"

"최비가 낙랑을 취한 직후에는 제후들이 비록 군사를 내진 않았지만 매우 예민하게 낙랑을 주시하고 있었소. 그때 우리 모용부가 낙랑을 쳤다면 분명 모든 제후가 나섰을 거요."

"……."

"이길 수 없는 전쟁이 되었을 거요. 그러나 지금은 다르오."

여기까지 사도중련의 말을 듣던 배의가 무엇엔가 생각이 미친 듯 갑자기 놀라 외쳤다.

"그렇다면 그 말씀은!"

"진이 허약해져 중신들조차 낙랑으로 몰려드는 이즈음 진 황실은 누군가 나서서 낙랑을 허물어주기만을 간절히 바라고 있소. 낙랑과 우리의 일대일 싸움이지."

"아아!"

"그때와 지금은 같은 낙랑을 쳐도 상대가 다른 거요. 비록 주공께서 아영 낭자를 구하기 위하여 서둘러 군사를 일으키는 것은 사실이나, 이제껏 계속해서 때를 기다리고 기다려왔던 것 또한 사실이오. 지금 우리 모용부는 북쪽으로 우문부를 몰아냈고 동쪽으로는 고구려를 쳤으며 서쪽의 진나라는 사분오열하여 스스로 무너질 날만을 기다리니 지금이야말로 적기인 것이오. 낙랑 진격은 이제 더 이상 진나라의 신하로 살지 않겠다는 주공의 결단이오!"

"아아!"

배의의 얼굴에서 비로소 유자의 자존심이 사라졌다. 이런 배의를 향해 사도중련은 내처 말했다.

"주공의 결단은 한때의 기분에 따른 것이 아니오. 공은 주공께서 왜 반강과 도환을 두 갈래로 나누어 보낸 것인지 그 이유는 알고 계시오?"

"아마도 두 장수가 서로 화합하지 않으니……."

"허어."

소심하게 대답하던 배의는 사도중련이 말을 가로막자 바로 입을 닫았다. 그러자 사도중련이 배의를 가르치듯 말했다.

"주공이 언제 다투는 장수들을 힐난하는 것을 본 적 있소? 오히려 다툼이 그들의 본질 아니오?"

"하긴 그렇군요."

"우리 군사를 보호하기 위함이오. 위추관과 자초관, 그 두 곳은 낙랑의 북쪽 관문과 서쪽 관문이오."

"그렇지요."

"고작 군사 이천이 위추관이든 자초관이든 한 곳으로만 들어가면 최비는 한눈에 우리의 군세를 알아보고 바로 나설 거요. 그러면 우리 군사들의 목숨이 매우 위태로워지겠지. 하지만 군사가 나뉘어 위추관과 자초관으로 들어가면 최비는 우리 군사가 북에서 서에 이르는 대규모인 걸로 알고 나와서 싸우기보다는 앉아서 성을 방어하려 들 거요. 그러니 우리 군사가 안전하다는 거요. 주공의 대군이 도착할 때까지 말이오. 자, 이제 아영 낭자를 위한 시간도 벌고 우리 군사도 보호하려는 주공의 심모원려(深謀遠慮)가 느껴지시오?"

배의가 크게 감탄하여 절하며 외쳤다.

"아아, 이 모두 사도 공의 지략일 터. 공께서는 부디 저의 머리가 모자람을 꾸짖어주십시오!"

배의의 처소를 떠난 사도중련이 홀홀히 걸음을 옮겨 다다른 곳은 모용외의 천막이었다. 그가 오자 모용외는 시종을 시켜 간단한 술상을 들이게 했다. 사도중련을 마주 앉히고 몇 차례 술잔을 비운 모용외는 타는 눈빛으로 사도중련을 바라보며 입을 열었다. 내뱉는 목소리 또한 뜨거운 열기가 어려 있었다.

"그대가 말해보라."

"아영 낭자는 주공의 정인이기도 하지만 천하의 재사이기도 합니다. 그녀를 얻는 것은 낙랑을 얻는 것만큼이나 중요한 일입니다. 주공께서는 내리신 결단에 결코 후회를 두지 마십시오."

"그대가 지금 아영을 천하의 재사라 하였는가?"

"예."

"하하하하!"

모용외가 크게 웃었다. 막사 안이 울릴 정도로 호탕한 웃음이었다.

"재사란 때때로 십만 명의 병사보다 중요하다. 아영이 바로 그러한 재사란 말인가!"

모용외는 사도중련의 말에 기분이 동하였는지 크게 웃으며 그를 재촉하였다. 이에 사도중련이 웃음기를 머금고 답하였다.

"일찍이 무제는 최비와 저, 그리고 대장군 문호를 가리켜 진나라의 세 보물이라 하였습니다. 또 세간의 말로는 고구려 창조리의 지모에 견줄 자가 없다고 하는데 저는 사사로이 여기에 낙랑의 아영 낭자를 더하여 천하의 다섯 재사라 하고 싶습니다."

"허어!"

"최비는 흉중을 알 수 없는 데다 계략이 깊고 야망이 커 그 그릇을 감당하기 어려운 자이며, 문호는 크고 작은 전투에서 패배한 적이 없으니 과연 명장 중의 명장입니다. 고구려왕 곁에 있는 창조리는 제가 잘 알지 못하니 평을 하지 않으렵니다. 그런데 낙랑의 아영 낭자는 앞선 이들처럼 이름이 나지는 않았지만 어쩌면 가장 높이 평가해야 할지 모릅니다."

모용외의 눈이 반짝 빛났다.

"어째서지?"

"그녀는 여태껏 일개 장사꾼의 신분으로 천하의 균형을 잡아왔습니다. 과거에 주가장은 재능이 있으되 일개 변방의 도위에 불과한 왕준에게 일만 금을 내주었던 적이 있지요. 결국 왕준은 그것을 바탕으로 유주자사가 되었습니다. 진 황실이 어지러워지자 유주에 기둥을 세워 천하의 혼란을 미리 방비하고자 한 비책이지요."

"허!"

"그러다가 유주의 세력이 지나치게 강성해지자 그녀는 전 낙랑 태수 유건의 철을 공급해 우리 모용부가 재기하도록 도왔습니다. 그로 인해 이 요하 유역의 균형이 잡혔지요. 그녀가 아니었더라면 이곳은 벌써 수십 개의 세력이 벌이는 크고 작은 전쟁으로 불타올랐을 것입니다."

"실로 대단하군. 그러나 그로 인해 아영이 얻는 것은 무엇이냐? 고작 상인의 이문을 얻기 위함이냐? 결국 영어의 몸이 되었을 뿐이 아니냐?"

"낙랑에 최비라는 인물이 나타날 줄 몰랐던 것이지요. 탁상 공론으로는 최비가 벌이는 일을 막을 수 없습니다. 낙랑을 일거에 장악한 후 유주자사 왕준을 실질적인 수하로 거두고, 또 진나라의 영웅이란 영웅은 모조리 끌어와 세력을 키우는 최비에 맞서 그녀가 고작 머리 하나로 무엇을 할 수 있었겠습니까. 오랜 안배가 낳은 결실을 이 최비라는 자가 모조리 집어삼켰을 뿐만 아니라 그녀를 잡아 가두었으니 이제 그녀는 생각이 복잡하겠지요."

"생각이 복잡하다?"

"아무리 지략이 뛰어나도 혼자서는 아무것도 할 수 없다는 것을 알았을 겁니다. 천하의 많은 세력 가운데 자신의 재주를 뒷받침해 줄 곳을 찾아 기댈 시간이 된 것이지요."

모용외의 목소리에 분노가 묻어 나왔다.

"그대는 지금 아영이 나 이외의 다른 자에게 몸을 의탁할 수 있다고 말하는 것인가?"

"그녀 또한 많은 생각을 하겠지요. 우리 모용부는 다른 세력에 비해 지나치게 강성한 까닭에 그녀는 망설일 수밖에 없습니다. 그렇지 않다면 진즉 주공께 왔을 것입니다."

"사람이란 강한 세력을 따르기 마련 아니냐? 그런데 우리가 강성한 것이 오히려 아영이 망설이는 이유라니? 어째서?"

"진무제의 조부인 사마의는 당시 가장 세력이 강했던 위제

조조에게 몸을 의탁하였기에 결국 천하를 얻고서도 초라한 세력의 유비를 따른 제갈량보다 이름이 못한 것입니다."

"그대는 지금 아영을 제갈량에 비하는가?"

"비유일 뿐입니다."

모용외는 잠시 멈추었다 목소리를 낮추고 물었다.

"아영은 나 외에 도대체 누굴 생각한단 말인가?"

"주공께서는 너무 근심치 마십시오. 이제 주공께서 그녀의 어려움을 풀어주시면 단연코 첫째로 받아들일 것입니다. 그간 모용부와 특히 깊은 관계를 맺어온 것 또한 주공을 첫째로 생각하기 때문이 아니겠습니까?"

사도중련의 달램에도 모용외는 주먹을 꽉 쥐며 외쳤다.

"첫째라니! 그러면 둘째와 셋째도 있다는 것이 아닌가! 도무지 참을 수가 없구나! 중련, 모용부 외에 그녀가 생각할 만한 세력이 또 어디란 말인가?"

모용외의 물음에 사도중련은 잠시 생각하다 대답했다.

"만일 둘째가 있다면 그것은 주공이 낙랑에서 만난 그 젊은 고구려인일 것입니다."

"다루! 그 쥐새끼 같은 작자를!"

모용외는 다루를 선명하게 기억하고 있었다. 그와의 기억을 되짚는 모용외의 눈이 타는 듯 이글거렸다.

"그자는 아무런 호위도 없이 한 늙은이와 주 대부의 집에 있다가 주공과 마주쳤습니다. 우리 모용부의 태산 같은 장수들 모두를 거느린 주공과 말입니다. 그리고 그 앞에서 태연히 경매에 임했고 낙랑이라는 글자를 값으로 써냈습니다. 천하제일의 배짱이 아닐 수 없습니다."

"그러나 그자는 일개 장사꾼이 아닌가!"

"주공, 과거의 우리 모용부를 생각해 보십시오. 아영 낭자가 모용부와 인연을 맺을 때 주공은 거의 저세상 사람이었습니다. 그녀는 앞을 내다본 것이지요. 그리고 그자는 평범한 장사꾼이 아닙니다."

"장사꾼이 아니라니? 분명 낙랑에 철을 사러 온 자였다. 그러니 철을 놓고 경매를 벌인 게 아닌가."

"고구려왕의 조카 을불이 수많은 철 수레를 숙신으로 보냈다고 합니다. 바로 그자입니다."

"뭐라? 그놈이 을불이란 말인가?"

"틀림없습니다."

"아영은 그놈을 장차 세력을 떨칠 인재로 보고 있다는 말인가? 과거 나를 보던 그 눈길 그대로 그놈을 보고 있다는 말인가!"

"그렇게 보았기에 주공과의 경매를 열지 않았겠습니까? 게다가 주공, 아영 낭자는 낙랑에서 났다고는 하지만 고구려인입니다. 그러니 자신의 뿌리에 대해 생각하지 않을 수 없는 일이지요."

사도중련의 말이 끝나자 모용외는 눈을 감았다. 손에 잡은
술잔이 심하게 떨리는 것이 그의 분노가 작지 않음을 짐작케
하였다. 한참 동안 마음을 진정시키던 모용외가 눈을 뜨고 입
을 열었다.

"중련."

"예, 주공!"

"그자가 숙신으로 갔다고 했는가?"

"그렇습니다."

"숙신은 이미 말라비틀어진 나라가 아닌가. 군사도 무엇도
없는 곳인데."

"고구려왕에게 쫓기는 그자는 숙신에서 근거를 만들려고
할 것입니다."

모용외는 갑자기 큰 소리를 내질렀다.

"중련, 그대는 이번 원정에서 빠져라. 원정대의 후군과 보
급을 챙겨 보내고 나서 오천의 군사를 거느리고 동쪽으로 가
라."

"동쪽이라 하시면?"

"홀한주 말이다."

"홀한주는 숙신의 땅이고 숙신은 고구려의 속민이 아닙니
까? 자칫하면 고구려와 싸움이 벌어질 우려가 있습니다."

"그러니 아야로나 번나발을 보내지 않고 중련 그대를 보내는 게 아니냐. 가서 그놈만을 죽여라! 고구려왕도 그놈을 죽이려 하니 나와 고구려왕은 뜻이 같다. 무슨 말인지 알겠느냐?"

"제가 주공께 괜한 말씀을 올렸군요. 이것이야말로 주공께서 경계하시던 사적인 감정이 아닙니까."

"물론 사적인 감정이다. 그러나 그놈을 죽이지 않고는 견딜 수 없을 것만 같구나. 나는 아영을 구하고 그 앞에서 내가 을불을 죽였다고 선언하고 싶은 것이다!"

"주공……."

사도중련이 안타까운 듯 말렸으나 모용외는 고개를 저었다.

"그대는 두말 말고 나의 명에 따르라."

"주공!"

"더 말하지 말라!"

"아무리 을불이 고구려왕의 미움을 받고 있다 해도 우리 군사가 홀한주에 들어가는 한 고구려와의 싸움을 완전히 피할 수는 없습니다."

"그렇다면 아예 홀한주를 점령하라! 어차피 고구려를 멸해야 할 터. 지금이 오히려 적기이다. 숙신을 점령하는 것은 고구려와의 전쟁에서 매우 유리한 보루를 마련하는 것이다."

모용외의 결심이 확고함을 안 사도중련은 그 뜻을 따르기로 했다. 하긴 모용외의 말이 틀린 것만은 아니었다. 어쩌면 고구려의 국력이 쇠약해질 대로 쇠약해진 지금 숙신을 점령하는 것이 옳은 판단일지도 몰랐다.

"분부를 따르겠습니다. 대신 주공, 부디 하나만 약조하여 주십시오."

"무엇이냐?"

"주공이 출발하기 전에 먼저 배의를 보내 반강과 위추관에 함께 있도록 하십시오. 위추관은 북쪽에 있으니 최비는 으레 우리 대군의 이동로인 위추관에 더 신경을 쓸 것입니다. 배의가 있으면 반강의 우둔함을 덮는 이치입니다."

"반드시 그리하겠다."

사도중련은 자신의 천막으로 돌아오자 몇몇 측근을 불러 무언가를 지시하고는 잠자리에 들었다.

최비의 셈법

모용외가 진군을 명령한 지 엿새 만에 도환의 병사들은 낙랑의 서쪽 관문인 자초관에서 십여 리 떨어진 곳에 도착할 수 있었다.

"관문을 지키는 병사는 모두 오백 정도입니다. 성벽이 높긴 하나 일 리쯤 돌아가면 낮은 곳이 나옵니다. 그리 돌아갈까요?"

"아니다. 관문의 수비병이란 모두 한 방향으로만 보고 있는 자들이다. 그러니 그들이 보지 못하는 방향에서 움직이면 능히 소수로도 다수를 제압할 수 있는 법. 병사들을 쉬게 하라!"

숨 쉴 틈 없이 달려온 병사들이 엿새 만의 휴식을 맞는 사이 도환은 쇠약하고 병들어 보이는 군사 사십여 명을 불러 평복으로 변장시킨 후 몇은 꼽추로 또 다른 몇은 절름발이로 위장하고 자신은 소매를 잘라 외팔이임을 내보이며 자초관을 향해 걸어갔다.

"화전촌에 불구들이외다. 먹고 살기 어려워 왔으니 동냥이나 해먹고 가게 해주시오."

"어서 지나가라, 이놈들아!"

수비병들은 하나같이 몸이 성치 않은 도환 일행을 꼴도 보기 싫다는 듯 외면하며 들여보냈다. 자초관을 통과해 관문 안에서 반나절을 보낸 도환과 수하들은 밤이 되자 기민하게 움직였다. 그들은 미리 준비한 낙랑 군복으로 갈아입고는 어둠을 틈타 성루에 올랐다.

"새로 편성된 자들인가?"

수비대 병사들은 도환 일행의 정체를 채 알기도 전에 고꾸라졌다. 순식간에 성벽 위의 수비병들을 베어 넘긴 도환은 성루 한가운데 서서 횃불을 높이 들었다. 동시에 관문을 활짝 열어젖히자 어둠 속에서 몸을 숙인 채 기다리고 있던 도환의 병사들이 몰려들어 자초관을 지키던 수비군과 혈전을 벌였다.

난전 중에는 지휘관을 죽이는 게 가장 승부가 빠르다는 걸 잘 아는 도환은 그림자처럼 적병들 사이를 비집으며 수비대장을 찾았다. 얼마 지나지 않아 일단의 군졸을 거느린 채 큰 칼을 들고 달려오는 자를 발견한 도환은 홀로 그의 앞을 막아섰다. 그는 한잔 걸치고 있던 참이었는지 입에서 술 냄새가 확 풍겼다.

"야습은 다섯 배의 위력을 가지는 법인데, 상대가 술을 마셨다면 그 위력이 다시 세 배가 더하게 된다. 그러니 너는 쓸데없는 죽음을 자초하지 말고 모용부에 항복해 병사들의 목숨을 살려라!"

"이놈! 몰골을 보아하니 네가 모용외의 부장 도환이라는 자가 틀림없구나!"

수비대장은 도환의 명성을 들었음에도 한쪽 팔이 없는 그의 모습에 방심하여 큰 외침과 함께 덤벼들었다. 그러나 도환은 모용외의 장수 가운데도 첫손 꼽히는 무예를 지닌 자였다. 몇 합 지나지도 않아 수비대장은 금세 수세에 몰렸다.

"내가 누군지 알아보고도 맞서 싸우느냐!"

도환은 체격이 건장하지 못해 완력이 센 편도 아니었고 한 팔을 잃은 까닭에 활이나 창 등 여러 병장기를 자유롭게 다룰 수도 없었다. 그럼에도 도환이 모용외의 장수 중 가장 무예가 뛰어난 이로 꼽혀온 것은 무예에 특출한 재능을 타고난 데다 수많은 전장에서 죽음의 위기를 셀 수 없이 넘어 도달한 침착함 덕이었다.

태연하게 약점을 보인 도환을 향해 성급히 칼을 내리치던 수비대장은 어느새 목 앞으로 날아든 도환의 칼을 보아야만 했다.

"으윽!"

도환은 수비대장의 목을 성루에 걸고 횃불을 환히 비추게 했다. 어둠 속에 치직거리며 타는 횃불 사이로 내걸린 수비대장의 목은 귀기를 내뿜으며 낙랑 병사들의 사기를 일거에 떨어트렸다. 이때 일단의 모용 군사들이 크게 외쳤다.

"어서 관문을 열어라! 모용부의 오만 군사가 들어온다!"

"모용 황제가 오신다! 길을 터라!"

"아니, 모용 황제는 위추관으로 가셨다!"

어둠 속에서 들려오는 이런저런 외침에 수비병들은 혼비백산해 말을 잡아타고는 낙랑성을 향해 도주했고 도환은 모용외에게 전령을 띄웠다. 도환이 모용부의 극성을 떠난 지 엿새, 도착한 지 불과 하루도 안 되는 사이 일어난 일이었다.

한편, 도환보다 하루 늦게 위추관에 도착한 반강은 성루가 바라보이는 지점에 진을 치고 적군의 동태를 살폈다.

"오백에서 천 명 정도가 주둔하고 있는 걸로 보입니다."

탐병의 보고를 받는 그의 입가에 자신도 모르게 미소가 떠올랐다. 사실 모용외로부터 관을 먼저 함락시킨 자가 그렇지 못한 자를 참하라는 명이 떨어지자 반강은 거의 잠을 자지 못했다. 도환은 절대 얕볼 수 없는 상대인지라 반강은 말을 달리는 내내 조바심에 채찍으로 부하들을 후려쳤고 몇몇은 말에서 떨어져 죽기도 했다.

"공격을 준비하라!"

그러나 참모는 지쳐 쓰러지기 직전의 병사들을 가리켰다.

"장군, 병사들이 극도로 지쳐있습니다. 이레 동안 쉬지 않고 달려오느라 제대로 먹지도 자지도 못했습니다. 일단 휴식을 취한 다음 공격하는 게 낫지 않겠습니까?"

"못난 놈! 만약 그사이에 적이 불어나면 어떻게 하느냐? 지금 소수의 적과 싸우는 게 옳으냐? 아니면 쉬었다 나중에 다수의 적과 싸우는 게 옳으냐?"

"여기는 변방인 데다 달랑 관문 하나라 지원군이 금방 도달할 수 없습니다. 설혹 저들이 전령을 보내 구원을······."

그러나 마음이 조급한 반강은 참모의 말을 끊었다.

"잔말 말고 공격을 준비하라! 내가 선봉에 선다!"

반강은 조바심을 참지 못하고 도착하자마자 바로 성을 들이쳤으나 수비대가 성벽 위에서 날려대는 화살에 상당수의 병사를 잃고 후퇴해야만 했다. 잠시 물러났다 재차 공격을 감행했지만 결과는 마찬가지였다.

"밖으로 나오기만 한다면 저놈들 모두를 나 혼자 상대해도 자신이 있다. 그런데 도무지 나오질 않으니 답답해 미칠 것만 같구나."

"저놈들은 일 년 내내 저 위에서 먹고 자며 관문만 지키는 자들입니다. 이렇게 단순한 공격으로는 쉽게 함락시키기 힘들 듯합니다."

"그럼 어떻게 하느냐? 이놈들아, 무슨 방법을 내놓으란 말이다, 방법을!"

"장군께서 직접 나가 적을 유인하는 게 어떻겠습니까?"

"유인? 저렇게 문을 꼭꼭 닫고 성루에서 활만 쏘아대는 놈들이 유인한다고 나오겠느냐?"

"장군의 이름이 높은지라 적들도 공을 세우고 싶어 하지 않겠습니까?"

고심하는 반강에게 부장 하나가 계책을 제안하자 반강은 이를 받아들였다. 대다수의 병력을 멀찌감치 물려놓은 후 말을 돌려 성벽 앞으로 나아간 반강은 큰 소리로 외쳤다.

"낙랑의 조무래기들이 감히 이 반강을 상대하겠는가! 이번엔 그냥 간다만 다음에 올 때 네놈들은 파리 목숨이 될 줄 알아라!"

이때 위추관의 수비대장은 방정균이었다. 그는 불과 얼마 전 최비로부터 효성장군으로 봉해져 위추관의 수비를 맡고 있었다. 가만히 반강을 지켜보던 방정균은 병사들 사이에 몸을 가린 채 반강을 겨냥하여 활시위를 당겼다. 일 년 내내 할일이 없어 활쏘기 시합만 하던 수비대 병사들 중에서도 새로부임한 방정균의 활 솜씨는 단연 최고였다. 바람같이 날아간 화살은 반강의 허벅지에 깊게 박혔다. 반강이 부상을 입자 그를 생포할 요량으로 방정균이 병사들을 이끌고 급히 성문 밖으로 달려 나왔다.

"으하하하! 이놈들아, 내가 이까짓 화살 한 대에 눈 하나 깜짝할 줄 알았느냐! 다음에 오면 너희는 모두 죽은 목숨이다!"

적이 성문을 열고 달려 나오자 반강은 부상 중에도 계략이 맞아떨어진 것에 기뻐하며 말을 달려 적을 유인했다. 적이 뒤에 바싹 따라붙을수록 반강은 기분이 좋아졌다. 이제껏 한 번도 계략을 써본 적 없이 그저 우직하게 들이받기만 했던 그였기에 오늘 이 계략이 맞아 들어가는 게 더욱 신이 났다.

말로만 듣던 유인계라는 게 바로 이거구나 싶은 생각에 반강은 바로 돌아서 적병들을 짚 더미처럼 베어 넘기고 싶은 유혹을 꾹 누르고 말을 달렸다. 지금 돌아서 적을 베면 하나도 남김없이 쓸어버릴 자신이 있었지만 반강은 좀 더 많은 적이 성문을 통해 쏟아져 나오기를 기다렸다. 반강은 말을 달리며 추격하는 적병들의 동정을 살폈다. 그런데 이때 반강을 쫓던 방정균이 옆의 부장을 보며 중얼거렸다.

"이상하게 적병이 없다."

진법에 밝은 그는 본능적으로 이상함을 느끼고 한 팔을 들며 외쳤다.

"그만! 철수한다! 적의 본진이 근처에 매복하였을 것이다!"

갑작스러운 명령이었으나 평소 부근에서 온갖 훈련을 다 해온 터라 낙랑군은 일사불란하게 뒤로 돌아 후퇴하였다. 매복지점의 바로 코앞까지 왔던 반강은 적군의 뒷모습을 닭 쫓던 개처럼 멀거니 쳐다보아야 할 뿐이었다. 부상을 당한 데다 이미 적잖은 병사까지 잃은 반강은 이를 갈았다.

그는 막사에 돌아오자마자 부장들을 불러놓고 호통을 쳤다.

"정녕 갑갑하구나. 힘이 있어도 쓰지를 못하니! 이제 어찌해야 한단 말인가!"

"삼분의 일에 가까운 병사를 잃었습니다. 이대로는 싸울 수가 없습니다. 주공의 군사를 기다렸다 공략하는 것이 옳습니다."

성격이 불같은 반강은 부장에게 도끼를 들이대며 외쳤다.

"네놈은 내가 죽기를 바라는구나. 다시 위추관을 공략한다. 모두가 죽을 기세로 싸워야 할 것이다."

반강은 부상당한 허벅지를 부여잡으며 나섰다. 하지만 이미 부대의 사기는 바닥으로 완전히 떨어져 있었다. 설상가상으로 이때 전령이 도착해 도환의 자초관 점령 소식을 전했다.

"아아, 도환이 밉기만 하구나. 그가 나로 하여금 이렇게 서두르게 하지 않았는가. 이까짓 관문 하나쯤 그냥 피해서 진격하면 그만인 것을. 반드시 깨뜨려야 내가 살 운명이 되어버렸으니 이를 어쩌면 좋단 말이냐! 여봐라, 일단 병사들을 쉬게 하라. 더 이상 내가 살자고 부하들을 죽일 수는 없는 일이다. 차라리 내가 죽으련다."

반강은 비로소 조급한 마음을 거두고 병사들을 쉬게 했다.

최비는 모용외의 군사가 두 관문에 닿았다는 보고를 받고 방 안에서 깊은 생각에 빠져 있었다. 급히 회의가 소집되었지만 최비는 나타나지 않은 채 여러 장수와 관리들만 갑론을박을 벌일 뿐이었다. 자초관이 무너졌다는 소식마저 들려오는 터에 최비가 얼굴을 보이지 않자 수하들은 애가 달았다. 때마침 동해왕 사마월이 비밀리에 낙랑을 방문해 있었기에 여러 관리들이 그를 부추겼다. 사마월은 최비와 방 안에 마주 앉았다.

　"상황이 급박하거늘 최 공께서는 말씀이 없으시니……."

　"생각할 것이 있어 결정을 하지 않았을 뿐입니다."

　"모용외라는 자가 그토록 대단한 인물입니까? 최 공께서 주저하실 정도로 선비족의 군세가 대단할 것 같지는 않습니다만……."

　"쉽게 결정할 문제는 아닙니다."

　"유주자사 왕준에게 원군을 청하시는 것은 어떻습니까?"

　"하하하."

　최비가 웃자 사마월은 얼굴을 붉히며 말을 이었다.

　"왕준이 황실과 척질 것이 두려워 최 공을 외면할 인물은 아니지 않습니까?"

　"병력이 모자라서가 아닙니다. 정히 이기고 지는 싸움을 하려면 낙랑의 병력만으로도 이길 수 있을 것입니다."

"그렇다면?"

"다만 모용외와 지금 각을 세우는 것이 좋지 않아서 그렇습니다."

"그것은 어째서입니까?"

최비는 사마월에게 가까이 다가가 앉았다.

"오로지 동해왕 전하께만 드리는 말씀이니 부디 비밀을 지켜주시기 바랍니다."

"이를 말이겠습니까."

"간단한 이치올시다. 모용외는 일세의 영걸입니다. 눈앞에 당면한 과제가 있는데 그런 자를 적으로 삼아 좋을 것이 없습니다."

"눈앞의 일이라면 무엇을 말합니까?"

"가(賈) 황후에 의해 이용당하던 여남왕이 초왕에게 쫓겨나 자결하고, 초왕 또한 황후에 의해 숙청당했습니다. 전국의 제후 가운데 가 황후를 곱게 보는 이가 없습니다. 다만 섣불리 나서 반역을 꾀했다가 연횡한 다른 제후에게 거세당할 것이 두려운 까닭에 먼저 나서는 이가 없을 뿐입니다."

"그것은 알고 있습니다."

"동해왕 전하께서는 제왕 사마경을 이길 자신이 있습니까?"

"밀리지는 않을 것 같습니다."

"조왕 사마륜은 어떻습니까?"

"쉽게 이기기는 힘들 것 같군요."

"그렇다면 성도왕 사마영은 어떻습니까?"

"자신이 없습니다."

사마월이 풀 죽은 얼굴로 말하자 최비가 물었다.

"제가 돕는다면 어떻습니까?"

"승산이 있겠습니다."

사마월이 최비의 말에 자신을 얻어 대답했다. 사실 낙랑의 힘은 이미 웬만한 제후를 한참 앞서고 있었다. 이에 최비가 다시 물었다.

"그런데 그 세 제후가 힘을 합친다면 어떻겠습니까?"

"아마도 필패할 것입니다."

"맞습니다. 아무리 제가 돕는다고 해도 가 황후가 토벌령을 내리고 천하의 제후들이 모조리 결탁하면 앞이 캄캄합니다."

"태수께서는 하시려는 말씀이 있군요. 무엇인지 듣고 싶습니다."

"비밀이라 한 것이 바로 그것입니다."

"어서 들려주십시오."

사마월이 채근하자 최비가 눈을 빛내며 말을 이었다.

"저는 진 조정과 천하의 제후들을 누르는 데 선비를 이용할 생각입니다."

"뭐라고요? 오랑캐를?"

대경실색한 사마월은 잠시 말을 잃었다. 최비 또한 대답을 하지 않고 묵묵히 찻잔에 차를 따를 뿐이었다.

"오랑캐를 이용하다니, 대체 무슨 말씀이십니까?"

"이것은 독초를 넣은 차입니다."

"독초요?"

최비는 곧 찻잔을 입에 대었다. 놀란 사마월이 말릴 틈도 없이 차를 한 모금 마신 최비는 담담히 말을 이었다.

"사람들은 독초를 먹으면 당연히 죽는다고 생각해 무조건 피하지만 사실 끓이지 않은 찻물에는 독이 없습니다. 뿐만 아니라 무척 향기롭지요. 마찬가지로 오랑캐를 쓴다 한들 내게 독이 안 되게 하면 문제 될 것이 무엇입니까?"

사마월이 침묵을 지키는 가운데 최비가 계속해서 말했다.

"모용외는 가장 진한 독초입니다. 예전 유주 땅에서 벌어진 싸움에서 그를 본 적이 있었는데 그야말로 전신(戰神)과도 같은 자였습니다. 그는 가장 든든한 우군이 되어야만 합니다. 지금 가볍게 긁혔다고 해서 그와의 사이를 다쳐서는 안 되지요."

다른 말을 하지 못하고 생각에 빠져 있던 사마월이 이윽고 다시 입을 열어 물었다.

"그는 왜 낙랑을 치는 거지요? 아직 주위에 적이 많거늘 시기상조가 아닙니까?"

"그렇잖아도 그 생각을 하던 참이었는데 도통 이유가 떠오르지 않습니다."

최비는 그쯤에서 대화를 끝내고 일어섰다. 강한 충격을 받은 사마월은 따라 일어서지 못하고 그를 바라보며 물었다.

"그래서 지금은 어찌하시렵니까?"

"싸움을 벌이지 않아야겠습니다. 모용외가 위추관으로 온다니 위추관을 지키는 병사들을 낙랑성 안으로 불러들이고 모용외에게 사람을 보낼 것입니다. 그의 속셈을 알아내야겠지요."

"관문을 쉽사리 내주면 위험하지 않겠습니까?"

"어차피 그가 작심하고 나섰으니 내가 전쟁을 결심하지 않는 이상 작은 싸움은 모두 우리의 패배일 것입니다. 싸우면 싸우는 대로 아군의 장수와 병사들만 상할 뿐이지요."

이내 위추관 수비대에 최비의 전령이 도착했다.

"당장 위추관을 버리고 낙랑성으로 들라는 태수의 명이십니다."

전령의 말에 군교가 억울한 듯 중얼거렸다.

"효성장군께서 힘들게 지킨 위추관을 왜 버리라 하실까요?"

그러나 방정균은 묵묵히 끄덕이며 답했다.

"태수께서 다른 생각이 있으시겠지."

위추관 병사들의 퇴각은 한밤중을 틈타 순식간에 이루어졌다. 마지막 일전에 대한 결의를 다지고 있던 반강은 위추관이 텅 빈 것을 발견하고도 함정일지 몰라 반나절을 기다리며 관문 안을 정탐한 후에야 입성했다.

도환과의 내기에만 정신이 팔려 있는 반강은 위추관에 들자마자 수하 부장들의 입부터 단속했다.

"적이 관문을 버리고 스스로 물러갔다 하면 군사를 잃은 내가 도환에게 지는 꼴이 되니 너희들은 입조심을 해야 할 것이다."

"무어라 하면 되겠습니까?"

"내가 적장을 죽였기에 적들이 퇴각한 것이다."

반강은 낙랑 병사의 시체 중 하나를 골라 방정균의 것으로 위장했다. 그리고 그럴듯한 투구를 씌운 수급을 성루에 걸어 두고 승리를 자축하는 잔치를 거하게 벌여 아군 병사들까지도 이것이 사실인 것으로 믿도록 했다. 그로서는 태어나 처음 써보는 간계였다.

한상보도

자초관을 점령한 도환은 거기서 멈추지 않았다. 자초관이 낙랑 서쪽의 가장 큰 관문이지만 이로부터 낙랑성까지는 서너 개의 관문이 더 있었다. 도환은 자초관을 무너뜨리자마자 쉴 틈 없이 날랜 군사들을 뽑아 바로 다음 관문으로 짓쳐들었고 어느 관문도 도환의 발목을 반나절 이상 묶어두지 못했다.

"저것이 낙랑성인가!"

도환은 멀찍이 모습을 드러낸 낙랑성을 보며 탄성을 발했다. 최비의 낙랑성은 증축을 거듭하여 예전 유건이 태수로 있을 때와는 아예 다른 모습이 되어있었다.

"여기서 멈추어야겠군요."

"아니, 기왕 여기까지 왔으니 매복계를 펼쳐야겠다."

"매복이요? 적이 낙랑성 밖으로 나올 때를 대비하는 것입니까?"

"아니. 이 관문은 대방으로 통하는 길목이다. 대방에는 최비의 조카 최도라는 자가 있다. 그는 우리가 여기에 도착했다는 소식을 들으면 필시 군사를 이끌고 낙랑을 도우러 올 터, 우리는 그 길목에 숨었다가 이들을 친다."

곧 도환은 대방으로 통하는 길목 중 매복의 요처를 찾아 군사를 거느리고 숨었다. 그로부터 사흘이 지나자 과연 대방에서 낙랑으로 진군하는 군사가 있었다.

"적의 병력이 얼마나 되느냐?"

"어림잡아 삼천은 되는 듯합니다."

"우리는?"

"극성을 출발한 천 명의 군사가 그대로 보존되어 있습니다."

"천 대 삼천이라……."

대방의 군사를 이끄는 자는 도환이 예상한 대로 최도였다. 숙부인 최비와는 달리 최도는 그다지 대단한 인물은 아니었지만 최비에 대한 충성심만은 절대적이라 최비는 그를 대방의 용성장군으로 앉혀놓았다. 낙랑의 북쪽 관문인 위추관과 서쪽 관문인 자초관이 함락되었다는 소식에 최도는 서둘러 군사를 이끌고 낙랑으로 향하는 길이었다.

"내가 신호하기 전에는 절대 모습을 보이지 말라. 내가 신호하면 그때 적의 뒤를 들이쳐라!"

숨어서 지켜보던 도환은 부장에게 한마디 말을 던지고는 대답을 들을 틈도 없이 말을 몰아 대방군 앞으로 달려 내려갔다. 미처 그를 말리지 못한 부장과 군사들은 다만 지켜볼 뿐이었다.

대방군의 선두에서 군사를 이끌고 있는 최도 앞에 나타난 도환은 홀로 길목을 막고 큰 소리로 외쳤다.

"나는 모용부의 장군 도환이다! 항복하면 살려줄 터이니 잡졸들은 당장 무기를 버리고 무릎을 꿇어라!"

돌연 나타난 도환의 모습에 놀랐던 최도는 이어지는 그의 말에 크게 웃었다.

"외팔이 주제에 군사는 어디에 두고 홀몸으로 광대놀음을 하는가!"

"네놈은 두 팔이 멀쩡하니 나의 상대를 하겠느냐?"

"나를 상대하려면 이름을 쌓고 오라. 이제껏 도환이라는 이름은 들어보지도 못했거늘!"

그때 한 수하가 최도의 귀에 속삭였다.

"홀몸인 것으로 보아 유인계가 분명합니다. 일단 장수를 시켜 잡아 죽이되 저자가 도망가면 군사를 더 나아가지 않도록 하십시오."

최도는 크게 고개를 끄덕였다. 그러고는 한 장수를 불렀다.

"저자가 유인계를 펼치니 도망하면 잡지 말라."

장수는 큰 칼을 뽑아 들고 도환에게로 달려갔다. 그러나 그는 미처 그 칼을 휘두르기도 전에 날아온 도환의 칼에 목을 잃은 채 말에서 떨어지고 말았다. 최도는 분개하여 다른 장수를 불렀다.

"적장의 무예가 대단하니 조심하라."

그러나 다시 나아간 장수 또한 몇 합 겨루지 못한 채 도환의 칼에 목숨을 잃었다. 그러자 도환은 더욱 기세등등하여 외쳤다.

"한꺼번에 덤비지 않고 어찌 한 놈씩 나오느냐! 역시 대방의 졸개들은 모조리 겁쟁이로구나!"

도환이 놀리는 말로 도발을 유도했지만 최도는 더욱 조심하여 함부로 나서지 못하고 수하에게 물었다.

"이런 싸움은 일찍이 듣지도 보지도 못하였다. 내가 어찌해야 하겠느냐?"

"결코 군사를 움직여서는 안 됩니다. 보아하니 저자가 한 팔이 없으니 여러 장수의 협격(挾擊)은 막아내지 못할 것입니다."

그 말에 따라 최도는 세 명의 장수를 한꺼번에 내보냈다. 그들이 도환을 둘러싸고 협격을 펼치니 언뜻 보기에 팔이 하나뿐인 도환이 막기에만 급급해 이기기 어려울 것 같았다. 이를 지켜보던 도환의 부장이 조바심을 내었다.

"도환 장군께서 힘에 부쳐 신호조차 못하는 것은 아닐까?"

군사를 낼까 망설이던 부장이 발을 동동 구르는 사이 최도가 직접 칼을 들고 세 장수에 합세했다. 그러자 도환의 패색이 더욱 짙어졌다. 도환의 부장은 더 견디지 못하고 일어서며 병사들에게 큰 소리로 외쳤다.

"적의 뒤를 쳐라! 도환 장군을 구하고 적을 섬멸하라!"

부장의 외침에 매복해 있던 도환의 군사들이 벌 떼같이 대방군을 들이쳤다. 눈앞의 싸움에 넋을 놓고 있던 최도의 군사들은 크게 놀라 적의 숫자조차 가늠하지 못하고 대열을 사방으로 흩트리며 물러섰다.

그때 최도와 세 장수를 맞아 싸우던 도환이 짧은 기합과 함께 최도를 깊게 찌르자 다른 장수가 이를 대신 맞고 크게 부상을 입었다. 그로부터 싸움은 금세 기울어 겁이 많은 최도는 등을 돌려 도망쳤고, 남은 두 장수는 몇 합 겨루지도 못하고 목숨을 잃고 말았다.

장수들의 전황이 이렇게 흐르자 수하 병사들이 제대로 싸울 수 있을 리 없었다. 도환이 이에 멈추지 않고 난전 사이를 헤집으며 장수의 갑주를 입은 자들을 골라 모조리 베어 죽이니 대방군은 이내 사방팔방으로 도주하기 시작했다.

"추격하라. 살아남는 적이 없도록 모조리 잡아 죽여라."

도환은 악착같이 적을 베었다. 그의 악귀와도 같은 모습에 대방군은 항거할 생각조차 못하고 도주하다가 목숨을 잃었다. 이미 멀리 도망친 최도를 향해 도환의 부장들이 화살을 몇 대 날렸으나 닿지 못하였다. 이 모습을 본 도환이 탄식했다.

"내가 한 팔이 더 있어 활을 잡을 수 있었더라면!"

비록 최도는 무사히 탈출했으나 대방군은 이날 전멸에 가까운 타격을 입었다. 대방군 중 최도를 비롯한 수백 명의 병사를 제외하고는 모조리 죽음을 맞이했지만 모용군은 죽은 자가 거의 없어 역사에 기록될 대승이라 할 만했다.

병사들이 완벽한 승리에 들떠 있는 가운데 도환은 부장을 불러놓고 크게 꾸짖었다.

"내 패색을 가장하여 최도라는 자를 잡으려 했거늘 네놈이 경거망동을 하여 놓쳤구나!"

"송구합니다."

"최도는 최비의 조카가 되는 자이다. 사로잡았다면 앞으로의 싸움에 큰 도움이 되었을 자인데……."

"용서하십시오. 장군께서는 우리 군의 전부와도 같은 분이라 도무지 참을 수가 없었습니다."

"네놈을 탓해 무엇 하겠느냐. 나에 대한 믿음이 부족한 것은 나에게 문제가 있는 것이거늘!"

대승의 와중에도 도환은 이를 갈며 아쉬움을 감추지 못했다.

도환은 곧 자초관으로 돌아갔다. 그가 출병한 후 십오 일 만에 깨뜨린 관문만 네 개에 죽인 장수가 스물, 죽이거나 사로잡은 적병이 삼천여에 이르렀다. 이 소문은 순식간에 낙랑뿐 아니라 유주와 평주 전체에 퍼져 진나라 사람 중 그의 이름을 들고 두려워하지 않는 이가 없었다.

　그로부터 며칠 지나지 않아 선봉인 번나발의 일만, 모용외의 중군 이만, 후군 아야로의 일만, 도합 사만의 군사가 자초관에 이르렀다. 도환이 나와 그들을 맞이하자 그의 공훈을 듣고 난 모용외가 흡족해하며 도환의 한쪽밖에 없는 손을 붙잡고 말했다.

　"그대와 같은 장수가 있는데 천하의 누가 나를 막을 수 있겠는가!"

　모용외는 좌우를 시켜 자신의 보검을 가져오게 했다. 한상보도(漢上寶刀)라는 모용외의 보물이었는데 이 칼에는 역사가 있었다. 예전 선비를 일으킨 단석괴가 한(漢)나라를 침략해 크고 작은 싸움에서 패하는 법이 없이 승승장구하니 한나라에 큰 우환이 되었다. 이에 골머리를 썩이던 한나라 환제(桓帝)는 금으로 만든 왕의 인수를 보내어 그를 달래려 했지만 단석괴는 이를 단칼에 거절하고 침략을 멈추지 않았다. 평생 선비족의 침략에 시달리다 죽은 환제의 뒤를 이은 영제 또한 단석괴의 침략을 막지 못하여 다시금 왕의 인수를 보내게 되었고 이때 같이 바친 공물이 질 좋은 철로 만든 말 동상이었다. 단석괴는 이번에는 더욱 단호히 거절하는 뜻으로 도장과 말 동상을 녹여 한 자루의 칼을 주조하고는 사신 일행을 모조리 죽여 그 핏물에 담금질하였다. 온 나라의 솜씨 좋은 장인들이 모여 수백 번 담금질한 칼이라 그 굳기와 날카로움이 비할 바 없이 대단하여 천하의 명검이라 할 만했다. 단석괴는 이 보검에 한나라가 진상하였다 하여 한상보도라는 이름을 붙이고 자자손손 간직하게 하였다. 이 한상보도는 대대로 선비족 단부의 족장에게 계승되었으나 모용외가 단부를 칠 때 빼앗아 갖고 있던 것이었다.

"한상보도라는 보물이다. 대선우 단석괴 이후로 선비의 우두머리를 상징하는 보검이라 내가 지니고 있었다. 그러나 머잖아 나는 선비뿐 아니라 천하의 황제가 될 터, 이제 너에게 내리니 앞으로는 선비 최고의 장수를 상징하는 신물이 될 것이다."

도환은 무릎을 꿇고 이를 받았다.

"이 도환, 반드시 주공을 위해 죽겠습니다."

모용외가 도환에게 상을 내리고 있을 즈음 낙랑성에서는 겨우 목숨을 붙이고 살아온 최도가 최비의 앞에 꿇어앉아 있었다. 최도는 감히 고개를 들지 못한 채 패전을 보고했다.

"어찌 시키지도 않은 일을 했다는 말인가!"

좀처럼 감정을 드러내는 일이 없는 최비가 분노한 목소리를 흘려내었다.

"나는 애초에 모용외와 싸울 생각이 없었다. 싸우지 않고 두 관문을 그저 내어준 후 협상을 할 생각이었거늘 왜 쓸데없는 짓을 하여 패자의 입장에서 협상을 구걸하도록 만드는 것이냐."

최도의 꼴을 보기도 싫다는 듯 눈을 감아버린 최비는 한참 후에야 눈을 떴다.

"원영."

"네, 태수님!"

"이제는 싸움을 피할 수가 없게 되었구나. 이 싸움에서 우위를 차지하고서야 협상을 벌일 수 있을 것이다. 그러려면……위추관. 그래, 위추관이다."

"예? 무슨 말씀이신지……."

"아니다."

꿀 먹은 벙어리가 된 원영을 향해 최비가 다시 입을 열었다.

"방정균이 위추관을 지켜내지 않았는가?"

"예."

"들라 하라."

곧 방정균이 들어와 고개를 숙이자 최비가 그에게 물었다.

"위추관을 점령한 적병의 숫자가 얼마나 되느냐?"

"일천 정도 되었으나 반절 가까이 잡아 죽였으니 이제 오륙 백의 군사라 하겠습니다."

방정균의 패기 어린 대답을 듣고 난 최비가 힘이 실린 목소리를 냈다.

"효성장군!"

"예."

"그대에게 삼천 군사를 주겠다. 위추관을 되찾을 수 있겠느냐?"

"이를 말씀이십니까! 반드시 적장을 사로잡아 오겠습니다!"

방정균이 크게 대답하자 최비는 다시 확인하듯 물었다.

"위추관은 이 전쟁 최대의 요충지인 터, 반드시 되찾아야만 한다."

방정균이 주먹을 맞잡으며 고개를 숙였다.

"제 목을 걸겠습니다."

"좋다. 성공한다면 너를 진북대장군으로 삼겠다."

최비는 특히 날래고 사나운 군사 삼천을 추려 방정균에게 주었다. 이들을 몰고 낙랑성을 뛰쳐나가는 방정균의 눈에 불꽃이 튀었다.

간계를 부르는 간계

위추관을 점령하고 거짓 승리를 꾸민 반강은 허벅지 부상을 치료하던 중 모용외가 위추관이 아닌 자초관으로 향했다는 말에 상심한 마음을 매일 술로 달래고 있었다. 그것은 모용외가 신임하는 장수가 어느 쪽인지를 분명히 보여주는 일인 까닭이었다. 더군다나 그는 도환과의 목숨을 건 내기에서 진 터였다.

"도환, 이 외팔이 놈이!"

술병을 던지며 분노에 몸을 떨던 반강에게 병사가 고했다.

"군사 배의 공께서 도착하셨습니다."

"배 군사가? 여기로 드시게 하라."

배의는 날카로운 눈으로 성내를 훑어보며 반강의 거처로 들었다. 반강을 보자마자 그는 빈틈없는 목소리로 물었다.

"적장의 목을 걸어 놓으셨던데 위추관의 수비대장입니까?"

"그렇소."

"오면서 낙랑의 사정을 좀 조사했는데 위추관을 지키던 자의 이름이 방정균으로 낙랑에서는 최비의 총애를 받는 장수입니다. 그런데 그자를 죽였으니 큰 공훈을 세우셨습니다."

배의의 말에 반강은 흠칫 놀랐으나 태연을 가장하여 응수했다.

"그렇소? 반항이 거세기에 한가락 하는 놈인 줄은 알았지만 그리 이름이 있는 줄은 몰랐구려."

"주공께서도 이 소식을 들으면 대단히 기뻐할 것입니다."

배의가 계속해서 그의 공훈을 칭찬하자 반강은 켕기는 게 있어 말을 돌렸다.

"그런데 군사께서 여기에는 어쩐 일이시오?"

"주공께서 반 장군을 도와 함께 위추관을 지키라 하셨습니다. 결코 잃어서는 안 된다 하시며 오백 군사를 함께 보내셨지요."

"내가 이미 있거늘 걱정이 과하셨구려."

"방정균의 목을 보니 나 또한 그런 생각이 듭니다."

배의는 특히 방정균이라는 이름에 힘을 주어 말한 후 반강에게 간단히 예를 표하고 그의 처소를 나섰다. 그러고는 걸음을 옮기며 곁의 수하에게 엄중히 말했다.

"반강 장군의 태도에 미심쩍은 구석이 있다. 이끌고 온 병사들의 대열을 정비하고 경계를 확실히 하여 혹시 모를 적의 침입에 대비하도록 하라."

"예."

"그리고 백성 중 방정균이라는 장수의 얼굴을 아는 자를 찾아 오도록 하라. 주공께서 위추관을 지키는 데에 실수가 없도록 당부하셨거늘 반강의 말에 믿음이 가지 않는구나."

한편 방정균은 멀리서 위추관을 바라보았다. 그간 해이하던 위추관의 경계는 배의의 명에 의해 제법 엄중한 기색을 띠고 있었다. 방정균이 한참 이를 살피다 중얼거렸다.

"적장이 아예 멍청이는 아니로군."

"예. 성벽마다 경계가 삼엄하고 궁수가 가득한 것이 깨뜨리기 쉽지만은 않겠습니다."

"그런데 저기 걸어둔 수급은 누구 것이냐?"

"투구를 씌운 걸로 보아서는 우리 측의 장수 같습니다."

"우리 측의 장수? 우리 측에 장수는 나밖에 없지 않으냐? 그러면 저게 나란 말이냐?"

"그러게요. 왜 저런 짓을 할까요? 장군을 반드시 죽이겠다는 저들의 결의일까요?"

방정균은 한참 생각하다 입가에 웃음을 떠올렸다.

"알 것 같구나. 일전에 보니 적장 반강은 힘은 장사지만 성미가 급하고 생각이 짧아 계략을 알지 못하는 자였다. 하지만 지금 저 진영의 삼엄함은 지난번과는 다르지 않으냐? 누군가 왔다는 얘기이고 보면 내 수급을 내걸고 얕은꾀를 썼던 반강은 초조할 것이다. 저걸 이용해야겠다."

경계병으로부터 낙랑군이 위추관 근처에 나타났다는 보고를 받은 반강은 크게 놀라 외쳤다.

"무슨 개수작이냐? 관문을 팽개치고 나갈 때는 언제고 다시 돌아온 이유는 또 뭐란 말이냐? 그런데 그놈이 다시 왔나?"

반강은 옆의 부장에게 다짐하듯 말했다.

"적장은 분명 그 방정균일 것이다. 배의가 그것을 알아차리기 전에 적장을 잡아 죽여야 한다."

반강은 몸이 달아 도끼를 움켜쥐고 벌떡 일어섰다.

"성문 밖으로 나가서 적을 맞는다. 내 이번에는 반드시 적을 모조리 죽여 큰 공훈을 세우리라."

그때 병사가 뛰어 들어오며 고했다.

"장군!"

"무슨 일이냐?"

"적장이 성벽 아래에서 장군의 이름을 외치며 대결을 청하고 있습니다."

"무어라?"

반강이 급히 성벽 아래를 내려다보니 말을 탄 방정균이 창을 휘두르며 크게 외치고 있었다.

"도적 반강은 어서 나와 이 방정균의 창을 받으라!"

반강은 주위를 둘러보며 배의를 찾았으나 다행히 그의 모습은 보이지 않았다. 이에 가슴을 쓸어내린 반강이 말을 타고 관문 밖으로 뛰쳐나가며 중얼거렸다.

"다행히 네놈이 죽을 곳을 찾아왔구나."

관문이 열리자 방정균은 바로 말을 돌려 도주했다.

"어딜 도망가느냐!"

반강이 말을 몰아 뒤를 쫓으며 보니 방정균은 등 뒤에 자신의 이름을 크게 써 붙여 놓고 있었다.

"아니, 저놈이!"

방정균이 워낙 일찍 말을 돌려 도망쳐 버리는 통에 반강은 입맛만 다시며 돌아왔다. 이런 반강을 배의의 차가운 눈초리가 기다리고 있었다.

"반강 장군. 방금 그자의 이름이 방정균이 아닙니까?"

반강이 아무 말도 하지 못하자 배의가 수하를 불렀다.

"데려오너라."

곧 한 민초를 데리고 온 수하는 그에게 성벽 위에 걸린 수급을 확인시켰다.

"저 목이 방정균의 것이냐?"

"아닙니다. 저는 방 장군을 잘 알고 있는데 저 수급은 절대로 방 장군의 것이 아닙니다."

그 말에 반강은 고개를 들지 못했다. 배의가 그를 쏘아보며 말했다.

"반강 장군이 이토록 교활한 분인 줄은 미처 몰랐소. 이 죄는 주공께서 묻도록 할 터이니 당분간 물러나 계시오."

배의는 반강을 배제한 채 부장들을 불러 모았다.

"수성의 이점을 최대한 살려 적을 맞는다. 활을 든 병사를 모조리 성벽 위로 올리고 관문을 보강하여 시간을 끌어라."

"예."

한편 방정균은 포로 하나를 불러 신문한 결과 반강과 도환의 내기에 대해 듣고는 의미 있는 미소를 지었다.

"내 너를 풀어줄 테니 돌아가 반강에게 전하라."

"무어라 하면 되겠습니까?"

"그는 이미 죽은 목숨이니 낙랑에 항복하면 태수께 말씀드려 큰 장수가 되도록 하겠다고 전하라."

곧 방정균은 말까지 한 필 주며 그를 놓아주었다.

"놈이 거짓 항복해 장군님의 목을 노리면 어떡하지요? 워낙 무예에 강한 놈이라 항복해도 걱정이 됩니다."

부장의 말에 방정균은 웃었다.

"이것은 계(計)를 부르는 계이니라. 두고 보아라."

방정균의 눈빛이 번뜩였다.

돌아온 포로로부터 방정균의 이야기를 전해 들은 반강은 배의에게 이 사실을 전했다.

"반강 장군은 어차피 죽은 목숨인데 어찌 적의 모략에 따르지 않고 내게 밝히시오?"

"내 비록 지금 죽을 죄인의 몸이 되었으나 주공을 배신할 수는 없소."

그의 충정에 배의가 말했다.

"비록 장군께서 여러 실책을 범하셨지만 모용부의 충신임에는 틀림이 없는 듯하오."

"배 군사, 이 계책을 역으로 이용해 보는 것은 어떻겠소?"

"역으로? 그렇다면 거짓으로 항복한단 말이오?"

"그렇소. 내가 투항한다면 적장의 목을 칠 기회가 있지 않겠소? 비록 내가 죽더라도 그놈의 목을 날리지 않고는 견딜 수 없소. 배 군사께서는 부디 형님께 전해 주시오. 이 반강은 오로지 형님과 모용부를 위해 떳떳하게 죽는 길을 갔노라고."

방정균의 목을 걸어둔 반강의 서툰 속임수에 실소를 지었던 배의는 이번 계책은 몹시 그럴듯하다는 생각에 크게 고개를 주억거렸다.

어둠이 내리자 다시 한번 배의와 계책을 의논한 반강은 야반도주를 가장하고 위추관을 빠져나왔다. 배의는 반강을 추격하는 듯 거짓으로 난리를 피워 이를 그럴듯하게 위장하였다. 반강은 곧 방정균의 진지에 닿았고 이를 본 방정균은 멀리서부터 두 팔을 벌려 그를 맞이했다.

"참으로 잘 생각하셨소. 내 반드시 태수께 말씀을 올려 장군을 중용토록 하겠소."

"감사하오."

"하지만 장군이 워낙 용맹하여 내 마음이 아직 불안하오. 바라건대 병장기를 잠시 놓아두어 내가 장군의 결심을 더욱 믿게 해주시겠소?"

"이미 모든 걸 던지고 왔는데 이까짓 병장기가 무슨 소용이겠소."

반강은 기꺼이 노상 들고 다니는 자신의 쌍도끼를 내려놓았다.

"고맙소, 반강 장군."

방정균은 크게 안심하는 웃음을 지었다. 그러나 다음 순간 방정균은 목덜미에 섬뜩한 기운을 느끼고는 다급한 외마디 신음을 내질렀다.

"아니, 이게 뭐요?"

반강은 어느새 방정균의 목을 감아쥐고는 시퍼렇게 날이 선 비수를 그의 목덜미에 갖다 댄 것이었다.

"내 너에게 씻을 수 없는 치욕을 당하고도 서푼짜리 목숨을 아까워할 줄 알았더냐. 나는 이미 나를 죽이고 떠나왔으니 이제는 네가 죽는 일만 남았다!"

이와 동시에 반강의 비수가 방정균의 목젖을 그대로 관통했다. 방정균은 피투성이가 되어서도 사력을 다하여 비수를 잡아채 땅에 떨어뜨렸으나 이미 목이 반이나 떨어져 나가 피를 콸콸 쏟으며 절명하고 말았다.

그 모습을 바라보던 반강으로부터 폭포 같은 웃음이 터져 나왔다.

"계략은 너만 쓸 줄 아는 게 아니다. 겁에 질려 얕은 머리만 굴릴 줄 아는 네가 어찌 감히 목숨을 던지는 나의 계략을 짐작이나 하였겠느냐! 내 그간 용맹 하나로 수없는 목숨을 거두었건만 단 하나의 목숨을 거둔 오늘의 기쁨에 비할 수 없다. 창도 칼도 아닌 머리로 거둔 승리가 이토록 감격스러운 줄은 미처 몰랐도다."

이때 반강을 향해 거대한 그물이 날아왔으나 반강은 피하기는커녕 연속하여 광소를 터트릴 뿐이었다. 정녕 환희에 찬 웃음이자 태어나 처음으로 계략을 써 적을 죽인 용장의 순진무구한 웃음이었다.

"훌륭하다, 반강. 그런데 너는 태어나 단 한 번이라도 방정균의 얼굴을 본 적이 있느냐?"

등 뒤에서 들려온 목소리에 이상한 느낌이 퍼뜩 스친 반강은 황급히 웃음을 멈추며 고개를 돌렸다.

"무어라!"

"자, 잘 봐두어라. 효성장군 방정균의 얼굴을."

그물 안의 생쥐가 된 반강의 귓불에 이제껏 들어본 중 가장 간교한 목소리가 날아들었다.

"아! 아니! 이게……."

"송충이는 솔잎을 먹고 살아야 하는 법. 네가 써야 할 건 머리가 아니라 저 무식하게 생겨 먹은 쌍도끼가 아니겠느냐. 내 네가 적장 중 각별히 명청하다기에 다만 꾀로써 사로잡은 것이니 너무 슬퍼하지는 말거라."

"네, 네놈이!"

분노한 반강은 미처 날뛰었지만 그물에 잡힌 몸으로는 단 한 명의 병사조차 어찌할 수 없었다.

"묶어두어라. 내일 이놈을 앞세워 위추관으로 진격할 것이다."

다음 날 위추관에서 벌어진 전투는 오래지 않아 방정균에게로 승리가 기울었다. 반강을 앞세워 진군하니 모용부의 군사들은 화살을 제대로 날리지 못하였다. 곧 접전이 벌어지자 모용군은 수적으로도 열세인 데다 잔뜩 기세가 오른 낙랑군의 상대가 되지 못했다. 거침없이 사방으로 날뛰는 방정균의 모습과 사로잡혀 온몸이 묶인 채 비참한 몰골로 끌려다니는 반강의 모습이 모용군의 사기를 바닥까지 떨어트렸다.

배의는 이를 갈며 후퇴를 명하였다. 그나마 그가 빠른 결정을 내렸기에 모용군은 더 큰 타격을 입지 않고 도망칠 수 있었다. 방정균은 더 이상 이들을 추격하지 않고 위추관으로 들었다. 이미 충분한 성과를 거둔 때문이었다.

"태수께 반강을 사로잡고 위추관을 수복하였다고 전하라."

방정균은 바로 최비에게 전령을 보냈다.

최비는 방정균이 보내온 승전보를 받고 기쁜 기색을 숨기지 못했다.

"위추관을 되찾았으니 전세가 불리하지 않다."

"이제 모용외에게 사절을 보내어도 되지 않겠습니까?"

원영의 말에 최비는 고개를 저었다.

"아직은 아니다. 사절을 보내는 것은 모용외에게 낙랑이 결코 쉬운 상대가 아님을 보여준 이후이다."

"종전에는 대군과의 싸움을 피해야 한다 하지 않으셨습니까?"

"전황이 변하였다. 적이 위추관의 중요함을 모르니 이 싸움은 이미 이긴 것과 다름없다."

최비는 입꼬리를 말아 올리며 중얼거렸다.

"협상은 상대가 간절히 원할 때 해야 하는 법."

밥 푸는 을불

고구려 평양성.

한 사내가 홀로 장원을 거닐고 있었다. 바로 이 장원의 주인
이자 고구려 조정의 실질적인 일인자, 국상(國相)의 신분을
가진 창조리였다. 빛바랜 검소한 회색 옷에 조용한 걸음걸이.
그리고 채 마흔도 되어 보이지 않는 맑은 얼굴이 무소불위의
권력자인 그의 이름과 도무지 어울리지 않았다.

이리저리 거닐다 잔뜩 구름이 낀 밤하늘을 한참 바라보던
창조리는 문득 아무도 없는 곳을 향해 나직한 목소리를 꺼냈
다.

"나오너라."

그러자 장원 한편에 드리워진 고목의 그림자에서 한 사내가
소리 없이 걸어 나왔다.

"국상, 극성에 보냈던 자들이 돌아왔습니다."

"말하라."

"모용외가 사만 군세를 이끌고 낙랑으로 갔습니다."

"흐음!"

"또한 열흘 전 극성에서 모용외의 군사 사도중련이 오천 군을 거느리고 홀한주로 향했습니다."

보고를 끝내고 사내가 어둠 속으로 사라진 뒤 창조리는 미간을 찌푸리며 생각을 거듭했다.

"오천의 군사라……, 그것도 사도중련이. 숙신은 이렇다 할 군사조차 없다. 그런데 왜? 그곳에 그분이 계시기 때문에? 그런데 모용외가 이 와중에도 그분을 치는 까닭이 도대체 뭐란 말이냐?"

자문자답하듯 혼자 중얼거리던 창조리는 곧 다시 장원을 거닐며 생각에 잠겼다. 새벽닭이 울고 해가 밝아 올 즈음에야 창조리는 가신을 불러 일렀다.

"조불과 소우를 불러올려라. 그리고 해추에게 내가 찾는다고 전하라."

"예."

다음 날 아침 창조리는 해추를 맞이했다.

"장군."

해추를 맞이하는 창조리의 얼굴엔 여느 때처럼 엷은 웃음이 배어 있었다.

'무서운 사람.'

해추는 속으로 창조리를 몹시 두려워했다. 창조리는 얼굴에 웃음을 잃는 법이 없었다. 정적을 모략하여 처형할 때에도 그는 항상 웃는 얼굴이었다. 그런 창조리가 해추를 마주 앉히며 다정한 얼굴로 말했다.

"수천 군사를 거느린 을불에게 장군이 일당백으로 대적을 했다니 가히 장군답다 싶었네. 그래서 내 오늘 뒤늦게라도 그 일을 치하하고 위로도 할 겸 불렀네."

"송구합니다."

"그런데 말일세, 나는 쫓기는 을불이 도대체 어디서 수천 군사를 얻었는지가 늘 궁금했네. 장군 생각은 어떤가?"

창조리의 물음에 해추는 몸이 딱 굳어버렸다.

"그것은……."

"장군은 을불이 수천 군사를 거느렸다고 폐하께 보고하지 않았나? 그들이 도대체 어디에서 나온 자들이냔 말일세."

창조리의 목소리는 은근했지만 해추의 등에서는 식은땀이 흘렀다.

"그러니까 그들은……."

해추가 뭔가 변명의 말을 만들어내려는 순간 창조리가 버럭 소리를 질렀다.

"네 이놈, 당장 무릎을 꿇어라! 고작 이십여 명의 역도들에게 등을 보이고 도망해 놓고는 수천의 적병이라고?"

"그, 그것은 그런 게 아니옵고……."

"아직도 이놈이! 사실을 실토한 네놈의 수하와 대질이라도 시켜 수모를 주어야 이실직고할 터인가!"

해추는 그 자리에 털썩 무릎을 꿇었다.

"이놈이 어디서 얕은 수작이냐! 혹시 네놈이 을불과 내통하여 그를 일부러 놓아준 게 아니냐! 그것은 역모이니 네놈의 가족은 물론 삼족을 멸하고 조상의 시체를 파내어 채찍질을 해야 마땅하리라!"

해추는 갑자기 숨이 훅 막혔다.

"죽여주십시오, 국상 어른. 그러나 맹세코 그것만은 아닙니다!"

창조리는 한참이나 해추의 얼굴을 뚫어지게 바라보더니 목소리를 낮췄다.

"그 말은 믿어주지."

"진심으로 감사합니다."

해추의 후회 어린 얼굴을 한참이나 바라보던 창조리가 다시 평소의 온화한 목소리로 돌아와서는 말했다.

"내 이 일은 숨겨두겠다. 그리고 너에게 마지막 기회를 주겠다."

"감사합니다. 이 은혜 백골난망이옵니다!"

"하지만 이번에도 실패하면……."

해추는 바닥에 머리를 크게 한 번 짓찧은 후 말했다.

"정말 제게 한 번의 기회가 더 주어진다면 을불을 잡지 않고는 돌아오지 않겠습니다."

창조리는 고개를 끄덕였다.

"좋다. 절노부 출신의 조불과 소노부의 소우가 도성 북쪽 학반령(鶴盤嶺)에서 기다리고 있을 것이다."

"넵!"

"이들은 용맹한 데다 천 명가량의 사병을 데리고 있어 내가 그들에게 특별히 부탁해 너를 돕도록 했다. 나라의 군사를 동원하면 너의 거짓말이 탄로나 그길로 네 목이 달아날 터이니 내가 특별히 배려하였다."

"감사합니다. 정말로 감사합니다."

"너는 이 길로 도성에 있는 네 수하를 하나도 남김없이 거두어 떠나되 추호의 실수도 없게 하라!"

"이 해추, 국상의 은혜를 평생 잊지 아니할 것을 다시 한번 맹세합니다."

조불은 절노부의 대형(大兄)이고 소우는 소노부의 대형이었다. 어릴 적 평양성의 동맹제에서 만난 후 이들은 평생의 벗으로 가까이 지냈는데 둘 다 군사를 부리는 머리가 밝고 무예가 남달라 일찍이 창조리의 눈에 들었다. 이들은 창조리와 알게 된 뒤로부터 그를 지극히 존경하여 그의 명이라면 무엇이든 앞장서서 따랐다.

해추는 이들이 도성에는 전혀 알려지지 않은 인물들이라 일이 끝나면 모든 공훈이 자신의 몫이 될 것으로 생각했다. 해추가 창조리의 지시대로 학반령에서 조불과 소우를 만나자 과연 이들은 군사 천 기를 거느리고 있었다. 여기에 해추의 직찰대를 더하니 군사의 수가 도합 천삼백가량에 이르렀다. 해추는 기세등등하여 외쳤다.

"을불 제 놈이 이제 어찌 나를 막겠는가! 반드시 이놈을 산 채로 잡아 태왕 폐하께 바치고 다시 신임을 얻으리라!"

한편 을불은 숙신의 도성 홀한주에 도착하자 큰 환영을 받았다.

"안국군의 손자가 돌아왔다!"

예전 안국군이 숙신에 심어둔 영향력이 절대적이었던 데다 을불이 유년 시절을 숙신에서 보낸 걸 아는 사람들은 을불의 귀환을 진심으로 반겼다. 더군다나 안국군을 죽인 상부가 숙신을 가혹하게 수탈하고 있었기 때문에 숙신족의 불만은 반란을 일으키기 직전으로까지 치닫고 있던 참이었다.

숙신의 장로들은 을불이 홀한주성에 도착하기가 무섭게 찾아왔다.

"오오, 어릴 때 모습이 그대로 남아있어요."

장로 아달순은 을불의 늠름한 모습을 보고는 친손자를 보는 양 기뻐했다.

"장로님들을 뵙습니다."

"안국군의 일은 참으로 안됐습니다. 일세의 영웅이 천하의 흉적에게 화를 당하시다니."

과연 숙신은 상부로부터 자유로운 곳이었다. 장로들은 거리낌 없이 상부를 흉적으로 불렀다.

"제가 여기 온 게 혹시 폐가 되지 않을까 하여 마음이 편치 않습니다."

"잘 오셨습니다. 여기는 을불 왕손님이 어린 시절을 보낸 고향입니다. 더 이상 쫓기는 곳이 아니니 여기에서 상부를 대항할 기반을 쌓고 돌아가십시오. 우리는 모든 지원을 다하겠습니다."

그러나 모든 장로들이 을불을 반기는 것은 아니었다. 고구려에 인접한 변방 출신의 장로 단구는 을불 역시 상부와 같은 고구려인이 아니냐는 투로 을불의 숙신행을 보는 눈길이 곱지 않았다. 그럼에도 을불은 그 지역 주민들의 피폐한 삶을 목도한 터라 단구의 싸늘한 냉대에 그리 마음을 두지는 않았다. 을불은 장로들의 앞에서 수레를 덮은 천을 벗겼다.

"아니, 이것이 다 무엇입니까? 철이 아닙니까?"

"그렇습니다."

"오오, 이 많은 수레에 다 철이 실려 있다는 말입니까? 파십시오. 얼마든 사겠습니다. 지금 우리에게 가장 필요한 게 바로 이것입니다."

그랬다. 그간 고구려의 왕들은 숙신으로 들어가는 철을 극도로 억제했다. 특히 상부는 숙신이 반란을 일으킬 걸 항상 염려했기 때문에 무기를 만들 수 있는 철이 숙신으로 반입되는 걸 아예 막아버렸고 숙신은 자체적으로 필요한 만큼의 철을 생산하지 못했다. 부족한 철은 무기도 무기지만 농사의 부실로 이어져 숙신 백성들의 피폐한 삶을 더욱 악화시켰다. 그러던 차에 을불이 가지고 온 막대한 양의 철은 장로들의 눈을 휘둥그레지게 만든 것이다.

"그냥 드리는 것입니다."

"네? 이 막대한 철을 그냥 준다고요?"

을불은 말없이 고개를 끄덕였다.

"도대체 무슨 이유로 철을 그냥 주겠다는 겁니까?"

"나의 결심입니다."

"결심이요?"

"숙신은 나의 고향입니다. 이곳으로 오는 동안 나는 고향의 백성들이 눈물겨운 삶을 사는 걸 보았습니다."

단구가 눈을 희번덕거리며 고까운 목소리로 물었다.

"을불 왕손님이 이 많은 철을 가지고 숙신까지 올 때에는 당연히 여기서 힘을 키우려고 했을 것임은 삼척동자도 짐작할 수 있는 일. 그러면 이 철이 기반입니다. 그런데 이제 와서 이 철을 모두 숙신 백성에게 거저 주겠다면 뭔가 야로가 있을 수밖에 없습니다."

저가가 나섰다.

"왕손님은 마음이 바뀌었소."

장로들의 시선이 일제히 저가에게로 쏠렸다. 저가는 일찍이 숙신에서 신의로 장사를 하여 재산을 모았던 사람이라 장로들은 그를 신뢰하고 있었다.

"본래 이 철은 모두 나의 재산으로 산 거요. 나는 을불 왕손님이 상부를 물리칠 수 있는 힘을 기르겠다는 말씀에 나의 전 재산을 내놓았소. 그래서 왕손님은 낙랑에 가서 어렵사리 이 많은 철을 사셨고 여기 숙신으로 왔소. 물론 숙신에 거저 철을 주려고 그 난리를 친 건 아니오. 여기서 이 철을 기반으로 힘을 기르려 했던 거요. 그런데 왕손님은 오는 길에 변방의 숙신 백성이 거듭된 흉년에다 고구려의 노역, 숙신의 중세(重稅)에 지쳐 전식을 하고 있는 광경을 보았소. 그때 왕손님은 타고 있던 말을 베어 그들에게 주었고, 우리는 그 먼 길을 걸어왔소."

장로들의 눈길이 을불의 얼굴로 옮아가다 다시 저가의 입가로 되돌아왔다.

"거기서 왕손님은 비로소 고구려의 왕이 되겠다고 결심을 하셨소. 그러고는 나의 만류에도 불구하고 철을 숙신 백성에게 모두 나누어 주겠다고 하셨소. 이 철은 무기가 아니라 쟁기를 만드는 데 쓰여야 한다고 하셨단 말이오."

"아니, 왕이 되려면 더욱더 이 철이 필요할 텐데요."

"왕손님은 이런 철이나 재물, 또는 잘 훈련된 병사나 마필의 수가 힘이 아니란 걸 아시는 거요. 진정한 힘은 백성의 마음에서 나온다는 걸 깨달으신 분이란 말이오."

"그런데 왜 고구려가 아니라 우리 숙신 백성의 마음을 사신단 말입니까?"

"아직도 모르겠소? 왕손님께는 숙신 백성 따로 있고 고구려 백성 따로 있는 게 아니란 말이오. 안국군 역시 그러지 않으셨소? 그분이 숙신 백성을 고구려 백성과 차별하였소? 나는 왕손님께서 타고 있던 말을 베어 전식하는 백성들에게 주고 걸어가실 때, 을불 왕손님이야말로 천하의 왕재라는 걸 가슴속 깊이 느끼며 오는 내내 흐느꼈소."

"아! 을불 왕손님!"

숙신의 장로들은 진심으로 고개를 숙였고, 양우는 저가의 지시에 따라 수레를 전부 장로들에게 내주었다.

저가의 무사들은 미래의 희망인 철이 모두 없어지자 한숨을 내쉬기도 하고 고개를 가로젓기도 했지만 을불의 표정은 전혀 변함이 없었다. 한술 더 떠 을불은 남은 금을 모두 풀어 숙신은 물론 고구려 등 다른 곳으로부터 곡식을 사 오도록 했다.

"을불 왕손님! 나부터 줘요!"

"아니, 나부터요!"

어린아이들은 아직 어둠이 걷히지 않았을 때부터 길고 긴 줄을 만들어 늘어섰다. 아니, 어린아이들만이 아니었다. 노인, 아낙네, 장정 할 것 없이 온 숙신의 백성들이 가까이는 물론 멀리서부터 을불이 밥을 퍼준다는 소문을 듣고 찾아왔다.

"아아, 얼마 만에 보는 밥이란 말인가!"

굶주리고 굶주린 숙신 백성들 중에는 밥을 보고 눈물을 쏟아내는 이도 있었고, 너무 오랜만에 밥을 먹다 목이 메어 탈이 나는 사람도 있었으며, 이미 굶어 죽은 부모를 들쳐 메고 찾아와 입에 밥을 떠 넣는 사람도 있었다.

"한 번만 받아야 해요, 한 번만! 그래야 내일 또 먹어요!"

을불이 매일 아침 큰 가마솥을 걸고 불을 때어 밥을 짓고는 이를 저가 일행과 같이 서서 사람들에게 퍼주니, 저가의 무사들은 무예를 닦는 대신 새벽부터 밥 짓고 사람들 줄을 정돈하는 게 일이 되어버렸다.

을불이 숙신에 들었다는 소문이 나면서 고구려에서 숙신으로 건너오는 사람들이 생겼다. 신성 동맹제에서 비롯된 소문은 을불을 천하제일의 무인으로, 그리고 철 수레는 금 수레로 둔갑된 채 널리 퍼지고 있었다. 그러나 숙신에 온 고구려 사람들은 을불이 가진 금을 팔아 하잘것없는 숙신 백성들에게 밥을 퍼주고 있는 걸 보고는 크게 실망했다. 그들이 그렸던 을불의 모습은 그게 아니었다. 저가의 무사들 역시 을불의 이런 모습에 실망하기는 마찬가지였다. 그들 역시 을불이 숙신까지 와서 군병 양성의 기반을 다 없애고 밥 짓는 일로 세월을 보내는 데 대해 불만이 없을 수 없었다.

"왕손님!"

백성들에게 밥을 퍼주고 숙소로 돌아온 을불에게 양우가 찾아왔다.

"바람이라도 쐬러 나가지 않으시겠습니까? 술도 한잔 않으시고 노상 밥만 퍼주는 왕손님을 옆에서 보기가 민망합니다."

양우의 부추김에 을불은 그와 저잣거리로 나섰다. 숙신은 어딜 가나 황폐한 모습을 감추지 못하였다. 저잣거리에도 몇몇 상인들이 약간의 물건을 내놓은 채 손님을 기다리며 멍하니 앉아있을 뿐이었다. 상부의 학정은 고구려뿐 아니라 자치국인 숙신까지 깊이 멍들여 놓았다. 휑한 거리를 한참 걷던 을불과 양우는 곧 허름한 주점을 찾아들었다. 이들은 안주를 시켜놓고 쓸쓸한 마음을 달래며 술잔을 기울였다.

"숙신에 도착하면 바로 힘을 키워 상부를 뒤집으러 갈 줄 알았습니다."

"무사들이 많이 실망하고 있나?"

양우는 말없이 을불의 잔에 술을 가득 따랐다.

"그런 자들도 있지만 오히려 굶주린 백성들을 먹이는 데 기쁨을 느끼는 자들도 있습니다. 문제는 고구려에서 찾아온 자들이지요. 그들은 한자리하려고 큰맘 먹고 여기까지 왔다가 밥 퍼주는 왕손님을 보고는 실망해 돌아가곤 합니다. 소문에 의하면 왕손님이 폐인이 되셨다고……."

"하하하하!"

"으흐흐흐."

"자네들이 지내기 어렵겠군."

"저가 어른이나 저는 오히려 이제껏 생각 못 했던 걸 깊이 깨닫고 있습니다만 무사들 중에는 아무래도 동요가 있습니다. 그런데 무엇보다 분통이 터지는 건 여기 숙신의 백성들입니다. 무식한 놈들이라 그런지 말로는 안국군의 은혜를 입었다고 주절대지만 속으로는 왕손님을 배척하는 놈들이 널렸습니다."

두 사람이 이런 대화를 나누는 중에 몇 명의 사내가 주점 안으로 들어오더니 그중 하나가 을불을 향해 다가왔다.

"당신이 을불이오?"

양우가 놀라 칼집을 들어 올리며 고함을 질렀다.

"웬 놈들이냐?"

"고구려로 돌아가시오!"

위협적인 목소리였다.

"너는 누구냐? 왜 여기를 떠나란 거지?"

"이제 곧 당신들을 잡으러 고구려 군사가 올 게 아닌가!"

양우가 피식 웃음을 흘렸다.

"졸장부 같은 놈. 천하의 왕재를 몰라보고! 상부가 두려운 가? 그렇다면 왜 맞서 싸울 생각을 하지 않는가? 우린 너희를 도우러 온 것이다!"

"당신에게 무엇이 있다고 상부를 상대한단 말인가? 떠나시 오. 이것은 모든 숙신 백성의 아우성이오!"

양우가 참지 못하고 소리쳤다.

"을불 왕손께서 사재를 털어 너희가 굶어 죽지 않도록 구원 하셨거늘 어찌 그 은혜를 모르느냐?"

"그 철과 밥은 앞으로 바쳐야 할 우리의 목숨값이 아니오?"

을불이 흥분하여 소리치는 양우를 말리며 자리에서 일어섰 다.

"그대들에게 피를 흘려달라는 부탁은 결코 하지 않겠소. 다 만 나는 고구려 왕실의 사람, 고구려가 침탈한 것에 대해 작은 보상을 하려던 것뿐이오."

을불은 사내를 잔잔히 바라보며 입을 열었다.

"자식이 있소?"

"어린 딸자식이 하나 있소. 그 아이 하나 살려내려고 이러는 거요."

"배를 굻리지 말고 잘 키우시오."

을불은 양우를 데리고 주막을 떠났다. 사내들은 묘한 표정으로 쓸쓸함이 가득 묻어나는 그의 등을 한참이나 바라보았다.

숙신의 영웅

그날 밤, 을불의 침소로 숙신의 한 장로가 방문했다.

"을불 공."

"비간 어른이 아니십니까."

을불에게 유달리 호의를 보이는 비간이었다.

"오늘 일을 들었습니다. 을불 공께서 달가 어르신에 이어 우리 숙신에게 또 한번 큰 은혜를 베풀어주셨건만 그저 죄송할 따름입니다."

"그보다, 이 시각에 어쩐 일이십니까?"

비간은 좌우를 한 번 살핀 후 작은 목소리를 꺼냈다.

"옛이야기를 하나 들려드리고 싶습니다."

"어떤 가르침을 주시려는지요?"

"숙신이 을불 공을 반갑게 맞아들이지 않는 데는 이유가 있습니다."

"굳이 말씀하지 않으셔도 알고 있습니다. 상부의 분노가 두려운 것이지요. 당연한 일입니다."

"물론 그것도 한 이유이지만 사실 더 큰 이유가 있습니다."

"무엇입니까?"

"아시겠지만 숙신에는 족장이 없습니다."

"무슨 까닭입니까?"

"혹시 아달휼을 기억하십니까?"

"아달휼!"

그 이름을 대하자 을불은 안국군이 몇 번이나 들려주었던 과거의 얘기 속으로 빠져들었다.

말에 올라 불타는 홀한주성의 최후를 바라보고 있던 달가의 눈에 숙신의 족장 아달상목이 들어왔다. 이미 피투성이가 된 채 무릎이 꿇려 있는 모습이었다.

"쳐라!"

달가의 지시가 떨어지자마자 아달상목의 목 위로 도부수의 도끼가 떨어졌다. 그리고 곧 고구려 병사들의 함성이 떠나갈 듯 쏟아졌다.

아달상목의 목은 장대에 꽂혀 홀한주성 성벽 높은 곳에 매달렸다.

그렇게 아달상목이 죽은 지 며칠 지나지 않아 달가의 침소에 숨어든 자객이 하나 있었다. 그는 몰래 잠입하여 달가의 침상 밑에서 한나절 내내 기다리다 달가가 잠든 틈을 타 비수를 꽂으려는 계획이었으나 인기척을 내는 바람에 도리어 달가의 병사들에게 잡히고 말았다. 달가는 끌려온 어린 자객을 보고 적이 놀랐다.

"어린아이가 죽음을 겁내지 않는구나."

과연 소년은 잡힌 신세가 되어서도 달가를 겁내지 않았다.

"부족이 터전을 잃었는데 어찌 죽음을 겁내겠소."

"진정 죽음이 두렵지 않느냐?"

"그렇소, 나는 죽어도 좋으나 부탁이 하나 있소."

"부탁?"

"그렇소."

"너는 지금 나를 죽이려 하였으면서 어찌 내게 부탁을 할 수 있느냐?"

"사람이 죽음을 각오하고서라도 이루려 했던 것을 살았는데 어찌 말로 못하겠소? 내가 죽고 사는 것보다 내 바람이 이루어지느냐가 더 중요한 문제 아니겠소?"

"허허, 당돌한 아이로다. 네 이름이 무엇이냐?"

"아달휼."

달가는 그의 이름에서 생각나는 바가 있어 물었다.

"족장 아달상목의 아들인가?"

"그렇소."

크게 한숨을 쉰 달가는 아달휼의 결박을 풀어주고 물었다.

"안타까운 일이다. 하나 전쟁이란 그런 것이니 나를 원망하지 마라. 그래, 어디 말해보라. 너의 부탁이 무엇이냐?"

"숙신의 백성을 숙신의 땅에 살게 해주시오."

"그게 무슨 뜻이냐?"

"우리는 대대손손 이 땅에서 살아왔소. 듣자니 우리를 고구려로 옮겨 살게 한다는데 그것은 우리에게는 죽음과도 같은 것이오. 뿌리를 잃고 떠도는 것은 차라리 죽느니만 못한 까닭이오. 그러니 죽이려면 아예 모조리 죽이고 살리려면 우리를 고구려가 아닌 이 땅에 살게 해주시오."

달가는 아달휼의 당당한 말에 감탄하며 말했다.

"어린아이가 참으로 대단하구나. 부족을 먼저 생각하는 마음이 제왕의 핏줄다운 기개가 아닌가. 그러나 아이야, 네 부탁이 얼마나 큰 것인지는 알고 있느냐? 너희를 여기 그냥 두면 너희는 반드시 다시 전쟁을 일으킬 것이다. 그러니 그 부탁은 들어줄 수가 없구나."

"대가를 치르겠소."

"대가? 무엇이 대가가 될 수 있겠느냐?"

"나와 숙신의 젊은이들이오. 젊은 사람들을 데리고 숙신 땅을 떠나겠소. 나는 족장의 유일한 혈통, 내가 떠나면 숙신은 고구려에 반기를 들지 못할 것이오."

"네가 떠나는 게 과연 대가가 되겠느냐?"

"고구려가 나를 죽이면 숙신은 고구려를 원수로 알 것이나 내가 스스로 떠나면 숙신은 나를 비겁자라며 원망할 게 아니오?"

달가는 재차 감탄하며 외쳤다.

"아, 네 아비가 아닌 너의 대에 숙신이 일어섰다면 고구려는 위험했을 것이다!"

"약속해 주시겠소?"

가만히 아달휼을 들여다보던 달가는 뜻밖의 물음을 던졌다.

"네 나이가 어떻게 되느냐?"

"열셋이오."

"좋다. 그 부탁을 들어주겠다. 대신 나에게도 바람이 있다. 들어주겠느냐?"

"무엇이오?"

"먼 훗날 을불이란 이름을 만나게 되거든, 그리고 그가 만약 너의 힘을 필요로 하거든 너도 그의 부탁을 들어다오. 그것이 나의 바람이다."

"을불이 누구요?"

"나의 손자다."

"알겠소. 이제 나는 떠날 것이오. 훗날 을불이라는 자를 만나면 반드시 이 약속을 떠올리겠소."

달가는 몇 번이고 을불에게 아달휼의 이야기를 들려주었었다.

"기억합니다. 열세 살 나이로 천하의 영웅인 안국군으로 하여금 오히려 청을 하게 만들고 떠났으니."

"그렇다면 아달홀이 숙신 땅에 있지 않은 것도 아시겠지요?"

"예. 그가 떠난 후로부터 지금껏 숙신에는 족장이 없다는 말씀을 하시려는 것입니까?"

"바로 그렇습니다."

"족장을 새로 뽑으면 되지 않습니까?"

"그의 죽음이 확인되기 전에는 숙신은 족장을 새로 뽑을 수가 없습니다. 과거 아달상목 족장께서 돌아가실 적에 이미 그를 새 족장으로 정해놓은 까닭이지요. 아직 숙신의 족장은 아달홀입니다."

"그렇군요."

"그런데 요즘에 이르러 사정이 바뀌었습니다. 그의 죽음이 확인되지는 않았지만 영영 돌아오지 않을 거라고 숙신의 장로들 모두가 확신하기에 족장을 새로 뽑으려 합니다. 그러니 족장의 자리를 탐내는 이가 한둘이 아니지요."

"흠."

"그리고 고구려왕 상부 또한 새로운 숙신의 족장을 세우려 합니다. 수탈에 용이하기 때문이지요. 이제 아시겠습니까? 족장의 자리를 노리는 장로들은 하나같이 상부의 눈에 들고자 합니다. 그러니 상부가 쫓는 을불 공을 좋아할 리가 없지요. 여러 장로들은 물론 그들을 따르는 백성들까지 말입니다."

비간은 두 손으로 을불의 손을 잡으며 마지막 말을 이었다.

"이틀 후입니다."

"이틀 후라니요?"

"아달상목의 기일입니다."

비간은 의미심장한 말을 마치고 돌아갔다.

참배가 다 끝나고 마지막 한 사람까지 돌아가고 나자 어둠이 깔린 아달상목의 무덤을 향해 천천히 걷는 이가 있었다. 온통 검은 옷을 푹 뒤집어쓰고 정체를 숨긴 그는 무덤가에 이르자 날카로운 눈초리로 사방을 살폈다. 벌레 소리 하나 들리지 않는 걸 확인하고서야 그는 비로소 죽갓을 벗어두고 옆구리에 찬 술병을 열어 주변에 둘러 뿌린 후 무덤 앞에 무릎을 꿇고 앉았다. 그는 긴 한숨을 한 번 내쉰 다음 담담히 입을 열었다.

"아버님, 그간 안녕히 계셨습니까. 소자 휼입니다."

과연 장로 비간이 예측한 대로 아달휼은 죽은 족장 아달상목의 기일에 맞추어 산소를 찾아온 것이었다. 그는 품에서 작은 금잔을 꺼내 술을 따라 앞에 놓고는 몇 번이고 큰절을 했다.

"자주 찾아뵙지 못하는 소자를 용서하십시오."

무덤 앞에 선 아달휼의 목소리가 떨려 나왔다.

"과거 오로지 아버님이 계셨기에 저 강대한 고구려에 칼을 겨눌 수 있었지만 아마 다시는 그런 날이 오지 않겠지요. 아버님은 숙신의 마지막 왕, 마지막 영웅이셨습니다."

한동안 술잔을 기울이다 몸을 일으킨 아달휼은 긴 한숨을 내쉬며 작별을 고했다.

"아버님, 휼은 이제 다시 떠납니다. 망국의 한을 지닌 채 다시 떠납니다. 이 땅의 백성들은 숙신을 잊은 채 살아가도록 놓아둘 것입니다. 아마도 이게 숙신의 운명이 아닌가 싶습니다."

아달휼의 비감한 목소리에 종내는 물기가 섞여 나왔다. 그는 차마 발걸음이 떨어지지 않는 듯 침묵 속에서 한참이나 서 있다가 마침내 몸을 돌렸다. 이때였다.

"족장!"

느닷없이 들려온 목소리에 아달휼은 번개처럼 몸을 돌렸다. 예사롭지 않아 보이는 한 젊은이가 조용히 나무 뒤에서 나타났다. 긴장한 아달휼은 주변에 무사들이 있는지 재빨리 살폈으나 혼자인 것 같았다.

"누구냐?"

타는 눈길로 노려보는 그를 향해 을불은 또렷하게 힘주어 말했다.

"안국군과의 약속을 기억하시오?"

아달휼은 을불을 한동안 바라보았다. 숙신의 사람이 아니란 느낌, 고구려인이 분명하다는 확신이 들자 아달휼은 칼을 뽑아 들며 목소리를 더욱 굳혔다.

"누구인가 물었다."

아달휼의 칼이 천천히 허공을 뚫고 앞으로 뻗쳐 나오더니 을불의 목덜미에 와서 멈추었다. 을불은 서늘한 칼의 감촉을 목에 느꼈지만 동요하지 않은 채 자신의 이름을 입 밖으로 밀어냈다.

"나는 을불이라 하오."

비록 어둠 속이지만 을불이라는 소리에 아달휼의 동요가 느껴졌다.

"을불!"

"그렇소. 을불이오."

재차 이름을 확인하고 나자 아달휼의 목소리도 칼끝도 미세하게 떨렸다.

"안국군의 손자이자 고구려의 도망자 을불이라는 얘긴가?"

"그러하오."

"나를 어찌 알아보았지?"

"이곳에서 기다리면 올 것이라 생각했소. 오늘은 아달상목 족장의 기일이 아니오."

"네가 그것을 기억할 이유라도 있는가?"

"과거에 다툼이 있었지만 고구려는 숙신을 형제와 같이 대하리라 약속했소. 내가 어찌 형제의 기일을 잊겠소."

"형제라……."

아달휼은 을불을 노려보며 천천히 칼을 내렸다.

"입에 발린 말이군. 너는 안국군과의 약속을 지키라고 나를 찾은 것이가?"

"그렇지 않다 말하지는 않겠소."

아달휼은 차갑게 웃었다.

"약속은 지키겠다. 그러나 형제란 말은 다시 꺼내지 말라."

"왜 그러는 거요? 당신의 부탁을 들어준 안국군을 증오한다면 이치에 맞지 않는 것 같은데."

"눈이 있으면 이 땅을 보아라."

"그렇기에 내가 이 땅에 온 것이오. 다시는 이런 일이 벌어지지 않도록."

"네가? 네가 무엇이기에?"

아달휼은 비웃음을 흘리며 말을 이었다.

"고구려왕 상부와 숙질간인 을불이 도망쳐 왕위를 노리고 있다는 사실은 나 또한 잘 알고 있다. 너는 나더러 고구려의 집안싸움에 숙신을 희생하여 도우라는 것이냐?"

"당신은 숙신이 이대로 상부에게 침탈당하도록 내버려 둘 것이오?"

"어쩌겠는가. 이 모두 망국의 설움인 것을."

"그때 당신이 떠났던 건 남은 백성들 모두가 숙신을 잊고 고구려의 품 안에서 편안히 살기를 바랐기 때문이 아니오? 그런데 지금에 와서 이렇게 수탈당하고 학살당하는 숙신을 그저 외면한다면 떠났던 뜻과 맞지 않는 게 아니오?"

아달휼은 고개를 저었다.

"네가 상관할 바가 아니다. 하지만 부탁은 들어준다. 목숨을 내놓는 한이 있어도. 말하라!"

"나의 부탁은……."

을불은 말을 끊었다. 아달휼은 그 자리에 선 채 꼼짝도 하지 않고 을불의 다음 말을 기다렸다.

"족장이 되시라는 거요."

말을 마친 을불은 상대가 미처 대답할 사이도 없이 몸을 돌려 묘역을 벗어났다.

을불, 숙신을 얻다

군사를 이끌고 숙신으로 향하던 해추는 깊은 근심에 빠져들었다. 조불과 소우가 엉뚱한 이유로 자꾸만 진군을 늦추는 까닭이었다. 어느 날 아침 병석에 누운 소우는 겨우 눈을 뜨며 해추를 맞이했다.

"내가 몸이 많이 아프오. 조금 쉬었다가 갈 테니 장군께서는 먼저 서둘러 진군하시는 게 어떻겠소?"

"정히 몸이 좋지 않으시면 그리하리다. 그렇다면 소노부 군사들의 지휘권을 내게 주시겠소?"

"그건 좀 힘들겠소. 이들은 나라의 병사가 아닌지라 함부로 인계해 드릴 수가 없소."

"아니, 그러면……."

"조불 공의 병사들과 함께 먼저 가시오. 몸이 낫는 대로 빠르게 따라가리다."

"그렇더라도……."

"어차피 을불은 숙신에 박혀 있는 것이 아니오?"

"그렇긴 하오. 쉬시오."

한숨을 쉬며 물러나온 해추는 조불의 막사로 들었다.

"소우 공이 몸이 좋지 않아 먼저 진군해야겠소."

"그게 좋겠소."

"그러면 바로 출발합시다."

소우와 그의 사병들을 남겨놓은 두 사람은 나머지 병사들을 이끌고 숙신을 향해 바삐 걸음을 옮겼다. 그런데 며칠 후 조불의 군영에서는 아침부터 풍악이 울리며 잔치가 벌어졌다. 놀라 찾아온 해추에게 조불은 술잔을 내밀었다.

"한잔하시오. 해추 장군."

"아니, 진군 중에 아침부터 무슨 술입니까?"

"사실 오늘이 내 귀빠진 날이오."

"뭐라고요?"

"해추 장군께서는 대수롭지 않게 생각할 수 있으나 우리 절노부에서는 귀빠진 날을 매우 중요하게 생각하오. 이날로부터 사흘은 낮밤으로 잔치를 벌이는 것이 절노부의 전통이오. 이날을 무시하고 넘어가면 상것이라고 놀림을 받소."

"아니, 대체 진중에서 무슨 말씀이시오?"

"혹 해추 장군께서 우리 절노부의 전통을 무시하는 것은 아니지요?"

갑자기 싸늘하게 굳어지는 조불의 얼굴을 대하자 해추는 당황하여 자신도 모르게 팔을 내저었다.

"그럴 리가 있겠소."

해추가 애써 좋은 얼굴로 답하자 조불이 기분 좋은 웃음을 터트리며 물었다.

"혹여 을불이 도주할 것이 걱정되시면 해추 장군 먼저 진군하시는 것은 어떻겠소?"

"그렇지만……."

조불은 짐짓 걱정하는 듯한 표정을 지어 보였다.

"하긴 사실 걱정은 되오. 을불이란 놈이 워낙에 영악해 빠졌다는 이야기를 많이 들어서…… 혹 해추 장군 혼자 가셨다가 당하기라도 하면 그 또한 문제일 테니."

"내가 어찌 을불이란 놈에게 당한다는 말씀이시오?"

"그럴 리 없겠지요?"

"그럴 리는 없지만 역시 함께 가야겠소. 국상께서 두 분을 보내주셨는데 홀로 공을 세웠다간 국상을 뵐 면목이 없지 않겠소?"

"그러면 어차피 소우 공도 병환이 있고 하니 며칠 지체할 수밖에 없겠구려."

조불과 소우는 이외에도 이런저런 핑계를 대며 진군을 늦추었다. 그들의 태평한 모습에 속이 터진 해추는 종내는 먼저 진군하기로 결심하고 직찰대원들과 함께 길을 나섰다.

"제 놈들의 사병이 상할까 두려워 나를 먼저 보내는 게로구나."

해추는 분기에 이를 갈면서도 길을 재촉했다. 하지만 숙신의 경계에 이르러 해추는 또다시 갈등에 휩싸였다. 이들을 기다리자니 언제 올지도 모르는 데다 모양새도 크게 상하는 일이었고 혼자 앞으로 나아가자니 여간 망설여지는 게 아니었다. 그러던 중에 해추는 모든 근심을 한 방에 날려주는 한 사내의 방문을 받았다.

"숙신의 장로 개걸루가 장군을 뵈옵니다."

"숙신의 장로라 하였느냐?"

"예, 맞습니다."

"그런데 예까지 웬일이냐?"

"역적 을불을 잡으러 장군께서 군사를 이끌고 행차한다는 소식을 들었습니다. 이에 혹여나 오해를 하실까 두려워 나왔습니다."

"오해?"

"저희 숙신은 을불을 숨겨주는 것이 아니고 고구려의 군사와 맞서려는 것은 더더욱 아닙니다. 다만 을불이 그의 수하들을 거느리고 숙신을 억압하기에 어찌할 바를 모르고 있던 차에 마침 장군께서 오신다기에 그들을 빨리 잡아 숙신을 안정토록 도와주시기를 오히려 간청하는 바입니다."

"내가 어찌 믿을 수가 있느냐? 내 그놈에게 한두 번 속은 게 아니다."

"저희가 역적 을불을 속여 잔치를 벌이고 그를 잡을 테니 장군께서는 그저 꽁꽁 묶인 그를 데려가시면 될 것입니다."

"너는 왜 자진해서 그런 짓을 하려는 것이냐?"

"이번에 을불이 숙신에서 그냥 도망간다면 고구려 태왕께서는 우리 숙신이 놓아 보냈다고 오해를 하실 것이고, 그 후환은 생각만 해도 두렵습니다. 또한……."

"또한?"

"제가 공을 세운다면 태왕께서 저를 족장으로 삼으셨으면 합니다."

"그건 별것 아니다만 내가 어떻게 믿겠느냐? 이 또한 을불이란 놈의 개수작이 아니더냐?"

"하여 저의 아들들을 볼모로 데리고 왔습니다. 장군께서 홀한주성으로 들어오시어 을불과 저의 아들들을 맞바꾸시면 될 것입니다."

해추가 더 이상 듣지 않고 개걸루의 손을 덥석 잡았다.

"내 직접 태왕 폐하께 고하여 너를 족장으로 삼도록 할 것이다. 그러니 반드시 실수가 없도록 하라!"

"참으로 감사하고 감사합니다. 장군께서 그 말씀을 기억해 주시기를 간절히 바랄 뿐입니다."

개걸루는 몇 번이고 깊이 인사를 올린 후 데리고 온 세 아들들을 남겨둔 채 해추의 앞을 물러났다.

을불이 해추가 숙신으로 들어온 걸 생각조차 못하는 사이 개걸루는 몇몇 장로들을 모아놓고 을불을 초청했다.

"과거 안국군께서 그토록 저희를 도와주셨는데 을불 공께서 또 은혜를 베풀어주시니 그저 감사할 따름입니다."

을불과 무사들은 술상을 앞에 놓고 앉았다. 개걸루가 그 가운데 나서서 계속 을불에게 감사와 사과의 말을 하였다.

"그간 숙신의 일부 백성이 을불 공을 홀대한 것이 사실입니다. 그러나 워낙 상부의 침탈에 시달려 왔기에 두려워서 그랬던 것이니 공께서는 부디 용서하시길 바랍니다."

"어찌 이해를 못 하겠습니까. 당연한 일인데 지금 이렇게 환대해 주시는 것만으로도 몸 둘 바를 모르겠습니다."

"지금부터라도 숙신은 을불 공을 과거 안국군과 같이 모시고 함께 앞날을 도모해 보고자 합니다. 공께서는 부디 사양 마시고 저희의 뜻을 받아주시기 바랍니다."

한참 술잔을 기울이던 양우가 기분 좋게 웃으며 을불에게 말했다.

"드디어 숙신이 왕손님의 마음을 알아주나 봅니다."

저가 또한 기뻐했다.

"참으로 잘된 일이 아닙니까. 결국 백성들에게 베푼 것이 복이 되었군요. 왕손님의 성품 덕입니다. 이제는 마음 편히 숙신에서 힘을 기를 수 있겠습니다."

"을불 공 만세!"

을불을 칭송하는 환호가 연신 울려 퍼지는 가운데 개걸루를 비롯한 숙신의 장로들이 계속 술을 따라주어 일행은 결국 크게 취하고 말았다.

"왕손님, 이 양우 이만 들어가야겠습니다. 많이 취했습니다."

몸을 가누지 못할 정도로 취한 양우가 을불에게 인사를 올리자 개걸루가 일어서며 그를 붙잡았다.

"어디를 가신단 말입니까?"

"더 있다가는 실례를 할 것 같습니다."

"이미 숙신에 들어온 것만으로도 큰 실례인데 무슨 실례를 더 한단 말인가?"

"뭐라고?"

돌변한 개걸루의 말투에 일행이 이상한 기분을 느끼는 찰나 갑자기 수십 명의 무사들이 들이닥쳐 을불 일행을 포위했다.

"이, 이게 무슨!"

"함정이었는가!"

취중에도 속은 것을 알아차린 양우가 칼을 뽑아 들고 무사들을 막아섰다. 비록 양우를 비롯한 저가 무사들의 무예는 숙신 무사들이 넘볼 수준이 아니었지만 이미 만취한 터라 싸움

114

은 불리했다. 곧 죽고 다치는 무사들이 생겨나기 시작했고 비록 취중에 휘두르는 칼이지만 숙신 무사들 중에서도 사상자가 나왔다.

을불은 도저히 마음에 내키지 않았지만 칼을 들고 덤벼드는 자들을 본능적으로 베었다. 그러나 발 앞에 쓰러지는 한 사람의 얼굴이 눈에 들어오는 순간 을불은 동작을 딱 멈추었다. 이전에 주막에서 본 자였다. 어린 딸이 있다며 떠나달라고 애걸하던 그의 모습이 을불의 머릿속에 가득 떠올랐다.

'이 사람은 결국 내가 여기 있기에 죽은 것이 아닌가!'

을불은 더 싸울 마음이 없어졌다.

"모두 멈추어라! 더 이상은 형제끼리 칼을 겨누지 말라!"

을불의 비통한 외침에 양편 모두 멈칫하며 그를 바라보았다.

"내가 떠나면 될 것이 아닌가! 내가 있기에 형제끼리 죽이는 것이 아닌가! 내일 바로 떠나겠다. 그러니 다들 칼을 버리고 싸움을 멈추어라!"

을불이 슬픔에 찬 목소리로 외치자 한편에 서서 싸움을 지켜보던 개걸루가 나서며 그의 앞으로 다가왔다.

"미안하지만 그렇게는 안 되겠다."

"개걸루, 내가 떠나기를 바라기에 이 같은 일을 벌인 것이 아닌가?"

"떠나겠다는 너의 말을 어떻게 믿느냐? 나는 너희들을 묶어 두었다가 내일 아침 너희를 직접 숙신 땅의 끝자락까지 데려가 놓아주겠다."

"뭐라! 왕손님을 묶어?"

개걸루의 말이 끝나자 양우와 몇몇 무사가 비틀거리는 가운데도 을불의 앞을 막아섰지만 을불은 이들을 말렸다.

"여기서 저들을 죽이고 싶지 않소. 이 일은 내가 알아서 처리하겠소. 그대들은 더 싸우지 마시오."

"그게 말이 됩니까? 그럴 수는 없습니다."

양우는 비틀거리면서도 고함을 쳤다.

을불이 개걸루를 향해 외쳤다.

"내 말이 그렇게나 못 미더우면 묶어라! 그러나 양측은 더 이상 싸우지 말라!"

"현명한 결정이다."

개걸루가 비릿하게 웃으며 손을 들자 싸움이 멈추었다.

"과연 왕의 재목이라 할 만하다. 고구려왕이 겁낼 만하군."

양우와 무사들은 개걸루를 살기 어린 눈으로 노려보았으나 을불의 말에 따라 순순히 그들의 포박을 받았다.

다음 날 아침 을불 일행은 숙신 장로들과 병사들의 경계 속에 양손이 묶이고 두 발이 짧게 죄어져 종종걸음을 치며 흘한주성 성문 밖으로 끌려 나갔다. 개걸루는 본래 성안에서 해추를 기다리기로 하였으나 일이 성공하자 한시라도 빨리 을불을 넘겨주고 싶어졌던 것이다.

"왜 말을 안 태우는가?"

"어차피 죽을 목숨, 말을 타서 무엇 하겠는가. 너희는 직찰대장에게로 가는 길이다."

"직찰대장? 해추?"

"그러하다."

"너 이놈, 개걸루! 약속은 지켜라."

"어차피 너희들은 어제 덤벼들었으면 다 죽을 목숨이었어. 그러니 그건 약속도 아니었던 거지."

"그렇게 생각하는가? 너희가 다 죽었을 거라는 생각은 들지 않는가?"

"미친놈!"

양우가 시뻘게진 얼굴을 숙이며 입을 열었다.

"왕손님, 뵐 낯이 없습니다. 제가 그만 대취하여 큰 실수를 하였습니다."

"아니, 그건 우리가 이들을 의심한 것보다 낫다. 말로는 형제 하면서 형제를 믿지 않는 건 소인배의 짓일 뿐이니까."

"그러나 이제 모든 걸 그르치지 않았습니까?"

"일단은 몸이나 추스르도록 하자. 특히 연로하신 저가 어른을 잘 보살피도록 하라."

저가가 입가에 처연한 웃음을 띠고 하늘을 올려다보며 탄식했다.

"이 사람 저가, 이제 죽어도 여한이 없습니다. 한평생 살아오며 영웅호걸을 자처하는 사람을 수없이 보았지만 모두 약자 위에 군림하여 내세우는 명분일 뿐이었습니다. 그런데 숙신의 무지렁이 백성들에게까지도 모든 것을 나누어주는 왕손님의 마음 씀씀이를 보며 속으로 얼마나 흐뭇했는지 모릅니다. 왕손님, 저세상에서 만나도 이 사람 저가를 거두어 써주십시오."

"웃기는 소리!"

이제 곧 족장이 된다는 기쁨으로 가득한 개걸루는 저가의 말을 듣자 피식 웃었다. 그러나 웃음이 끝나는 순간 그는 의아한 표정으로 앞을 바라보았다. 행렬이 더 이상 나아가지 못하고 제자리에 멈춰 선 까닭이었다.

"왕손님을 내놔라!"

"을불 왕손님!"

어디서 소식을 듣고 왔는지 수많은 숙신의 백성들이 길에 앉아 행렬이 지나가는 걸 막고 있었다.

"뭐하는 놈들이냐!"

누군가 목에 핏줄이 터져 나오도록 고함을 질렀다.

"을불 왕손님은 우리를 구원하셨는데 개걸루 장로님은 왜 그분을 잡아가는 겁니까?"

"비천한 것들, 그까짓 밥 몇 그릇에 넘어가 이러느냐!"

"그분이 철과 밥을 주셨지만 그게 다가 아니오. 그분은 우리가 평생 받아보지 못한 걸 주셨단 말이오."

"무슨 소리냐?"

"그분이 우리에게 주신 건 마음이오. 나와 네가, 너와 내가 따로 없는 마음이란 말이오. 그러니 이대로 못 가오! 장로님도 그 모든 걸 두 눈으로 똑똑히 보았을 텐데 이게 무슨 짓이오? 왕손님을 풀어주시오!"

개걸루의 눈에 분노가 일었다.

"여봐라! 이 무식한 놈들을 모조리 길옆으로 쓸어내라!"

개걸루의 명령을 받은 병사들이 발로 차고 등을 떼밀어도 백성들은 오히려 병사들을 꾸짖으며 물러설 줄 몰랐다.

"베어라!"

개걸루가 분노하여 외치자 병사들이 칼을 빼어 몇몇을 베었다.

"아악!"

그제야 겁을 먹은 백성들이 마지못해 길을 비켰으나 몇 걸음 가지 못하고 개걸루의 행렬은 다시 걸음을 멈추어야 했다.

"이번엔 또 어떤 놈들이냐!"

개걸루의 눈에 검정 옷으로 온몸을 휘감은 한 남자가 홀로 말에 탄 채 우뚝 서서 길을 막고 있는 광경이 들어왔다.

"웬 놈이냐!"

개걸루의 호통에 사내는 천천히 말을 몰아 다가왔다.

온통 검은 옷에 검은 죽갓을 눌러쓴 사내는 개걸루의 불호령에 조금도 동요되지 않은 채 우뚝 멈춰 섰다.

"저놈을 말에서 끌어내려라!"

군사들에게 소리치던 개걸루는 사내의 허리춤에 달려있는 칼집에 눈길이 가자 가슴이 덜컥 내려앉는 기분이 들었다. 너무도 눈에 익은, 그러나 오랫동안 기억에서 지워져 있던 물건이었다. 이때 개걸루 밑의 한 장로가 칼을 뽑아 들고 사내를 향해 호통쳤다.

"감히 웬 놈이 장로들의 길을 막아서느냐! 당장 비키지 못할까!"

그러나 검은 죽갓을 눌러쓴 사내는 미동도 하지 않았다.

"여봐라! 저놈을 쳐 내려라!"

장로가 명령을 내렸으나 은연중에 사내가 뿜어내는 범상치 않은 기운에 눌려 병사들이 감히 동작을 취하지 못하고 주춤거리자 장로가 재차 외쳤다.

"무엇들 하느냐! 어서 저놈을 끌어내리라니까!"

사내는 서서히 죽갓을 들어 올리며 타는 듯한 눈빛으로 개걸루를 응시했다. 그리고 누구에겐지 모를 말을 한 마디 한 마디 찍어내듯 천천히 중얼거렸다.

"그대들의 잘못이 아니다."

"무어라?"

"살아남기 위해서 그를 사로잡아 바치는 것이 당연하다. 그렇게, 그렇게 비루하게라도 살아가도록 내가 떠났던 것이니."

"네놈이 누구기에 계속 입방정을 떠는가? 저놈을 당장 치우지 못할까! 한시도 지체할 수가 없거늘!"

사내가 한 발짝 병사들에게로 다가서자 그의 기세에 눌린 병사들이 자기도 모르게 조금씩 물러섰다. 사내는 손가락을 들어 병사들 사이를 가리켰다. 그 손가락 끝에는 포박당한 채 허리를 꼿꼿이 펴고 서 있는 을불이 있었다.

"그러나 숙신인도 아닌 저자가 내 평생의 삶을 모조리 부끄럽게 만드는구나."

"무슨 소리냐! 여봐라, 어서 저 미친 자를 끌어내리지 못할까!"

계속되는 장로의 재촉에 결국 병사들은 내키지 않는 창을 들어 사내를 겨누었으나 사내는 아랑곳없이 갓 아래 반쯤 드러난 눈으로 병사들을 천천히 바라보았다. 그 눈빛에 연민과 애정이 섞여 있다는 것을 병사들이 알아챌 즈음 사내는 갓을 벗어 던졌다.

"내 너무 늦게 깨달았다."

"엇!"

드러난 사내의 얼굴을 본 장로들이 신음을 흘려냈다. 사람들 사이에 놀람과 탄성이 계속되었다.

"아달휼!"

"아달상목의 아들?"

"그래, 맞아. 아달휼이야! 아달상목 족장의 칼을 차고 있잖아!"

"죽은 줄 알았건만……."

장로들의 얼굴에 당황한 빛이 가득했다. 그런 가운데 아달휼은 진중한 목소리에 더욱 힘을 실어 병사들을 향해 흘려보냈다.

"그를 놓아주어라."

"예?"

"그의 포박을 풀어라. 숙신은 이제 그와 함께하리라."

아달휼이 선언하듯 엄숙하게 말하자 병사들은 아달휼과 개걸루의 눈치를 번갈아 살피며 슬금슬금 물러섰다.

"개소리!"

아달휼의 등장에 정신줄을 놓고 있던 개걸루가 고함을 쳤다.

"이제 와서 족장 행세를 하시겠다고? 십 년도 전에 숙신을 버린 네가 무슨 자격으로 그따위 소리를 지껄이느냐! 그래, 이제 무슨 기분이 내켜서 우두머리가 되겠다고?"

"아니, 내가 아니다."

"무어라?"

"왕으로 정해진 자가 아니라 왕의 모습을 보이는 자가 왕이다. 숙신이 섬길 왕은 내가 아니라 저기 묶여있는 저자이다."

아달휼은 포박당한 을불을 가리켰다.

"머리가 있다면 생각을 해보아라! 누가 온 재산을 가지고 와 숙신에 토해내겠으며, 누가 숙신 백성들을 위해 밥을 퍼주겠으며, 누가 전식을 하는 부부에게 자기 말을 베어주겠느냐? 너희가 그러겠느냐, 내가 그랬느냐, 아니면 저 개걸루가 그럴 것이냐? 대답을 해보아라!"

아달휼의 질타에 장로들과 병사들이 모두 얼어붙어 아무 말도 하지 못하자 개걸루가 입에 게거품을 물고 길길이 날뛰었다.

"무, 무어? 네놈이 아예 미친 게로구나! 여봐라! 저 미친 자를 어서 끌어내려라!"

"개걸루, 아달휼은 숙신의 족장일세."

한 장로가 말리자 개걸루는 그를 밀치고 병사들을 재촉했다.

"이놈들아! 고구려 군사가 코앞에 닿아있다! 미친 자의 말에 휘둘리다 모조리 죽고 싶은가!"

그러나 병사들 중 누구도 앞으로 나서는 이가 없었다. 이미 아달휼의 기세와 신분에 압도당하여 싸울 의사가 사라진 지

오래였다. 병사들이 꿈쩍도 않자 개걸루가 한 병사의 칼을 빼앗아 직접 아달휼을 향해 겨누었다. 그를 따라 몇몇 심복들이 무기를 들었으나 다른 장로들이 고개를 저으며 이를 말렸다.

"그만들 두게. 그는 아달휼이야. 이미 십 년도 전에 숙신의 족장으로 지명된 분일세. 여기 있는 누구도 그의 털끝 하나 상하게 할 수 없어."

과연 그의 말에 따라 병사들은 물론 심복 무사들까지 무기를 늘어트리자 혼자가 된 개걸루는 이러지도 저러지도 못한 채 눈치를 살피다 급히 몸을 돌려 도망쳤다. 아달휼은 가라앉은 눈으로 그의 뒷모습을 바라보며 말했다.

"누구도 상하게 하고 싶지 않다. 저 개걸루 장로에게도 무기를 겨누어서는 안 된다."

아달휼이 나직하나 힘 있는 목소리로 병사들을 타이르자 병사들은 곧 무기를 완전히 내려트리고 그를 향해 고개를 숙이며 외쳤다.

"아달휼 족장을 뵙습니다!"

"족장을 뵙습니다!"

모든 장로들과 병사들이 허리를 숙인 가운데 을불 일행의 포박이 풀리자 아달휼이 을불 앞으로 다가갔다.

"고구려가 당신의 백성임은 알겠다만 어째서 숙신 역시 당신의 백성이냐?"

"이 세상에 죽어도 되는 목숨은 하나도 없소. 고구려 백성의 목숨이 귀하다면 숙신 백성의 목숨 또한 귀한 이치요."

"내가 하지 못한 일을 그대가 하였다. 비록 족장의 이름은 나의 것이나 그 이름과 함께 숙신은 모두 그대의 것이다."

말을 마친 아달휼은 무릎을 바닥에 대고 엎드려 을불에게 절을 올렸다. 을불이 말렸으나 아달휼은 고개를 들지 않은 채 입을 열었다.

"숙신 족장 아달휼, 앞으로 당신을 주군으로 섬길 것을 맹세합니다. 모든 숙신의 백성 또한 당신을 주군으로 섬길 것이며 주군을 위해 싸울 것입니다."

"갑자기 왜 이러시오?"

"당신은 내가 버린 백성을 형제라 불렀습니다. 숙신의 그 누가 당신을 주군으로 모시지 않을 수 있겠습니까."

아달휼의 얼굴은 진심으로 가득했다.

"고맙소."

을불 역시 아달휼 앞에 무릎을 꿇고 앉았다. 그의 목에서 뜨거운 음성이 밀려 나왔다.

"휼 형님, 고맙소. 이제 나는 숙신을 영원히 나의 백성으로 알고 이들을 지키는 데 나의 삶을 다하겠소."

두 영웅은 서로를 뚫어지게 응시하며 언제까지나 땅바닥에서 몸을 일으키지 않고 있었다.

세상에 나온 청패

조불과 소우는 해추를 먼저 떠나보내고 나서 진중한 얼굴로 막사 안에 마주 앉았다. 해추가 떠난 후 막사 주위에서 조불의 생일을 축하하는 잔치 따위는 사라졌고 소우의 얼굴에서도 병색이라고는 찾아볼 수가 없었다.

"조불!"

"왜 갑자기 그런 표정을 짓지? 뭔가 심각한 얘기가 있는 것 같은데."

"혹시 이런 패를 본 적이 있나?"

"패? 무슨 패 말인가?"

소우는 품에서 주머니 하나를 꺼냈다. 천천히 주머니 안에 손을 넣은 소우는 작고 푸른색을 띤 패 하나를 꺼내 들었다. 그는 매우 조심스러운 표정으로 조불의 안색을 살폈다. 순간 조불 역시 품속에서 똑같이 생긴 푸른색 패를 꺼냈다. 소우는 조불이 꺼낸 패를 자신의 것과 맞추어 보더니 두 개의 패를 조불에게 넘겼다. 조불 역시 신중하게 패를 비교해 보곤 고개를 끄덕였다. 곧 두 사람은 감격한 목소리로 외쳤다.

"역시 그랬군!"

"나도 그러리라 생각하고 있었네."

조불과 소우는 서로를 굳게 껴안았다.

곧 서로의 뜻이 다르지 않음을 확인한 소우가 목소리를 낮추며 조불에게 물었다.

"그런데 자네가 받은 명은 무엇인가?"

"생일이라 하고 사흘간 잔치를 연다. 자네는?"

"병환에 시달려 가던 걸음을 멈춘다."

그들은 마주 보고 크게 웃었다.

"이미 우리는 생일을 맞이했고 병환에 시달렸고 해추만 외로이 떠났군."

"이제는……."

조불과 소우는 동시에 힘주어 말했다.

"소금장수를 세운다!"

한편 해추는 삼백 명의 직찰대를 거느린 채 활짝 열린 홀한주성의 성문으로 당당히 들어섰다. 득의만면한 그를 맞이하며 장로들이 깊이 허리를 숙였다. 그중 비간이 앞으로 나와 해추에게 고했다.

"숙신의 장로 비간이 장군을 뵈옵니다. 이미 역적 을불을 포박하였으니 장군께서는 부디 고구려를 향한 숙신의 충정을 의심치 마소서."

해추는 호탕하게 웃으며 그를 맞았다.

"숙신이 커다란 공을 세웠구나! 그런데 개걸루는 어디 가고 그대가 나왔느냐?"

"개걸루 장로는 역적 을불을 지키고 있습니다. 저를 보내 장군을 맞이하고 직접 마중 나오지 못함을 사죄하라 하였습니다."

"그래, 그 역적 놈은 어디에 있는가!"

"이미 도망가지 못하도록 포박해 놓고 개걸루 장로가 직접 지키고 있으니 장군께서는 그 목을 취하기만 하시면 될 것입니다."

"으하하하! 과연 약속을 지켰구나!"

해추의 얼굴에서는 시종일관 함박웃음이 떠나질 않았다. 게다가 조불도 소우도 없어 모든 공을 홀로 차지하게 되었으니 기쁘지 않을 수가 없었다. 수하들을 홀한주성 안에 주둔시킨 채 그는 두 명의 수하만 거느리고 비간의 안내를 따랐다.

"조불과 소우가 자신들의 사병을 잃을까 봐 그토록 핑계를 대며 뒤로 숨었건만 난 단 한 명의 수하도 잃지 않고 역적을 잡았다! 놈들, 뒤에 빠져있다 내가 당하면 날로 공을 가로채려 했겠다!"

과연 비간의 안내에 따라 도착한 뜰에는 저가와 양우 등이 포박당한 가운데 양편으로 수십 명의 숙신 병사들이 삼엄한 경계를 펼치고 있었다. 해추는 이들을 보자 뛸 듯이 기뻐하며 외쳤다.

"이 역적 놈들이 드디어 나에게 잡혔구나! 을불 그놈은 어디에 있느냐. 내 그 간악한 놈의 얼굴을 직접 확인하기 전까지는 마음이 놓이지가 않아!"

해추는 포박당한 양우와 저가 등을 향해 가까이 다가가며 을불을 찾았다. 그러나 을불의 모습이 눈에 띄지 않자 해추는 비간을 향해 고함을 쳤다.

"왜 을불이라는 놈이 없느냐!"

비간이 대답을 하지 않자 해추는 더욱 이상한 기분이 들어 큰 소리로 고함을 쳤다. 그러고는 칼을 들어 비간의 목에 가져다 대며 을렀다.

"을불이라는 놈이 왜 없냐고 물었다!"

"칼을 버려라!"

해추가 목소리 난 곳을 돌아보니 검은 죽갓을 쓴 아달휼이 해를 가리고 서 있었다. 그제야 해추는 사태를 알아차리고 분노를 터트렸다.

"이놈들! 감히 나를 속여?"

아달휼이 손짓을 하자 숙신의 무사들이 칼을 뽑아 들고는 해추와 그의 수하들을 에워쌌다. 그 기세가 삼엄하고 날카로운 것이 숙신의 훈련받지 못한 일반 병사들과는 확연히 달랐다. 그들은 바로 아달홀이 데리고 떠났던 숙신의 무사들로 오랜 세월 험한 세상을 오직 칼 한 자루로 살아온 강자들이었다.

"이런 개같은 일이!"

자신이 속았다는 사실을 확인한 해추는 칼을 들어 사력을 다해 무사들을 내리쳤다. 평양성 제일의 무골(武骨)이 내뿜는 무서운 기세라 숙신 무사들은 온전히 막지 못하고 몇 걸음 물러났다. 해추는 그 틈을 타고 죽기 살기로 칼을 휘두르며 생로를 뚫었다. 거기에 해추를 따라온 두 명의 수하가 필사적으로 뒤를 받치자 곧 길이 뚫리는 듯했다.

"비켜라! 이 숙신 노예들!"

해추는 홀로 서서 그를 가로막고 있는 아달홀에게 사나운 기세로 달려들었다.

"쨍그랑!"

그러나 아달홀은 여느 무사들과 달랐다. 검이 마주치는 순간 해추의 뇌리에 오늘 이 자리를 살아나가기 어려울 것 같다는 예감이 얼핏 스쳤다. 하지만 해추는 애써 불안감을 가슴에 묻고 아달홀을 향해 칼을 찔러갔다. 그러나 아달홀은 더 이상 칼을 섞지 않고 옆으로 비켜서 버렸다.

"덤벼라 이놈아! 한번 붙어보잔 말이다!"

그러나 다음 순간 해추의 눈에 자신을 향해 겨누어진 수십 개의 활이 들어왔다. 해추는 이를 갈면서도 몸을 움직이지 못했다.

"아아, 내 쥐새끼들에게 또 당하고 말았구나!"

"그대가 해추로군."

해추는 어금니를 부서져라 깨물며 끓는 한을 토해냈다.

"함부로 내 이름을 입에 담지 마라! 내 비록 또다시 간계에 홀려 이 자리에서 죽게 되었다만 네놈 따위에게 함부로 불릴 이름이 아니다!"

울분이 가득 담긴 해추의 외침을 듣기만 하던 아달휼은 손을 내려 무사들로 하여금 활을 거두게 하였다. 그리고 해추를 향해 까딱 고개를 숙여 보였다.

"……?"

"그대는 이름난 무인. 주인 모를 화살에 죽게 하지는 않겠다."

"무어?"

"칼을 들어라!"

시뻘건 눈으로 아달휼을 노려보던 해추는 하늘을 바라보며 큰 웃음을 터트렸다.

"고맙구나! 네놈이 도리를 아니 저승길 동무로 딱 맞지 않은가!"

호탕하게 소리친 해추가 칼을 들어 아달휼을 다시 한번 내리치니 그 신력과 기세가 산도 쪼개버릴 것 같아 지켜보는 이들조차 오금이 저렸다. 그러나 아달휼은 몸을 뒤집어 가볍게 피했고 곧 치열한 싸움이 펼쳐졌다. 한 칼 한 칼이 모두 상대의 목숨을 노리고 날아들어 그야말로 눈 한 번 깜빡할 사이에 생사가 갈릴 지경이었다.

평양성 제일의 무인과 숙신 제일의 무인 사이에 누가 낫고 못함을 가릴 만큼 차이가 뚜렷하지 않았다. 다만 해추가 전장에서 벌어지는 다수 대 다수의 싸움에 익숙한 장수였다면 아달휼은 어린 나이부터 칼 한 자루에 목숨을 걸고 온갖 이민족의 땅을 떠돈 노련한 무사였다. 그리고 이 차이는 오래지 않아 드러났다.

해추는 아달휼의 칼을 보았지만 아달휼은 해추의 팔을 보았다. 자연히 해추의 시선은 어지럽게 엇갈렸고 아달휼의 눈길은 간결했다. 살수를 내는 칼질에는 해추의 어깨가 추어올려졌지만 교란을 위한 칼질에는 팔꿈치만이 들썩이는 걸 간파하고 때를 노리던 아달휼은 해추가 허투루 휘두르는 칼질 사이의 틈을 정확히 찾아냈다.

"쨍그랑!"

적당한 힘이 실린 아달휼의 칼이 잔뜩 힘이 들어간 해추의 칼을 허공으로 날려 보냈다. 그리고 해추의 놀란 눈이 자신의 칼을 쫓는 사이 되돌아온 아달휼의 칼이 해추의 목덜미를 단

숨에 그었다.

"헉!"

짧은 신음과 함께 해추의 머리가 바닥으로 떨어졌다. 평양성 제일의 무사라 불리며 상부의 신임을 한 몸에 받던 해추로서는 허망하기 이를 데 없는 최후였다.

남은 직찰대의 운명 또한 마찬가지였다. 아달휼은 이들이 마음을 놓은 채 숙신군을 우군으로 여기는 기회를 놓치지 않았다. 직찰대원들 사이에서 물이며 간단한 음식을 나누어 주던 장로들과 수하들은 아달휼의 신호에 따라 일시에 소리치며 직찰대원들을 베어 넘겼다. 이와 동시에 몸을 숨기고 있던 숙신의 군사들이 순식간에 나타나 달려들자 마음을 놓고 있던 직찰대원들은 속수무책으로 당할 뿐이었다. 그들이 너절해 보이는 숙신의 무사와 병사들을 얕잡아 보고 있었기에 그 피해는 더욱 컸다. 비명을 지르며 나자빠지는 동료들을 뒤로하고 필사적으로 도주한 직찰대원들은 조불과 소우의 군사를 만나서야 비로소 안도의 한숨을 내쉬었다.

"무슨 일이냐? 해추 장군은 어디에 가고 너희들만 왔으며 이 꼴들은 뭐냐?"

조불의 물음에 그중 상급자가 참상을 보고했다.

"그렇다면 너희들은 장수를 버리고 도주했단 말이냐? 이런 못난 놈들, 모두 무릎을 꿇어라!"

직찰대원들이 조불의 지시에 따라 무릎을 꿇자 사이사이에 끼어든 조불의 군사들이 등 뒤에서 일거에 목을 쳐버려 도망쳐 온 직찰대원들 또한 한 명도 남김없이 모두 몰살당하고 말았다.

직찰대원들을 참살하고 나서야 조불과 소우는 진군을 서둘렀다. 이들은 흘한주성 근처에 이르러 병사들을 멀리 주둔시킨 후 단둘이서 백기를 높이 들고 성안으로 들어갔다.

또 한번의 힘든 싸움을 예상하며 진영을 가다듬던 을불은 영문을 모른 채 이들을 맞았다.

"절노부의 조불입니다."

"소노부의 소우입니다."

"그런데 어찌 된 영문인지······?"

조불과 소우는 갑자기 바닥에 무릎을 꿇으며 엎드렸다.

"왕손님을 태왕으로 옹립하고자 찾아왔습니다."

소우의 단도직입적인 말에 을불이 놀라 전후 사정을 살피려는데 조불이 엎드린 채로 갑자기 품속에서 청색 나무패를 하나 꺼내어 들었다.

"이것을 지닌 분이 계십니까?"

누군가의 입에서 짧은 신음이 흘러나왔다. 을불 곁에 서 있던 저가였다. 그러자 조불이 그에게 물었다.

"혹시 저가 어르신이십니까?"

저가가 고개를 끄덕이자 소우 역시 같은 패를 꺼냈다. 저가는 그들의 패를 받아 몇 번 만져본 다음 품을 뒤져 같은 모양의 청패를 꺼내 들었다.

"아, 결국 이 패가, 이 청패가 세상에 드러나는군요."

저가의 목소리가 떨려 나왔다. 그리고 곧 소우를 꽉 끌어안았다.

"장군!"

"어르신!"

이어 조불을 끌어안은 저가의 눈에 설핏 눈물이 비쳤다. 의문에 찬 눈빛으로 이들을 지켜보던 을불은 감격으로 끓어오른 저가의 마음이 가라앉기를 기다렸다가 물었다.

"이 청패가 무엇이기에 그러십니까?"

저가의 목소리에는 조금 전의 떨림이 그대로 남아있었다.

"왕손님, 예전에 말씀드렸듯 고구려 조정에는 왕손님을 따르는 이들이 있습니다."

저가는 눈시울을 붉혔다.

"그러나 선불리 나섰다가는 바로 척결될 것이기에 이 청패는 왕손님을 맞아들일 준비가 되었을 때만 세상에 나오기로 약조된 것이었습니다."

"아!"

"이 청패에 관해서 드리고 싶은 말씀이 한두 가지가 아닙니다. 그러나 부디 용서하십시오. 아직은 아무 말씀도 드릴 수가 없습니다."

"어째서지요? 청패를 가진 이들은 저를 돕는 이들이라 하지 않았습니까?"

"거기에는 이유가 있으니 부디 묻지 말아주십시오."

"이유라면요?"

"머잖아 곧 다 아실 일입니다. 그보다 저 두 장군을 어서 받아들이시지요."

을불은 궁금한 마음을 누를 길 없었지만 자신을 가장 깊이 믿고 따르는 저가가 한사코 고개를 젓는 데에는 더 이상 추궁할 수가 없었다. 그는 자신의 생각을 접어두고 조불과 소우의 절을 받고 답례했다.

곧 성내를 정리하고 군사들을 가다듬어 보니 숙신의 군사가 오백이었고 조불과 소우가 데려온 군사가 일천에 이르렀다. 비로소 군사다운 군사를 가지게 되는 순간이었다.

그러나 그 기쁨을 마음껏 누리기도 전에 또 하나의 전운이 다가오고 있었다.

병법을 역이용하다

오천 군사를 거느리고 극성을 떠난 사도중련은 고구려를 자극하지 않으려 조심스레 길을 돌아 숙신 땅을 밟았고 숙신에 들어와서도 사방을 살피며 극도로 신중하게 홀한주성을 향해 진군했다. 그러나 숙신 땅 어디에서도 막아서는 군사가 없자 사도중련은 피 한 방울 흘리지 않은 진군을 기뻐하며 잠자리에 들었다. 그날 밤 그는 잠이 오지 않자 문득 모용외를 생각하며 중얼거렸다.

"주공께서는 잘 계시는지……."

모용외와 사도중련의 만남은 선비족 모용부에 가장 많이 회자되는 일화 중 하나였다.

사도중련은 본래 진무제 사마염의 군사 중 하나로 사마염은 어린 나이에도 재주가 비상한 사도중련을 최비와 더불어 가장 아끼며 사랑하였다. 사도중련이 처음 모용외를 본 것은 바로 유주에서 벌어진 진나라와 모용부의 싸움에서였다. 갓 족장이 되어 부여의 의려왕을 쳐서 자결하게 만드는 등 세상 두려울 게 없었던 청년 모용외는 이 싸움에서 다섯 배가 넘는 유주군을 맞아 치열한 접전을 벌였다. 모용외는 사흘을 쉬지 않고 싸웠는데 사흘째 되는 날에는 모용외의 무예에 질린 유주군의 장수들이 그의 근처에 다가가기를 겁내어 맞서 싸우는 이가 없었다.

"천하제일이로다."

아무도 없는 평지를 달리듯 말을 타고 적병을 베어 넘기는 그의 모습을 보며 진나라의 장수들이 입을 모아 남긴 한마디였다.

그러나 결국 모용외는 이 싸움에서 수적인 열세를 극복하지 못하여 처참히 패배하고 도주하였는데 사도중련은 그의 전신과도 같은 모습에 진정으로 감동하여 이름 석 자를 가슴속 깊이 새겨두었다. 그러다가 사마염이 죽고 어린 혜제가 즉위한 후 진 조정이 척신들과 제후들의 끝 모를 쟁투로 빠져들자 이에 염증을 느낀 사도중련은 모용외를 찾아가 투신했다. 이때 모용외는 반강과 도환을 수하로 얻어 막 부활의 몸짓을 시작하던 참이라 무장은 있으되 재사가 없었던 상황에서 반가이 그를 받아들여 군사로 삼았다.

"그대는 왜 강대한 진나라를 버리고 나를 찾아왔는가?"

"주공이 역사에 이름을 남길 적에 함께 써지기를 원하는 까닭입니다."

"내가 역사에 남을 인물임을 어떻게 아는가?"

"열 명을 베는 장수를 가리켜 맹장이라 부르고 백 명을 베는 장수를 가리켜 신장이라 부릅니다. 그러나 주공은 천 명을 베는 장수이기에 마땅히 부를 이름이 없습니다. 후세 사람들이 주공의 이름을 지어줄 것입니다."

이후로 모용외는 사도중련을 제 몸같이 아꼈고 모든 전술과 전략을 그에게 물어 행하니 결코 패하는 법이 없었다. 그로부터 얼마 후 모용부는 우문부와 단부를 치고 선비의 중심 세력으로 우뚝 서기에 이른 것이다.

변변한 성벽이나 수비대 하나 없는 숙신 땅에 이르러서도 사도중련은 진영을 세우고 대열을 정비하는 데에 소홀함이 없었다. 정찰병이 사방 수십 리를 정탐하고 와서야 움직이는 것이 그야말로 빈틈없는 진군이라 할 만했다.

"적의 병사라고는 그림자조차 찾아볼 수 없습니다."

그간 사도중련이 수십 번이나 정찰병을 보냈으나 모두 같은 말을 하였다.

"알 수 없는 일이로다. 이토록 땅을 비워놓을 수가 있는가. 아마도 적의 함정이리라."

의심을 버리지 못한 사도중련은 세작들을 풀어 홀한주성 안으로 들여보냈다. 사도중련이 직접 훈련시킨 세작들의 보고는 상세하고도 정확했다.

"고구려왕이 숙신족을 미워하여 심하게 수탈하였다고 합니다. 게다가 근년에는 심한 가뭄이 들어 군량미는커녕 당장 먹을 식량도 없어 극도로 피폐해졌다 합니다."

"흠."

"게다가 지금 을불을 잡기 위해 고구려 군사들이 홀한주성을 향하고 있다 합니다."

"홀한주성으로 향하는 고구려군의 숫자는 얼마나 된다 하더냐?"

"천삼백 정도라 합니다."

잠시 생각하던 사도중련은 곧 결론을 내렸다.

"어차피 을불을 잡는 것이 목적이니 미리부터 불필요한 피를 흘릴 필요가 없다. 우리가 을불을 죽이나 고구려왕의 군사가 그를 죽이나 다를 게 무어냐! 일단 사세가 어떻게 되는지 지켜보아야겠다."

사도중련이 그로부터 열흘이 넘도록 군사를 숨긴 채 그저 기다리고만 있는 동안 을불은 아달휼의 도움을 얻어 해추를 죽이고 조불과 소우를 맞이하여 세력을 갖추었다. 계속 세작을 들여보내 성안의 정세를 살피던 사도중련은 을불이 잡히기는커녕 오히려 군사를 얻고 숙신의 아달휼 족장까지 그를 주군으로 모시게 되었다는 소식을 듣고는 아연실색했다.

"을불이라는 자가 열흘도 되지 않는 동안 저토록 세력을 이루었으니 이제 큰 싸움을 벌여야만 하겠구나."

그러나 사도중련은 사태가 크게 어려워졌음에도 당황하지 않았다. 군세를 정비한 그는 일사불란하게 진군하였고 곧 홀한주성 앞에 이르렀다.

갑작스레 사도중련의 군세를 맞이하게 된 을불은 여러 장수들을 불러 회의를 열었다. 저가, 양우, 아달휼, 조불, 소우가 함께한 가운데 을불은 무거운 입을 열었다.

"지금 선비족 모용부의 군세가 홀한주성에 이르렀습니다. 적의 군사가 우리의 세 배가 넘는 데다 군사를 이끄는 자는 그 유명한 사도중련이라 합니다. 사실 승산이 그리 크지는 않습니다."

좌중이 술렁이는 가운데 저가가 조심스레 입을 열었다.

"굳이 우리가 맞서 싸울 필요가 있겠습니까?"

조불이 맞장구를 쳤다.

"본래 상부가 버린 땅입니다. 우리가 희생을 감수하며 싸울 필요가 없습니다."

"잠시 홀한주 땅을 잃는다 해도 후에 되찾으면 되지 않겠습니까."

소우가 말하면서 아달휼의 눈치를 살폈다. 숙신은 본래 그의 땅인 까닭이었다. 그러자 아달휼은 표정을 드러내지 않은 채 담담하게 을불을 향해 말했다.

"이미 주군을 따르기로 한 터, 주군의 결정을 따를 것입니다. 굳이 숙신 땅에 얽매여 대사를 그르치지 마십시오."

을불이 대답을 하지 않고 생각에 빠진 가운데 다시 저가가
말했다.

"만에 하나 승리를 거둔다 해도 우리의 피해가 클 것입니다.
어쩌면 적을 물리친 후에 다시 고구려군을 맞아 싸워야 할지
도 모르니 아무리 생각해도 지금은 몸을 뺄 때입니다."

을불이 여전히 대답을 하지 않자 좌중에 침묵이 흘렀다. 한
참 시간이 지난 후에 을불이 천천히 입술을 떼었다. 을불의 눈
은 저가를 향해 있었다.

"제가 어떠한 결정을 하더라도 저를 따르시겠습니까?"

"이를 말씀이십니까."

"그 전에, 정녕 저를 고구려왕으로 추대하려 하십니까?"

"그렇습니다."

"어째서지요?"

"현왕 상부가 무도하여 폭정을 일삼는 데다 국혼을 무너트
려 나라를 도탄과 위기에 빠트린 까닭입니다. 다행스럽게도
왕손님께서 영명하시고 정의로우시며 백성을 먼저 생각하시
니 상부를 몰아내고 왕위에 오르셔야 하지 않겠습니까."

"제가 백성을 먼저 생각한다 하셨습니까?"

"그렇지 않습니까? 자신을 던져 숙신의 백성을 구휼한 것만
으로도……. 하지만 지금은 몸을 사려야 합니다. 대의도 몸을

보중하고 나서야 이룰 수 있는 게 아니겠습니까."

을불이 빙그레 웃었다.

"그렇군요. 홀한주성을 그냥 내어주도록 합시다."

"예?"

오히려 저가의 목소리가 높아졌다. 갑자기 몸을 빼자는 을불의 말이 곧이들리지 않았던 것이다. 그러나 곧 저가의 얼굴에는 반색하는 빛이 떠올랐다.

"잘 생각하셨습니다. 지금은 몸을 빼야 할 때입니다."

을불은 이어 아달휼을 불렀다.

"아달휼 족장."

"예."

"일단 모든 백성을 홀한주성 밖으로 소개하십시오. 그리고 군사들이 몸을 숨길 만한 곳들을 알려주십시오. 우리는 모든 군사를 도적으로 만들어야겠습니다."

"예?"

"여러분의 말씀대로 굳이 제 살을 깎으며 홀한주성을 지켜낼 필요가 없습니다. 그런데 저는 이 땅 숙신을 모용외에게도 상부에게도 주기 싫으니 빈 홀한주성만 주겠다는 말입니다."

좌중이 술렁이는 가운데 을불이 계속 말을 이었다.

"아달휼, 양우, 조불, 소우 네 분 장군이 각자 일군을 맡아서 도적의 수령이 되도록 하십시오."

"도적이라니……."

"원정군인 사도중련은 서둘러 싸워 정벌을 마치려 할 것입니다. 하지만 상대가 없으면 싸울 수도 없고 그렇다고 도적을 토벌하고 있을 수도 없습니다. 우리는 도적이 되어 백성을 수탈하는 것입니다."

좌중은 을불이 무슨 말을 하는지 몰랐지만 그냥 따를 수밖에 없었다.

큰 싸움을 각오하고 나섰던 사도중련은 아무도 지키는 이 없는 홀한주성에 무혈입성하자 어리둥절하여 을불의 자취를 뒤쫓았다. 마침 홀한주성을 떠나지 않은 이가 있어 그를 잡아다 묻자 쉽게 대답을 들을 수 있었다.

"을불이란 자는 도적이 되었습니다."

"도적?"

영문을 알 수 없어 하루 종일 생각하던 사도중련은 밤이 되자 크게 웃었다.

"을불이 오합지졸을 모아 군사의 수는 채웠지만 군량도 훈련도 없었으니 싸움이 무서웠구나. 도적 떼가 되었다는 것은 숙신의 백성들이 을불의 군대에게 곡식을 내놓지 않는다는 뜻. 바로 민심을 장악하지 못했기 때문이 아니냐."

사도중련은 싸움에서 민심을 장악하는 게 얼마나 중요한지 잘 알고 있었다. 그는 곧 홀한주성을 온전히 정비하고 숙신의 각 부락에 병사들을 보내 모용부의 점령지임을 공고히 했다. 군사들로 하여금 일체의 노략질을 금하고 오히려 숙신의 백성들에게 식량을 나누어 주니 백성들 사이에 모용군의 명망이 드높았다.

을불의 군사는 도적 떼가 되어 부락마다 누비고 다니니 백성들은 도적 떼를 피해 다시 홀한주성으로 대거 이동하기 시작했다.

"군사 어른, 백성들이 자진해 성안으로 돌아오고 있습니다. 이는 민심이 우리에게 있다는 얘기 아닙니까?"

사도중련은 성루에 올라 수많은 백성들이 줄을 이어 돌아오는 모습을 보고는 만면에 웃음을 띠며 기뻐했다.

"참으로 아름다운 풍경이로다. 민심을 얻은 자가 곧 천하를 얻는다고 했는데 이 광경은 바로 우리 모용선비가 천하를 얻는 모습이 아니냐. 어서 저들을 반갑게 맞아들이고 굶주린 자들에게는 식량을 나누어 주어라!"

모용군이 식량을 나누어주고 백성을 환대한다는 소문이 나면서 수많은 숙신의 백성들이 홀한주성 안으로 들어왔다. 그러자 사도중련은 기쁜 중에도 조금씩 걱정이 되기 시작했다. 바로 백성들을 먹여야 하는 부담이 날이 갈수록 가중되는 탓이었다. 방법은 도적 떼를 토벌해 백성들이 성 밖으로 마음 놓고 나가게 하는 것뿐이었지만 도적 떼 토벌은 말처럼 쉽지 않았다. 이들이 한군데 모여있지 않고 흩어져 출몰하는 데다 행적을 추적하기 어려워 모용군은 상대의 그림자조차 만날 수 없었다. 수많은 전장에서 신출귀몰한 전략으로 이름을 날린 사도중련이었으나 싸울 상대가 없는 데에는 방법이 없었다. 겨우 도적의 소재를 파악하여 군세가 출동하면 이미 도석 떼는 온데간데없이 사라진 뒤였다.

을불을 죽이기 위해 떠나온 원정이었으니 그를 찾아야 했지만 아무리 민심이 이쪽에 있는 듯해도 그를 밀고하는 자가 없었다. 이미 도적이 되어 산으로만 옮겨 다니는 그를 잡는 것도 요원한 일이거니와 그토록 즐거운 마음으로 얻었던 민심이 이제는 큰 짐이 되고 말았다. 다른 한편으로 사도중련으로서는 그간 식량을 베풀어 백성들의 마음을 크게 얻은 지금 그걸 허물기는 죽기보다 싫었다.

"허허!"

홀한주성에 더 있어봐야 이제껏 얻었던 민심만 잃을 뿐이라는 계산을 한 사도중련은 어이없는 웃음을 날리며 철군을 결심했다. 단 한 사람의 군사도 잃지 않고 성을 장악한 데다 백성의 마음까지 크게 얻었음에도 불구하고 물러가야 한다는 사실 앞에서 사도중련은 그저 쓴웃음을 지으며 홀한주성을 빠져나갔다.

옥에 갇힌 재사

낙랑성의 옥에 갇혔던 아영은 주 대부와 격리되었다. 원영은 무슨 생각에선지 아영을 낙랑부의 옥사로부터 외딴 민가로 옮기고 군병들로 하여금 지키게 했다.

"아가씨!"

방 안에서 깊은 생각에 빠져 있던 아영은 문득 들려온 목소리에 사방을 살폈다. 그러자 천장에서 다시 목소리가 들려왔다.

"이곳입니다."

아영은 익숙한 목소리에 차분하게 말했다.

"지종 아재인가요? 경계가 삼엄하니 모습을 보이지 마세요."

"잘 알고 있습니다."

천장의 사내가 여전히 모습을 보이지 않은 채 대답하자 아영 역시 앞쪽을 바라보며 대화를 이어갔다.

"어떻게 천장 위로 올라가셨어요? 경계가 느슨해진 모양이네요."

"맞습니다. 진즉에 이곳에 갇히신 줄은 알았지만 주변의 경계가 삼엄하여 감히 오지 못하였습니다. 지금은 싸움이 한창이라 틈을 탔습니다."

아영은 지종의 말에 아미(蛾眉)를 찌푸렸다.

"싸움이라니요?"

"예. 모용외가 낙랑성 앞까지 쳐들어왔습니다."

"자세히 말해보세요."

아영은 갇혀있는 터라 바깥소식을 전혀 모르고 있었다. 지종이 그간 모용외와 최비 간에 벌어진 싸움을 자세히 전하자 이야기를 듣는 아영의 눈매가 조금씩 어두워졌다.

"자초관을 주둔지로 삼은 모용부의 군사들은 교대로 몰려와 낙랑성 앞 벌판에서 몇 차례 작은 싸움을 벌인 모양입니다. 벌이는 싸움마다 모용군이 승리를 거두자 최비는 낙랑성 안으로 후퇴해 성문을 걸어 잠근 채 지키고만 있다고 합니다."

"위추관은 어떻게 되었나요?"

"처음에는 모용부의 반강 장군이 위추관을 장악했는데 성을 비우고 물러났던 효성장군 방정균이 반강을 사로잡고 다시 위추관을 되찾았다고 하더군요."

"이상하군요. 위추관을 비우고 물러났다는 건 처음에는 싸울 의사가 없었다는 뜻이고 다시 돌아와 반강을 잡았다는 건 이제 싸움을 본격적으로 하겠다는 뜻이에요. 최비는 왜 마음을 바꾸었을까?"

아영은 곰곰 생각하다 물었다.

"혹시 그간 다른 큰일은 없었나요?"

"말씀드린 대로 반강 장군이 간계에 빠져 포로가 되고, 또 도환 장군이 세 개의 관문을 하루 만에 점령하고……."

"그건 작은 일이에요. 큰일은 없었나요?"

"아, 대방의 최도가 원군을 이끌고 나섰다가 도환 장군에게 전멸에 가까운 타격을 입은 일이 있습니다."

아영은 그제야 소리 나지 않게 손뼉을 쳤다.

"아! 그거예요. 그렇군요. 그래서 최비는 생각을 바꿀 수밖에 없었군요."

"그게 무슨 상관이 있나요?"

"최비는 처음부터 협상을 할 생각이었어요. 그래서 처음에는 위추관을 비워준 것이지요. 싸움을 벌일 생각이 없었으니까요. 그런데 최도가 싸움에 나섰다가 크게 패했으니 패자의 입장에서 협상을 구걸하는 꼴이 되어버린 겁니다. 그래서 그 한 수를 물리고자 최비는 위추관을 도로 빼앗은 거예요. 그런데 위추관이라면 그건 한 수가 아니라 열 수를 가져갔군요."

아영은 길게 한숨을 쉰 다음 골똘히 생각하다 사내를 향해 말했다.

"지종 아재."

"예."

"긴히 해야 할 일이 있어요."

"말씀하십시오."

"지금 내가 그리는 지도를 모용 장사에게 급히 전하세요."

"예."

"목숨을 걸고 정확히 전달하도록 하세요."

"예, 반드시 전달하겠습니다."

"또한 이 원정은 처음부터 있어서는 안 될 것이었다고도 전하세요."

아영은 치마폭을 찢은 다음 붓을 들어 그 위에 낙랑성과 자초관, 그리고 위추관을 그렸다. 그런 후 위추관 옆에 유주, 평주, 현도라고 써놓고 그 밑으로 현도 태수 손정이라고 적었다.

다시 얼마간 생각에 빠져 있던 아영은 천천히 붓을 놀려 자초관 옆에 대방과 백제라는 글자를 적었다. 마지막으로 그 밑에 협상이라는 두 글자를 더 적어 넣은 그녀는 이를 접어 자리 밑으로 밀어놓고 일어나 병사들을 불렀다.

"바람을 좀 쐬고 싶어요."

병사들은 곧 아영을 둘러싸고 집을 나섰다. 그사이 천장의 사내가 살금살금 내려와 아영의 치마 조각을 집어 들었다.

한편 모용외는 자초관에 도착하여 도환을 크게 치하한 후 대군을 몰아 낙랑성으로 진격했으나 최비가 전면전을 회피하는 통에 성문 앞에 진을 친 채 대치하고 있었다.

"주공, 저의 잘못입니다!"

꿇어 엎드린 배의가 모용외를 향해 기어들어 가는 목소리로 용서를 빌었다. 분노로 얼굴이 벌게진 모용외가 벼락같은 고함을 쳤다.

"이놈아, 너를 죽이고 말겠다!"

"고정하십시오."

사방의 장수들이 다투어 말리자 모용외는 시뻘건 얼굴로 배의에게 외쳤다.

"네놈이 직접 말해라. 대체 저 꼴이 무엇이냐!"

모용외의 손가락이 가리킨 곳에는 멀리 방정균이 있었다. 위추관에서 반강을 사로잡은 방정균은 낙랑성으로 와서는 모용부 진영 앞에 나타났다. 말 위에 높이 올라앉아 있는 방정균은 밧줄을 손에 쥐고 있었는데 그 끝은 반강의 목에 매어져 있었다. 방정균이 말을 이리저리 몰자 반강은 양손을 묶인 채 개처럼 나뒹굴며 끌려다닐 뿐이었다.

"저 꼴을 보자고 내가 네놈을 위추관으로 보냈더냐!"

분을 참지 못하고 다시 벌떡 일어선 모용외가 칼집을 들었다가 쿵 소리가 나게 땅바닥에 찍어 눌렀다. 겁에 질린 배의가 머리를 땅바닥에 붙인 채 원망과 분노가 서린 목소리로 고했다.

"반강 장군이 빈 위추관에 들어가며 주공을 속이고 승리를 가장하였습니다. 그럼에도 저는 경계를 소홀히 하지 않고 적을 누차 무찔렀는데 그만 반강 장군이 적의 간계에 넘어가 투항하는 바람에……."

"그래서 사도 군사가 너를 보내라고 신신당부한 게 아니냐. 네놈이 그래도 더 할 말이 있는 것이냐!"

"죽여주십시오."

한참을 씩씩대며 배의를 잡아먹을 듯이 노려보던 모용외는 어느 정도 마음이 진정되자 좌우를 노려보며 벽력같은 목소리를 내질렀다.

"아야로!"

"예, 주공!"

"저 꼴을 보고도 가만히 있어? 네놈이 그러고도 모용부 제일의 무장이더냐!"

"주공의 분부만을 기다리고 있었습니다!"

아야로는 대답을 채 마치지도 않고 바람같이 말에 올라탔다. 그러고는 그가 가장 아끼는 반월도를 등에 걸치고 적진으로 달려가는데 그 용맹함이 비할 데가 없었다. 그제야 모용외는 얼굴을 풀고 크게 외쳤다.

"반드시 저놈을 쳐 죽여라! 그리고 저 반강이라는 놈도 그 자리에서 죽여라!"

선비족은 기마술을 제일의 특기로 여겼으며 또한 폭이 넓고 크게 휘어진 반달칼을 잘 다루는 걸 큰 재주로 알았다. 그리고 아야로는 모용부뿐 아니라 선비족을 통틀어 가장 사나운 장수로 불리는 이였다.

아야로가 반월도를 휘두르며 질풍같이 말을 몰아갔으나 방정균은 이를 드러내고 웃으며 목줄에 묶인 반강을 끌고 날름 성문 안으로 들어가 버렸다. 그러자 아야로는 화살의 사정거리 밖에 서서 약이 올라 외쳤다.

"겁쟁이도 제 목숨 아까운 줄은 아는구나!"

한참 동안 욕을 퍼붓던 아야로는 곧 말에서 내려 주위의 시체들 사이에서 유난히 큰 활을 주워 들었다. 강궁이었다. 강궁은 원래 고구려인들이 사용하는 것으로 고구려인들은 워낙 말타기와 활쏘기를 숭상해 어린아이부터 아녀자까지 말을 못 타고 활을 못 쏘는 사람이 없었다. 그러다 보니 주변국과는 크기와 무게가 아예 다른 강궁이 등장하였는데 모용부의 용사들 중에도 이 강궁을 사용하는 이들이 드물게 있었다.

"이 죽일 놈들아! 그래 언제까지 히죽거리나 보자."

그가 활시위를 있는 힘껏 당겼다가 놓으니 화살이 엄청난 거리를 날아 성루에까지 닿았고 병사 하나가 그 화살을 맞고 떨어져 죽었다. 곧 낙랑군에서도 몇 대의 화살이 날아왔으나 아야로의 근처에도 닿지 못하고 떨어졌다. 이에 아야로가 크게 웃으며 화살을 몇 대 더 날리자 이를 피하려고 낙랑 병사들 사이에서 작은 소동이 일었다.

"이런 오합지졸이 병사라니! 방정균이라는 놈은 어서 나와 장수의 본보기를 보여라!"

아야로의 굵은 목청에서 터져 나온 목소리가 낙랑 진영에 연이어 울려 퍼지자 낙랑군의 사기가 말이 아니었다. 이에 장범이 일약 분개하여 창을 꼬나들고 뛰쳐나왔다.

"이 장범이 네놈의 목을 베어주마!"

장범은 낙랑에서는 제법 이름이 있는 장수였다.

"잡졸이 어디를 나서느냐!"

아야로는 말에 오르지도 않은 채로 시체 곁에 기다랗게 던져져 있는 창을 하나 집어 들었다. 그러고는 멀찍이서 달려오는 장범을 향해 던지자 그 힘이 얼마나 거셌던지 창은 장범의 말을 꿰뚫고 바닥에 꽂혔다. 낙마한 장범은 혼이 빠진 채 성안으로 뛰어 들어갔다.

"크하하하! 낙랑에 장수가 있기는 한가!"

아야로가 더욱 크게 비웃으며 다시 말에 올라 성문을 바라보니 머리가 벗겨진 이가 포박당한 채로 끌려 나오는 것이 보였다. 또다시 반강이었다. 그리고 한 장수가 말에 탄 채 반강을 끌고 있었는데 방정균은 아니었다. 그가 말을 몰아 반강의 주위를 돌자 반강은 줄에 묶인 강아지처럼 이리저리 몸이 굴

154

려지며 희롱당했다. 낙랑군이 이 꼴을 보며 크게 웃어젖히자 아야로는 화가 머리끝까지 치밀었다.

'저놈이 말을 좀 탄다고 반강을 방패 삼아 나를 놀리는구나. 내가 패장의 목숨을 아까워하여 망설일까!'

아야로가 다시 활을 들어 말 등에 몸을 착 붙이고 있는 장수를 향해 힘차게 화살을 날리자 한 치의 오차도 없이 날아간 화살은 그대로 적장의 얼굴을 꿰뚫었다. 그러자 반강이 포박당한 채로 아야로를 향해 달려오는데 활을 들어 반강을 겨누던 아야로는 마음에 동정이 일어 활을 내려트리고 말았다.

"아야로!"

반강이 외치며 달려오는 가운데 반강을 다시 잡으려고 낙랑군에서 몇 명이 뛰쳐나오자 잠깐 생각하던 아야로는 말을 몰아 반강에게로 향했다.

"아무리 패장이지만 적의 손에 죽게 할 수야 없지. 내가 저 개같은 놈을 살려 주공께서 벌하도록 하겠다."

곧 아야로가 말을 몰아 반강의 근처에 닿자 뒤쫓던 낙랑의 군졸들은 감히 맞서지 못하고 돌아갔다. 대신 성루에서 화살을 날려 보냈으므로 아야로는 급히 반강을 잡아 말 뒤에 태웠다.

"내가 여기서 너를 살리는 것은 결코 벗으로 생각해서가 아니다."

아야로가 한마디를 던진 후 날아오는 화살을 피해 돌아가려는데 갑자기 등짝에 뜨거운 기운이 느껴졌다. 반강이 작은 칼로 아야로의 등을 깊게 찌른 것이었다. 아야로가 당황한 중에도 이상하여 뒤돌아 얼굴을 자세히 보니 반강으로 변장한 낙랑의 병사였다.

"이놈이!"

아야로는 병사의 멱살을 잡아 바닥에 팽개치고는 말발굽으로 짓밟았다. 그러나 부상이 작지 않아 피가 많이 흘렀으므로 말을 몰아 돌아가려는 동작이 신속하지 못했다. 이때 성문이 열리며 외마디 고함과 함께 여러 장수들이 한꺼번에 뛰쳐나왔다. 바로 방정균과 장범을 비롯한 수하 장수들이었다.

"저놈은 정말로 간악하구나!"

곧 방정균을 비롯한 몇 명의 장수가 아야로의 근처까지 다가왔다.

"오랑캐 놈아, 게 섰거라!"

이들이 합세하여 창을 내지르자 이미 큰 부상을 입은 아야로는 이를 다 막아내지 못하고 몇 군데 상처를 더 입은 채 궁지에 몰렸다. 이를 바라보던 모용부 진영에서도 몇몇 장수들이 서둘러 병장기를 뽑아 들고 말을 몰았으나 거리가 멀어 방정균과 여러 장수들에게 둘러싸인 아야로는 금세라도 목숨을 잃을 듯 위태로워 보였다.

"저놈들이!"

진영 한가운데서 좌대에 높이 올라앉아 이 광경을 바라보던 모용외가 창을 집어 들었다.

"주공께서 어찌 직접 싸움을 하려 하십니까!"

주위에 있던 장수들이 놀라며 급히 말렸다.

"아야로가 비겁한 수에 당하는데 구경만 하란 말인가!"

벽력같은 고함과 함께 수하들을 밀어젖힌 모용외가 한혈마에 올라 싸움터로 달려가는데 그 빠르기가 보통 말의 갑절은 되어 보였다. 모용외는 눈 깜짝할 새에 앞서 달려나간 장수들을 추월하였고 미처 말리지 못한 모용부의 장수들은 그저 바라볼 수밖에 없었다. 그런 중에 배의가 안타까운 목소리를 내며 발을 굴렀다.

"어찌 주공께서 몸을 아끼지 않고!"

아야로를 향해 마지막 한 창을 겨누던 장범이 비호같이 날아드는 말의 기세에 흠칫 놀라 돌아보니 어느새 모용외가 짓쳐들고 있었다. 장범은 아까 당했던 수모를 만회하고자 아야로를 놓아둔 채 모용외를 향해 말 머리를 돌리며 외쳤다.

"네가 호적의 수괴로구나! 내 반드시 네놈의 목을 따리라!"

모용외는 멀리서 고함을 치며 달려드는 장범을 보고는 등뒤에 차고 있던 활에 손을 가져갔다. 곧 겨눌 것도 없이 화살을 날린 그가 다시 창을 꼬나 쥐고 달리는데 어찌나 빠른지 화살이 나는 속도와 말이 달리는 속도가 같아 화살과 창이 동시에 장범을 향해 날아들었다.

"엇!"

기세 좋게 나섰던 장범은 급히 몸을 돌려 화살을 피했으나 모용외의 창이 그를 놓아두지 않았다. 화살과 동시에 날아든 모용외의 창이 번개처럼 장범의 목을 꿰뚫었다.

"모두 한 번에 덤벼라!"

모용외가 크게 외치자 아야로를 상대하던 낙랑군 장수들이 한꺼번에 모용외를 향해 달려들었고 곧 현란한 싸움이 벌어졌다. 양손으로도 들기 힘든 철창을 모용외는 한 손으로 전광석화처럼 내지르며 다른 손으로는 도끼를 휘두르는데 그 무예가 어찌나 출중한지 다섯 명의 장수가 한꺼번에 달려들어도 상대하기 버거울 정도였다.

"아랏차!"

한 장수가 또다시 모용외의 창에 목을 관통당한 채 말 아래로 굴러떨어졌다.

"모두 물러서라!"

상대가 되지 못할 것을 안 방정균이 외침과 함께 사력을 다해 한 창을 내지르고는 장수들과 성을 향해 도주했다. 이때 도망치던 장수 중 하나가 말 위에 축 늘어져 있는 아야로를 향해 이를 갈며 활을 겨누었다.

"어딜 감히!"

이를 본 모용외는 달려가며 손에 든 창을 허공에다 던졌다.

쉐앵.

바람을 가르며 날아간 창이 아야로를 노리던 장수의 목덜미를 정확히 꿰뚫었다. 곧이어 모용외가 한 손의 도끼를 마저 던지자 또 한 장수의 머리통이 박살 났고 허리춤에서 뽑아 든 반달칼이 남은 두 장수의 등을 노리며 번뜩였다.

"단 한 놈도 살려 보내지 않겠다!"

방정균과 수하들은 겁에 질려 필사적으로 성문을 향해 달릴 뿐이었다. 이들의 뒤를 득달같이 쫓는 모용외의 모습에 비명과도 같은 낙랑군의 외침이 터져 나왔다.

"이러다 모조리 죽겠다. 어서 활을 쏘아라!"

성루에서 화살을 재고 있던 낙랑 군사들이 화살을 빗발처럼 쏘아대니 그제야 모용외는 말을 멈추었다. 성문을 노려보며 칵, 하고 바닥에 침을 한 번 뱉은 모용외는 아직 숨이 붙어있는 아야로를 어깨에 들쳐 메고 천천히 말을 몰아 모용부 진영으로 돌아가는데, 그 모습이 낙랑군에게는 저승사자나 다름없어 장수와 군졸이 하나같이 몸을 떨었다.

"불세출의 무재입니다!"

성루에 올라 이를 바라보던 장통이 침중한 음색으로 최비에게 고했다. 장통은 최비를 사모하여 찾아든 진나라의 장수 중하나였는데 그 또한 온갖 풍상을 다 겪은 명장이었다. 그런 장통조차도 일찍이 이런 광경은 본 적이 없다는 듯 소름이 돋은 팔을 문질렀다.

"과연 도란 극에 다다르면 무엇에든 통하는구나."

최비가 알 수 없는 말을 내뱉자 장통이 물었다.

"무슨 말씀이십니까?"

"군주가 갖추어야 할 덕목에 어찌 천한 칼놀림 따위가 들어가겠느냐만 일신의 무예가 저 지경에 이르렀으니 그 또한 왕재라 할 만하다. 오늘의 패배는 오로지 모용외 일인에게 당한 것이니 살일경백(殺一儆百)이라는 말이 허언이 아님을 알겠구나."

"방정균이 더러운 계략을 앞세운 뒤끝이라 더욱 꼴이 사납습니다."

"하지만 나는 즐겁다. 앞으로 저 모용외에게 맞서 싸우지 않고도 이기는 길이 있다는 걸 보여주는 것 또한 기쁨이 아니겠느냐."

영문을 몰라 고개를 갸우뚱하는 장통과 달리 최비의 얼굴은 달덩이처럼 훤하기만 했다.

대방지계

그로부터 열흘이 넘는 나날을 최비는 일체 응전을 하지 않은 채 낙랑성 안에 틀어박혀 보냈다. 진에서 몰려온 출중한 장수들이 넘쳐나고 잘 훈련된 병사들의 사기가 드높았지만 최비가 싸울 생각을 하지 않자 백성들과 군사들은 물론 수하 장수들조차 불평이 하늘에 닿을 듯 커져갔다.

모용외 역시 움직이지 못하고 있기는 마찬가지였다. 아무리 싸움을 걸어도 최비가 대응을 하지 않자 화가 난 모용외는 자초관과 낙랑성 사이의 모든 민가에 불을 지르고 사람을 잡아 죽였지만 그 수가 얼마 되지 않거니와 그러거나 말거나 최비는 외눈 하나 깜짝하지 않고 성안에 들어앉아 있었다. 별별 수단을 다 써도 최비가 응전하지 않자 모용외는 조금씩 마음이 조급해지기 시작했다.

"아영, 아직 그대는 무사한가!"

조바심을 치던 모용외는 자신이 커다란 실수를 저질렀음을 깨달았다. 사도중련을 데리고 오지 않았던 건 그야말로 정신 나간 짓이었다.

"아아, 중련. 그대가 곁에 있었더라면!"

주변에 용장은 많았지만 지혜가 터무니없이 모자랐다. 그에 반해 낙랑군이 처음부터 끝까지 꾀로 나오는 데에는 도저히 당할 방법이 없는 것이었다. 모용외는 아쉬운 대로 배의를 불러들였다. 사도중련이 없는 군영에서 오로지 배의만이 모용부의 머리 역할을 하고 있었다.

"낙랑성을 쳐야겠다. 이대로 더 시간을 끌 수가 없다."

"안 됩니다, 주공. 낙랑성은 성벽이 높고 견고한 데다 군사들이 많고 사기도 드높으며 각종 무기가 풍부하여 쉽게 무너뜨릴 수가 없습니다."

"그럼 이대로 계속 있으란 말인가?"

"사실 이대로 있을 수만도 없습니다."

"그럼 어쩌란 말이냐!"

배의 역시 방법이 없기는 마찬가지였다.

"지금도 아영은 옥에서 고초를 겪고 있을 터, 그런데 네놈은 어찌 계책을 내놓지 못하는 것이냐!"

모용외는 이를 갈며 배의를 노려보았다.

"죽기 살기로 낙랑성을 쳐도 무너뜨리지 못한단 말이냐?"

"함락시키더라도 우리 군의 피해가 막심할 것입니다."

배의는 고지식한 대답만 내놓고 있었다. 모용외의 분노가 다시 터지려는데 한 장수가 급히 군막으로 뛰어들었다.

"주공!"

달려든 장수는 쓰러지듯 모용외의 앞에 엎드리며 외쳤다.

"현도 태수 손정이라는 자가 일만 군사를 이끌고 와 위추관에 주둔하였습니다. 언제 뛰어나와 우리의 옆구리를 칠지 알수가 없습니다."

"뭐야!"

모용외가 분통을 터트렸다.

"이미 화살과 군량을 수송하던 부대들이 움츠리기 시작했습니다. 우리 군세가 정면으로만 집중되어 있지 측면과 후면 공격에는 취약할 수밖에 없기 때문입니다."

배의가 조심스레 입을 열었다.

"주공, 현도 태수 손정은 보통 인물이 아닙니다. 일찍이 저도 몇 번 만난 적이 있지만 머리가 비상하고 앞날을 내다보는 능력이 탁월한 자입니다."

배의의 말대로 손정은 아직 나이는 어렸으나 문무를 고루 갖춘 명장이었다. 손정은 옛 오나라 황제 손호의 먼 손자뻘이 되는 인물로 사마염의 명을 받은 두예와 최비가 장강에서 오군을 물리칠 적에는 어린아이에 불과했다. 그러나 그의 비범함을 한눈에 알아본 최비가 거두어 군략을 가르치니 약관의 나이에 진나라의 중요한 장수가 되었다. 최비는 그를 동해왕 사마월에게 천거해 두었다가 낙랑을 점령한 후에 현도군 태수 자리에 앉혔다.

최비가 낙랑에 들고나서부터 낙랑의 군사 또한 몇 배로 불어나긴 했지만 본래 낙랑이 교역으로 흥한 도시인 반면 현도야말로 낙랑을 비롯한 한군현을 지키기 위한 군사의 주둔지였다. 그러므로 현도 태수는 한사군의 군사를 총괄하는 책임자와도 같은 자리였는데 손정은 이 책무를 수행함에 한 치의 어긋남이 없어 현도의 군사를 두 배에 가깝게 불려놓았던 것이다.

"이런 빌어먹을! 그렇다면 이 일을 어찌해야 하느냐? 군사인 네놈이 생각을 해내라!"

그러나 배의는 식은땀만 흘릴 뿐 아무런 답을 하지 못했다.

"이 쓸모없는 놈이!"

"주, 주공. 아무래도 회군을 하셔야……."

"못난 놈!"

"이대로 가다가는 우리의 군량이 먼저 떨어질 것입니다."

"그럼 전군을 물려라, 위추관으로 가서 손정이라는 놈을 잡아!"

"안 됩니다. 최비가 등을 노릴 것입니다."

"그럼 군사를 나누면 되지 않느냐!"

"와서 보니 낙랑은 이미 엄청나게 강성해졌습니다. 우리가 극성에서 떠날 때 알고 있던 그 낙랑이 아닙니다. 게다가 최비는 유주, 평주 할 것 없이 측근을 심어 실제로는 진 본국에 맞먹는 대국을 만들었습니다. 군사를 나누면 오히려 우리가 위험합니다."

"쓸모없는 놈 같으니. 전쟁을 지휘하겠다고 나온 군사가 꼬리만 말고 있으니!"

하지만 모용외도 눈이 없는 게 아니었다. 불과 얼마 전까지 자신이 알고 있던 낙랑과 지금의 낙랑은 달라도 너무 달랐다. 단 십여 기만으로 성문을 깨고 들어가 온 성안을 헤집고 다니던 그때의 낙랑이 아니었다. 모용외는 비로소 최비라는 존재를 되새기고 있었다.

"대체 무얼 어떻게 해야 하는 것이냐! 네놈이 말을 해봐!"

"그, 그것이……."

"매번 싸움에 이기고도 이 꼴이라니! 이건 모두 머리가 없는 탓이야. 머리를 짜낼 군사가 없는 탓이란 말이다!"

아무 대답도 하지 못하는 배의를 향해 길길이 날뛰던 모용외는 순검장이 백성 하나를 데리고 들어오는 바람에 분노를 억누르고 의자에 앉았다.

"주공, 이자가 중요한 서신을 가지고 왔다 하옵니다."

모용외는 아직 성이 완전히 가시지 않은 목소리로 거칠게 물었다.

"너는 누구냐?"

"모용 장사님, 저를 모르시겠습니까?"

모용외의 귀가 꿈틀했다. 자신을 주공이 아닌 장사라고 부르는 사람은 아영과 주 대부와 주 씨 집안의 하인들뿐이었다. 그러고 보니 낯이 익다는 생각이 들었다. 모용외는 갑자기 기쁨에 들떠 자리에서 벌떡 일어났다.

"오오, 그러고 보니 너는 극성에 다니던 주가장의 집사가 아니냐?"

"맞습니다, 장사님. 저는 지종입니다."

"그래, 지종! 아영은 어떤 상태인가?"

들뜬 모용외의 목소리가 갈라져 나왔다. 지종은 힘들게 경계를 피해 여기까지 온 보람을 온몸으로 느꼈다. 조금 전까지 화가 크게 나 있던 모용외가 자신을 보자마자 이렇듯 반가운 표정으로 돌변하는 것은 아영을 생각하는 그의 마음이 무엇보다 뜨겁기 때문일 것이었다. 지종은 품속에서 서한을 꺼내 모용외에게 내밀었다.

"오오! 이것이 아영 낭자가 보낸 것이냐?"

모용외는 황급히 손을 뻗어 치마 조각을 펼쳤다.

"으음, 이게 무엇이냐?"

모용외는 아영이 눈물로 자신을 구해달라고 청하는 서한일 것으로 짐작했으나 막상 펼쳐진 치마 조각에는 아영의 사사로운 감정은 한 줄도 담겨있지 않았다.

"글이 아니지 않느냐? 낙서냐, 뭐냐?"

당장 목숨을 걸고 아영을 구하러 뛰어가려던 모용외는 약간 풀이 죽었다. 아마도 그것이 구원을 바라는 아영의 눈물 어린 서한이었다면 모용외는 그 누가 말려도 뿌리치고 혼자라도 나섰을 것이다. 그러나 어떠한 감정도 호소도 담기지 않은 메마른 서한은 무슨 뜻인지조차도 알기 어려웠다.

"배의, 이게 무엇이냐? 여기 아영 낭자의 어떤 숨겨진 뜻이라도 있는 것이냐? 내가 못 보는 아영의 마음 말이다."

모용외는 글에 밝은 배의에게 서한을 내밀었다. 배의는 입술을 움직이며 찬찬히 살펴 나갔다.

"평주, 유주, 위추관으로…… 손정……."

고개를 갸웃거리며 서한에 짤막하게 쓰여있는 단어들을 읽어 나가던 배의의 눈에 전연 뜻밖의 글자들이 들어왔다.

"대방, 백제, 협상? 이게 무어야?"

한참 천 조각을 뚫어져라 응시하던 배의는 갑자기 자신의 손으로 머리를 탁 때렸다.

"아아! 대체 이게 무슨!"

그는 지종에게 다급히 물었다.

"이 지도를 그린 자가 누구요?"

"아영 아가씨올시다."

"정녕 그분이 그린 것이오?"

"제 앞에서 분명히 그렸습니다."

"허허, 아영 낭자가! 주공, 우선 이 사람을 후히 치사하고 쉬게 하는 게 옳을 듯합니다."

모용외가 무슨 뜻인지 알아듣고 지종을 치하했다.

"장하다. 이런 어려운 일을 대담하게 해내다니! 그런데 아영 낭자가 달리 내게 전하는 말은 없었느냐?"

"아영 아가씨는 이 원정은 처음부터 있어서는 안 될 것이었다며 모용 장사 생각에 가슴 아파했습니다."

"오오, 아영 낭자가 나를 크게 염려했구나. 여봐라! 집사에게 술과 진귀한 안주를 대접하고 황금 한 근을 내려라!"

지종이 물러가고 나자 모용외가 배의에게 물었다.

"뭐냐? 무슨 뜻이냐?"

배의는 갑자기 모용외를 향해 허리를 크게 구부렸다.

"주공! 이 서한은 천하의 기략입니다. 이 간단한 지도에 승리의 요체가 있습니다. 아! 나는 왜 이 생각을 못했을까?"

"무슨 얘기냐?"

배의는 여전히 천 조각에서 눈을 떼지 못하고 있었다.

"무슨 일인데 그렇게 호들갑을 떠느냔 말이다!"

배의가 한숨을 쉬며 바닥에 무릎을 꿇었다.

"주공의 군사인 제가 정인인 아영 낭자보다 못하니 차마 부끄러워 이 자리에 서 있을 수가 없습니다."

"허허, 무슨 뜻이냐니까? 너희 유자들은 왜 그렇게 가볍고 쓸데없는 수작이 많으냐!"

"이 지도는 우리에게 군사를 나누어 대방을 치라는 뜻을 담고 있습니다. 대방이 허물어지면 백제가 치고 올라와 먹어버릴 것이기 때문에 낙랑은 대방을 그냥 두고 볼 수 없습니다. 참으로 명안입니다."

"우리가 대방을 치면 낙랑이 군사를 이끌고 나올 수밖에 없다? 그러면 낙랑의 군사를 대방에서 멸하라는 것이냐?"

"아니, 아영 낭자는 여기 협상이라는 단어를 써두었습니다. 아마도 대방을 친 후 낙랑과 협상을 하라는 뜻으로 보입니다."

"대방을 친 후 낙랑과 협상이라? 그러면 최빈지 뭔지 하는 놈이 나서지 않을 수 없다. 왜냐하면 백제가 대방을 날름 먹어버리기 때문에. 음, 아영을 그렇게 살릴 수 있다는 얘기구나. 크하하하! 과연 천하의 지혜로다. 여봐라! 지금 즉시 장수들을 모두 불러라! 내 아영의 이 천하 비책을 알려주어야겠다. 그러면 우리 장수들은 모두 알게 될 것이다. 아영 낭자가 얼마나 비범한 인물인지 내가 왜 아영 낭자를 그토록 그리는지. 그리고 아영 낭자가 우리 모용부로 오는 게 우리에게 얼마나 큰 도움이 되는지."

모용외는 즉각 회의를 소집해 도환에게 일만 군사를 주며 대방을 치도록 했으나 도환은 오천이면 충분하다며 사양했다.

"주공, 낙랑과 대치하는 본진이 강해야 합니다. 저는 오천이면 충분하고 오히려 남습니다."

"그래, 알았다. 하지만 조심해야 한다. 반강이 사로잡히고 아야로가 저처럼 다치고 나니 내 너의 안전이 무엇보다 걱정스럽다."

"주공, 심려 마십시오."

도환이 오천 군사를 이끌고 대방으로 떠나기 전 모용외는 승전을 기원하는 주연을 베풀었다.

"흐흐, 주공. 그 방정균이라는 놈의 간교한 계략에 걸리지만 않았어도 대방은 제 차지일 텐데요."

아야로는 못내 아쉬운 듯 술잔을 연신 기울이며 한탄했다.

"그러게 말이다. 반강이라는 개같은 종자가 너까지 이렇게 주저앉혔구나. 그래도 이게 얼마나 큰 다행이냐. 네 살이 단단하기가 겨울철 모래주머니 같으니 그 날카로운 비수를 견뎌 냈지 웬만한 말라깽이 같았으면 그 자리에서 즉사하고 말았을 게다."

"주공의 그 말라깽이라는 말씀은 저를 두고 하는 것 같군요."

도환이 오랜만의 화기애애한 분위기에 맞춰 농담을 던졌다.

"아아니, 도환은 비록 살집이 없지만 한상보도의 홍옥 손잡이보다 더 단단한 사람인 걸 내 알고 있지."

아영의 서한을 받아 기분이 한껏 고취된 모용외는 자신의 심복들과 거리낌 없는 농을 주고받으며 오랜만에 진중한(陣中閑)을 즐겼다. 이때였다.

"아니, 전장에 나선 장수들이 싸움은 하지 않고 이게 웬 술판이란 말이오!"

나지막이 질책하는 목소리와 함께 군막 안으로 성큼 들어오는 사람을 보는 순간 모용외는 의자에서 벌떡 일어났다.

"중련!"

그는 요즘 들어 모용외가 꿈에도 그리던 인물, 바로 사도중련이었다.

"주공, 기나긴 원정에 옥체는 보중하고 계시는지요?"

사도중련 또한 모용외의 밝은 얼굴을 대하자 진심으로 반가워 깊이 고개를 숙였다. 그는 비록 한족이었으나 선비족 심복들보다 모용외를 좋아하는 마음이 더하면 더했지 결코 못하지 않았다.

"어서 오너라! 내 너를 숙신으로 보낸 걸 뼈저리게 후회하고 있던 참이다."

"주공, 숙신에 갔던 일은 실패하고 왔습니다. 이 죄인에게 벌을 내려주십시오."

아영의 서신이 가져다준 기쁨에다 그토록 그리던 사도중련을 만난 반가움이 더해지자 모용외의 머릿속에서 숙신과 을불이라는 존재는 이미 지워지고 없었다.

"아니, 아니. 괜찮다. 네가 살아 돌아왔으니 그보다 더 기쁜 일이 없다. 굳이 벌을 받고 싶다면 여기 벌주 석 잔을 받아라!"

"주공, 그럴 수는 없습니다. 군사를 내었다가 목적을 이루지 못하고도 술을 받는다면 그것은 군영의 올바른 신상필벌이 아닙니다. 저는 먼저 책망을 청하고자 합니다."

"하! 그렇게 소심하게 굴지 말라! 싸움이란 이겼다 졌다 하는 건데 뭘 그러느냐? 그래, 오천 병사가 다 죽었느냐?"

"그것은 아닙니다."

"그럼 오백 명은 살았느냐?"

"그보다 많습니다."

"천이 살았다는 얘기냐?"

"죽은 군병은 없습니다."

"뭐? 죽은 군병이 없다고? 하나도?"

"다행히 아무도 죽거나 다치지 않았습니다."

사도중련의 상세한 보고를 듣고 난 모용외는 갑자기 군막이 떠나가라 웃음을 터트렸다.

"도적 떼로 위장해 도망간 백성들을 다시 성안으로 집어넣은 게 을불이라는 놈의 계략이란 말이냐?"

"그렇습니다. 저는 거기에 빠져 군량미만 잔뜩 축내고 성과 없이 돌아왔습니다."

"크하하하! 하하하!"

모용외는 진정 기분이 좋아 아예 고개를 뒤로 젖힌 채 쉬지 않고 웃어젖혔다.

"중련은 진정 충신이로다. 여봐라! 중련에게 황금 두 관을 내려라!"

사도중련은 물론 군막 안의 장수들이 너무나 뜻밖의 지시에 모두 놀랐다.

"주공, 받을 수 없습니다. 임무를 수행하지 못한 제가 어찌 상을 받겠습니까. 절대로 받을 수 없습니다."

"중련, 너는 나의 진정한 신하이다. 네가 나의 지시대로 을 불을 잡아 죽였다면 나는 네게 황금 한 관을 내렸을 것이다. 그런데 왜 두 관인지 아느냐?"

사도중련은 대답을 하지 않았다. 그러자 모용외는 군막의 모두 장수들을 향해 외쳤다.

"누구 아는 자가 있느냐?"

아무도 대답을 하지 않자 모용외는 고개를 가로저었다.

"이런, 신하라는 자들이 이렇게나 나의 마음을 모르다니!"

그러자 사도중련이 조심스럽게 입을 뗐다.

"혹시 그간 누가 주공을 속인 자가 있었습니까?"

"그래, 바로 그것이다! 이제 너희들은 반강과 중련의 차이를 알겠느냐? 반강은 빈 성에 들어가면서도 자신의 전공을 조작했고 중련은 홀한주성을 장악하고도 벌을 자청하고 있다. 신하란 때에 따라 공을 세울 수도 과오를 저지를 수도 있다. 그러나 군주에게 가장 중요한 신하는 유능한 자가 아니라 정직한 자이다. 나는 중련의 정직함을 높이 사는 것이다."

장수들이 고개를 끄덕이는 걸 본 모용외는 한마디를 더 보탰다.

"군주는 외로운 존재이다. 그래서 신하의 정직에 목말라한다. 나는 이번에 중련을 데리고 오지 않은 걸 크게 후회하면서 그 이유가 중련의 지혜에 있는 줄 알았다. 그러나 지금 중련의 말을 들으며 느꼈다. 내가 그리워했던 건 지혜보다는 정직이었다는 것을 말이다. 자, 모두 중련을 위해 잔을 높이 들라!"

장수들은 잔을 들고 모용외의 선호에 따라 중련의 이름을 크게 외쳤다.

"사도중련 만세!"

"만세! 만만세!"

사도중련은 깊이 고개를 숙였다 쳐들며 배의에게 물었다.

"그러고 보니 배 공은 어찌 여기에 있소? 위추관에 있어야 하는 것 아니오?"

배의로부터 자초지종을 듣고 난 사도중련은 실망스러운 표정으로 고개를 가로저었다.

"먼저 위추관을 점령하고 그 지세의 험준함에 기대어 낙랑의 도주로를 막아야 적이 불안해 사기가 떨어지는 법이거늘. 그래서 배 공으로 하여금 반강 장군을 도우라 했던 건데 이젠 상황이 답답하게 되었구려."

"바로 그러하다. 그래서 지금껏 여기에서 썩은 시간만 보내고 있었어. 낙랑 놈들은 성문을 단단히 잠그고 성안에 틀어박혀 도무지 나오질 않으니 미칠 것만 같구나. 주변에 온통 불을 싸지르고 백성을 잡아다 죽여도 끄떡 않으니 최비라는 놈이 낙랑의 태수가 맞기는 맞는 거냐? 그놈을 끄집어낼 묘안이 없겠느냐?"

사도중련은 기다렸다는 듯 청산유수로 대답했다.

"반강 장군이 자력으로 위추관 하나 차지하지 못했다면 절대 낙랑을 우습게 볼 수 없습니다. 최비는 예전부터 알고 있었지만 하루아침에 낙랑의 군세를 이렇게나 바꾸어놓았을 줄은 몰랐습니다. 만약 이 원정이 낙랑과 존망을 다투는 전쟁이었다면 우리는 큰 어려움에 처했을 것이나 본시 이 원정은 아영 낭자를 구해내는 게 목적입니다. 그러니 아영 낭자와 바꿀 수 있는 전공을 취하면 되는 것입니다."

"그 전공이 무엇이란 말이냐?"

"하나는 최비의 부모를 잡아 아영 낭자와 맞바꾸는 것이지만 지금 우리는 최비의 부모에 대해 아는 바가 없습니다. 그러므로 다른 길을 찾아야 하는데 그것은 대방입니다. 낙랑과 대방은 무서운 기세로 크고 있는 백제를 두려워하고 있으니 우리가 약간의 군사를 대방으로 보내면 최비는 할 수 없이 성에서 나와 일전을 겨루든 아니면 협상을 하든 할 것입니다."

모용외를 비롯한 군막의 모든 상수들은 일각의 지체함도 없이 튀어나오는 사도중련의 말에 놀라움을 금치 못했다. 조금 전 천하 기책이라 여겼던 아영의 책략과 정확히 같은 것도 사람들로 하여금 소름이 돋게 했다.

"그러니 번나발 장군에게 기병 이천을 주어 대방을 치는 게 지금의 꽉 막힌 상황을 타개하는 방법입니다."

한마디 말을 더 잇는 사도중련을 향해 모용외가 뛸 듯이 기뻐하며 소리쳤다.

"역시 아영이 맞았구나! 아영이 맞았어! 중련, 그렇잖아도 아영이 대방을 치라고 서한을 보내왔었다. 그러면 최비가 나서지 않을 수 없다고 했단 말이다. 아영이 천하의 재사 중련과 맞먹는 지혜를 가진 게야!"

"아영 낭자가?"

사도중련은 적이 놀랐다. 아영이 뛰어난 재사인 것은 느끼고 있었지만 옥에 갇혀 황망한 중에도 이런 기략을 모용외에게 보내왔다는 사실을 어떻게 받아들여야 할지 몰랐다.

"으음!"

사도중련은 잠시 등골이 서늘해짐을 느꼈다. 불현듯 아영과 같은 여자를 죽도록 사모하는 모용외의 운명이 어떻게 휘둘리게 될지 모른다는 느낌이 강하게 밀려온 탓이다. 그러나 사도중련은 곧 모용외의 강함이 아영의 계교(計巧)를 눌러 마지 않을 것이라고 애써 마음을 달랬다.

"그런데 중련, 나는 도환을 보내려 했는데 왜 번나발이냐? 대방은 도환이 전문 아닌가! 얼마 전에도 불과 수백으로 최도의 삼천 대방군을 전멸시켰는데."

"이것은 우리의 군세로 최비를 누르는 게 아니라 배후의 백제를 상기시켜 최비를 움직이는 것이기 때문에 군사가 많을 필요도, 대방을 완전히 붕괴시킬 필요도 없습니다. 그저 최비의 마음에 백제라는 나라를 떠올리게만 하면 되는 일입니다. 대방은 낙랑과 달리 군사가 약한 작은 군현이고 우리는 아영 낭자가 무슨 흉한 일을 당하기 전에 빨리 일을 해결해야 합니다. 그렇기 때문에 이 싸움의 요체는 빠르기라 할 수 있습니다. 군사의 많고 적음이 문제 될 것이 없으니 많은 군세는 오히려 방해만 될 뿐입니다. 우리 장수 중에 빠르기로는 번나발 장군이 제일입니다."

이때 번나발이 우렁찬 목소리로 외쳤다.

"주공, 사도 군사의 말씀이 옳습니다. 저도 대방을 흔들어놓는 데는 이천이면 아주 적당하다고 생각했지만 혹여 아영 낭자의 안위를 너무 무시하는 발언이 될까 봐 입을 다물고 있었습니다. 날랜 군사 이천이면 자신 있습니다."

"번나발, 삼천을 데리고 가라! 아무리 그래도 군사는 많은 게 적은 것보다 항상 나은 법이야!"

사도중련은 언젠가 모용외가 군사란 적을수록 좋다고 했던 말을 떠올리며 아영의 일에 관한 한 모용외는 어린아이에 불과하다는 생각에 혼자 웃었다.

재사의 정체

아영의 집사 지종은 성벽을 멀리 에둘러 가파른 언덕으로 올라갔다. 모용외의 군사가 바로 성문 앞에 진을 치고 있어 낙랑군의 경계가 몹시 삼엄했기 때문에 돌아가는 길이 쉽지는 않았다.

지종은 성벽에 바짝 몸을 기대고 앉아있다가 어둠이 깔리자 천천히 일어났다. 성벽의 높이가 한 길 반 정도 되었기에 그는 가장 뛰어넘기 좋은 곳을 살피다 적당한 자리를 발견했다.

그는 성벽 사이의 작은 틈새를 디디며 한 발 한 발 기어오른 후 수비병이 반대쪽으로 몸을 돌리는 사이 풀쩍 뛰어내렸다.

"어엇!"

불행히도 발을 디딘 곳의 땅이 고르지 않아 지종은 몸의 균형을 잃고 자빠지고 말았다. 몸을 추스르고 살펴보니 다행히 수병은 멀리 떨어져 있었다. 임무를 완수한 안도감에 걸음을 옮기던 그는 문득 품 안에 손을 넣어보았다. 모용외가 상으로 준 황금 한 근이 잡혔어야 했지만 품 안은 텅 비어있었다.

"아차!"

지종은 직감적으로 성벽에서 뛰어내렸을 때 황금이 품에서 빠져나갔을 걸로 생각했다. 그는 즉각 몸을 돌려 자신이 뛰어내렸던 곳으로 돌아갔다. 땅바닥을 더듬었으나 칠흑 같은 그믐밤이라 도대체 앞을 분간할 수 없었다. 지종은 밤새 눈을 부릅뜨고 황금 덩어리를 찾았으나 수포로 돌아가자 날이 밝을 때까지 기다리기로 했다.

　"뭐하는 놈이냐!"

　지종은 병사의 고함 소리에 눈을 떴다. 몇 명의 병사가 창을 겨누고 있었다. 지종은 자신이 조금 전 깜빡 잠이 들었고 그새 날이 밝았다는 걸 깨달았다.

　"어어, 그믐이라 길이 안 보여 날이 밝을 때까지 기다렸는데……. 그동안 깜빡 잠이 든 모양일세."

　"어딜 가려던 길이야?"

　"산에 버섯 따러 가려고 나왔다니까. 나 요 밑에 살아."

　군병의 말씨가 좀 누그러졌다.

　"그럼 성문으로 다녀야지 왜 담을 넘어 다녀?"

　"허허, 가까워서 그러지. 미안하네. 내 좀 걸어가 성문으로 나가지."

　네 명이 한 조를 이루고 있는 순찰병들 중에 의심을 하는 자가 없어 지종은 그들로부터 벗어날 수 있었다.

　"난 가네. 수고들 하게."

지종이 몇 걸음 옮겼을 때 병사 하나가 허리를 굽혔다.

"이게 뭐야?"

고개를 돌려 병사가 집어든 걸 보는 순간 지종의 가슴이 마구 뛰기 시작했다.

"어, 이거 황금 덩어리 아냐!"

놀란 병사들은 서로 마주 보다가 갑자기 지종을 향해 창을 겨눴다.

"이놈! 이제 보니 네놈이 간세로구나."

"아니, 왜 그러나?"

"이놈아, 이게 네가 흘린 게 아니고 뭐냐? 아니면 어째서 황금 덩어리가 네 발밑에 있단 말이냐!"

지종은 그 자리에서 꼼짝없이 포박당하고 말았다.

낙랑부로 끌려간 지종은 심한 고문을 당하면서도 입을 열지 않았지만 시뻘겋게 달구어진 인두가 사타구니를 지지자 혼이 나간 채 마구 입을 열기 시작했다.

"저는 주가장의 집사 지종입니다요. 아영 아가씨의 지시를 받아 모용부로 넘어갔다가 오는 길입니다."

"왜 갔느냐?"

"쓸 것을 주십시오."

지종은 허겁지겁 지도와 단어들을 종이에 옮겼다.

"이게 뭐냐?"

신문하던 도위는 지종이 그린 지도를 찬찬히 뜯어보았다.

"현도 태수 손정, 자초관이라……. 대방, 백제, 협상……. 이건 누구라도 아는 지도가 아니냐? 이게 뭐냐?"

종이를 훑어보고 또 훑어보아도 별로 특별한 게 없다고 판단되자 도위는 지종을 다그쳤다.

"이게 뭐냐고 물었다."

"그걸 모용부에 전했을 뿐입니다요."

"모용부의 누구에게?"

"모용외 족장에게 직접 드렸습니다!"

도위가 다시 종이로 눈길을 돌렸다.

"그러나 이것은 별 의미 없는 지도가 아니냐?"

도위는 지도를 뜯어보다 갑자기 수하에게 명했다.

"이놈이 나를 놀리는구나. 여봐라, 이놈에게 인두 맛을 더 보여주어라!"

"으아아아! 으아아악!"

병사가 인두를 불알에 갖다 대고 힘껏 누르자 살 타는 냄새와 함께 지종의 입에서 그칠 줄 모르는 비명이 터져 나왔다.

"이놈아, 그래 고작 이까짓 지도를 갖다 주었단 말이냐? 네놈이 다시 한번 인두 맛을 보고 싶은 게로구나. 여봐라!"

병사가 다시 인두를 들이대려 하자 지종은 악을 썼다.

"잘 보십시오! 모용부의 배 모라는 군사는 죽을상을 하고 있다가 그걸 보더니 갑자기 벌떡 일어나 춤을 추었습니다요!"

인두질에 얼이 나간 지종의 말이 거짓일 리 없다는 확신이 든 도위는 종이를 최비에게 가져갔다. 최비는 도위가 내민 종이를 한 번 쓱 훑어보더니 대수롭지 않다는 듯 말했다.

"그냥 지도가 아니냐? 원영에게 주 대부를 너무 심하게 옭아매지는 말라고 전하라! 재산을 빼앗으려고 역적으로까지 몰았다는 소문이 나면 사람들이 나를 어떻게 보겠느냐? 이 집사라는 자는 그냥 돌려보내라. 그까짓 게 첩자 짓을 했으면 얼마나 했겠으며 일개 아녀자가 뭐 그리 중요한 걸 써 보냈겠느냐?"

말에 채찍을 가해 앞으로 달려나가려던 최비는 다음 순간 손을 홱 뻗어 종이를 뺏어 들었다.

"가만, 대방과 백제?"

잠시 종이를 뚫어져라 응시하던 최비는 몸을 부르르 떨었다.

"도대체 어떤 자가 이걸 그렸단 말이냐!"

"주 대부의 딸 주아영이라 합니다."

"그럴 리가!"

"인두질에 겁을 있는 대로 먹은 터라 집사란 자가 거짓말을 하는 것 같지는 않았습니다."

최비는 지도에서 눈을 떼지 못한 채 정신 나간 사람처럼 주억거리다 고함을 질렀다.

"그 집사란 놈을 데려오라!"

최비는 끌려온 지종을 윽박질렀다.

"너의 대답 여하에 따라 어떤 방법으로 죽일지를 결정하겠다. 단칼에 목을 날려줄 수도 있고 한 달 동안 살을 얇디얇게 저미어 지옥보다 더한 고통을 줄 수도 있다."

지종은 최비의 기세에 얼어붙었다.

"모든 것을 솔직히 대답하겠나이다. 그러나 이것은 제가 한 일이 아니옵고 아영 아가씨가 시키는 걸 하인의 입장에서 거절할 수 없었던 것뿐입니다."

"이 지도를 정말 아영이라는 계집이 그렸느냐?"

"틀림없습니다. 아가씨가 그린 원본은 모용부에 가져다주었고, 이것은 제가 기억나는 대로 다시 그려낸 것입니다."

"모용외가 이 지도를 보았느냐? 이 지도를 모용외에게 전했는가 말이다."

"틀림없이 전했습니다."

최비는 어금니를 깨물었다.

"음, 그래서 군사를 뺀 것이구나. 쪼개져 나간 모용외의 군사는 극성으로 돌아간 게 아니라 대방으로 간 것이구나."

"태수님, 이놈을 어떻게 죽일까요?"

장수 하나가 최비의 분노를 달래려는 듯 지종의 처리 문제를 물었다. 그러나 최비는 잠시 아무런 대답이 없다가 날카로운 목소리로 말했다.

"그 여자를 데리고 와라! 오후에 돌아올 테니 단장할 시간도 주고 그때 데리고 와라!"

"이놈은 어떻게 죽일까요?"

"죽이지 말고 가두어라. 어쩌면 알 것도 같구나. 모용외가 왜 갑자기 대군을 끌고 낙랑으로 왔는지."

도위가 지종을 끌고 물러나자 심복 장통이 여전히 종이에서 눈을 떼지 못하고 있는 최비에게 물었다.

"무슨 일로 그렇게 놀라셨습니까?"

"이 지도를 보고도 모르겠느냐?"

"제가 지혜가 부족하여 알아보지를 못하겠습니다."

최비가 한숨을 쉬며 말했다.

"적은 지금 우리의 세력 안에 고립되어 있다. 손정이 위추관에 주둔했고 낙랑성은 방비가 견고하니 적은 돌아가는 것밖에는 달리 선택이 없다. 그냥 돌아간다면 적은 패하는 것이요, 우리는 이기는 것이다."

"알고 있습니다. 그래서 온 장수들이 불만을 터트려도 태수께서 웅크리고만 계신 것 아닙니까?"

"그런데 이 지도는 적에게 군사를 나누어 대방을 치라는 뜻을 담고 있다. 대방은 백제가 강성해지면서 호시탐탐 노리고 있는 곳이 아니냐? 입술이 없어지면 이가 시린 법. 낙랑이 이라면 대방은 입술인 셈이다. 낙랑은 현재 모용외와 대치하고 있어 대방에 군사를 보낼 수 없는 상황이므로 저들이 대방을 잠시 흔들면 그 틈에 백제가 들이닥치게 되어있다. 그게 우리 낙랑의 약점이다. 이것은 나도 생각하지 못했던 기략이야."

그제야 장통도 놀라 말했다.

"어떻게 하실 겁니까? 이 여자를 잡아 죽여야 하지 않을까요?"

최비는 잠시 생각하더니 입가에 희미한 웃음을 띠며 고개를 가로저었다.

"정중히 모셔라. 계(計) 위에 계가 있음을 보여줄 것이니."

번나발과 대방태수

최비가 단장할 시간을 주었지만 아영은 수수한 모습 그대로 나타났다. 전혀 단장하지 않은 얼굴에는 오랜 감금 생활에서 오는 피로감이 남아있었지만 결코 풀이 죽었거나 기가 꺾인 모습이 아니었다.

"이리 앉으시오."

최비는 점잖은 목소리로 아영에게 의자를 권했다.

아영은 고개를 약간 숙여 보이고 자리에 앉았다. 비록 태수의 앞이지만 아영은 과하지도 위축되지도 않은 자세로 의자에 앉았다.

"주 대부의 일로 고생이 많다면서요?"

최비의 목소리는 포근했다.

"이번 사건은 아버지의 일이 아니라 저의 일입니다. 아버지는 이미 은퇴하시고 제가 아버지의 모든 일을 맡아서 해오고 있었기 때문입니다."

"자, 차를 한잔하시오. 해동의 지이산(智異山)에서 자란 여린 찻잎에 오늘 갓 캔 더덕을 넣고 끓인 차라 향이 괜찮을 거요."

아영이 차를 마시는 동안 최비는 원영과 장통을 불렀다.

"이 시간 이후로 주 대부의 재산을 공금으로 쓸 생각은 하지 말라. 지금 즉시 주 대부를 풀어주되 이제까지의 모든 일에 대해 깊이 사과하라! 그리고 장통은 주 대부를 직접 나의 수레로 저잣거리를 거쳐 댁까지 모셔다드려라! 모든 낙랑 사람들이 태수가 주 대부에게 깊이 사과했다는 것을 알 수 있도록 말이다. 그리고 그 댁의 집사도 돌려보내라!"

원영은 깜짝 놀랐으나 그냥 고개를 조아릴 수밖에 없었다. 두 사람이 물러가자 최비는 자리에서 일어나 아영에게 깊이 고개를 숙였다.

"아영 낭자, 나의 사과를 받아주시오."

아영은 앉은 채로 고개를 꼿꼿이 들고 최비의 절을 받았다. 자리에 앉은 최비는 편안한 표정을 지으며 마치 동료나 친구에게처럼 말했다.

"원영이 날로 늘어가는 인구와 특히 군사비를 감당하기 어려워 이런 일을 저질렀소. 나는 탐탁지 않았지만 백성들 모두를 상대로 세금을 올리는 것보다는 일부 부당한 방법으로 돈을 번 부호들의 이득을 환수하는 게 낫겠다는 생각도 들어 승인을 했어요. 그런데 주 대부는 조사를 해보니 먼지 한 톨 나오지 않아 사실 속으로 존경하고 있던 참이었소. 진작 원영을 감독하지 못하여 이런 지경에 이르게 된 건 모두 나의 불찰이오. 흡족하지는 않겠지만 내가 이렇게 사과를 하는 만치 아영 낭자께서는 마음을 풀어주기 바라오."

최비가 말을 마치기를 기다렸다가 아영은 촉촉한 목소리로 답했다.

"태수께서 이렇게까지 배려해 주시니 백성 된 사람으로서 감사할 따름입니다. 낙랑부의 재정 문제는 저도 이해하게 되었고 백성들에게 세금을 중과하지 않으려는 태수님의 생각이 존경스럽기도 합니다. 그런즉 조만간 재산의 일정 부분을 기부하고자 하니 받아주시기 바랍니다."

"아니, 그럴 필요 없소. 어차피 부호의 부당 이득을 환수하는 건 한계가 있으니 결국 세금을 약간 올려야만 하오. 낭자의 뜻은 잘 알겠으나 마음만 받는 걸로 해둡시다."

"부디 기부를 받아주세요."

두 사람의 대화는 기묘했다. 애초에 뺏으려 했던 자와 빼앗길 뻔했던 자가 뒤바뀌어 이제는 주겠다는데도 받지 않겠다고 뻗대는 우스운 꼴을 만들어내고 있는 것이었다. 결국 최비가 아영의 호의를 받아들이는 걸로 끝을 맺었고 두 사람은 화기애애한 분위기 속에서 좀 더 이야기를 나누다 자리에서 일어났다.

"오늘 이처럼 훌륭한 낭자를 만나 진심으로 즐거웠소."

"태수님이 어떤 분인지 알게 되어 저도 유익한 시간이었어요."

"참, 그리고 낭자가 모용부 진영으로 찾아가거나 하는 일은 없도록 하는 게 좋겠소. 그런 사실이 알려지면 두고두고 낙랑 사람들에게 주가장이 적과 내통했다는 원망을 듣게 될까 봐 그러오."

"염려의 말씀 고맙습니다."

두 사람은 고개를 숙이고 헤어졌다. 태수는 이번에도 장통을 시켜 자신의 수레로 아영을 집까지 모시게 했다.

아영이 집으로 돌아오자 주 대부는 크게 기뻐하면서도 한편으로는 놀란 입을 다물지 못했다.

"얘야, 이게 다 모용 장사의 힘이 아니냐. 그렇지 않다면 원영이나 장통 같은 고관들이 이렇게까지 나올 리는 없을 것 아니냐."

"그렇게 볼 수도 있어요."

"이제 우리는 어떻게 해야 하는 것이냐? 모용 장사가 물러가고 나면 다시 원영이 우리를 핍박하려 들지 않겠느냐?"

"원영이 문제가 아니에요. 어쩌면 우리는 낙랑을 떠나야 할지 몰라요."

"낙랑을 떠나? 어디로 간단 말이냐?"

아영은 주 대부의 이 말에는 대답을 하지 않았다.

"시간이 좀 더 있어 주었으면 했는데……."

아영은 탁상에 앉아 편지 한 통을 써서 지종에게 주었다.

"모용부 진영으로 가서 모용 장사에게 전하세요."

지종은 잔뜩 겁을 집어먹었다.

"아가씨, 풀려날 때 앞으로 다시는 모용부에 가지 않겠다고 맹세하고 나왔습니다요. 만약 다시 간다면 목숨을 내놓겠다는 다짐을 했고요."

"알아요. 거동도 힘드실 테니 마차를 타고 먼저 태수부로 가서 태수의 허가를 청하세요. 당장 허락할 거예요."

"넷? 그럴 리가. 혹시 허가 대신 죽음을 받는 건 아닐까요?"

"태수는 나보고 가지 말라는 거예요. 아니, 결국은 모용외를 성안으로 들어오게 하려는 거지요."

"모용 장사가 성으로 쳐들어옵니까?"

"아니, 쳐들어오는 게 아니에요. 호위병 몇백 기만 데리고 들어올 거예요."

"그러면 그렇게 유인을 해서 죽입니까? 아가씨를 보고 싶어 하는 마음을 이용해 들어오도록 한 후 죽이는 게 태수의 계략입니까? 그걸 위해 우리를 풀어준 건가요?"

지종은 자신을 융숭하게 대접해주고 황금 한 근까지 주어 보내던 모용외를 진심으로 걱정했다.

"태수는 그렇게 간단한 사람이 아니에요. 모용 장사가 가고 나면 다시 우리를 핍박할 사람도 아니고 모용 장사를 유인해 죽이려는 뜻도 없어요. 이번에 그가 일을 처리하는 걸 보니 보통 사람은 생각도 못 할 머리를 쓰는 사람이에요. 그런 사람의 눈에 띈 채 낙랑에서 산다는 건 너무도 무서운 일이에요."

"우리 주가장이 낙랑을 떠나야 합니까? 어쩌면 그게 더 나은 선택일지 모릅니다. 여기서 언제 다시 하옥되고 재산을 다 빼앗길지 모르는데 차라리 모용부에 가서 편하게 사는 게 낫지 않을까요?"

"그렇게 간단한 문제는 아니에요. 어쨌든 이 서한을 모용 장사에게 전해주세요."

지종은 편지를 품속에 단단히 찔러 넣은 후 다리를 절며 걸어 나갔다.

한편, 삼천 기병을 거느리고 대방으로 떠난 번나발은 말을 달리면서 사도중련의 말을 곰곰 생각했다.

"이번 원정은 적을 쓰러트리거나 성을 점령하는 게 아니라 성안을 휘젓고 다니는 게 목적입니다. 그러니 병장기보다는 기마술이 승리의 요체이지요. 일단 대방성 안으로 들어가게 되면 적을 잡아 죽이기보다 군사들로 하여금 말을 타고 누비게 하시오."

번나발은 모용부의 전통적 가신의 아들로서 어려서부터 말을 타는 데는 일가견이 있었다. 유아기부터 말안장 위에서 밥

192

을 먹고 대소변까지 해결하며 살아온 번나발은 이미 열 살 무렵에 모용선비 안에서 말을 가장 잘 타는 사람으로 알려져 있었다. 그는 가끔 혼자 말을 타고 일 년 내내 눈을 이고 있는 천산을 종주하곤 했는데 이것은 그 누구라 하더라도 엄두조차 낼 수 없는 일이었다.

모용외가 천하의 명마인 한혈마를 타고 승부를 다툰다 해도 마상에서는 도저히 번나발을 이겨낼 수 없을 정도였다.

"번나발은 사람이 아니다. 그는 말과 사람이 교접해 태어난 자이다!"

모용외는 생각날 때마다 수시로 번나발과 기마 승부를 겨루었는데 질 때마다 이렇게 내뱉곤 했다.

번나발은 이번에는 웬만한 싸움은 아예 말을 달려 피하리라 생각하고는 가는 길에 군사들에게 고급 기마술을 가르쳤다.

"최고의 기마술이란 말과 내가 혼연일체가 되는 것이다. 사람이 아닌 말의 눈으로 사물을 보아라. 그러면 보일 것이다. 내가 말을 조종한다고 생각하지 말고 내가 말이 되어 달린다고 생각하라! 그러면 너희가 말에서 어떤 동작을 취해야 하는지 알게 될 것이다."

번나발은 낙랑을 떠난 지 이틀 만에 대방성에 다다랐다.

"삼백 기는 나를 따르고 나머지는 여기서 대기하라!"

번나발은 멈추지 않고 성벽을 따라 말을 몰았다. 대방성은 평원에 있어 끝까지 말을 달려가자 잘 훈련된 말이라면 뛰어넘을 수 있을 정도로 낮은 성벽이 군데군데 눈에 띄었다.

"뛰어랏!"

번나발의 말이 약간 허물어져 낮아진 성벽을 한달음에 뛰어넘자 열에 서넛 정도의 비율로 군사들이 번나발을 따라 성벽을 뛰어넘었다. 이들이 곧장 말을 달려 성루로 향하자 수졸들은 다만 무서워 벌벌 떨 뿐이었다.

"문을 열어라! 문을 열면 살려준다!"

수졸들은 망설이지 않고 즉각 문을 열었다.

"와!"

"히히히힝!"

모용군의 기병이 쏟아져 들어오자 번나발은 앞장서서 성내로 짓쳐들었다. 번나발이 움직이는 속도가 워낙 빨라 태수부는 적이 쳐들어왔다는 보고조차 받지 못한 채 모용 군사들에게 둘러싸이게 되었다. 번나발은 태수를 죽이거나 사로잡을 생각이 없는 모양인지 공격을 명령하지 않고 군사들로 하여금 대방성의 중심 거리와 저자는 물론 주변의 온 마을로 말을 달리게만 하였다.

간혹 충돌이 있긴 했지만 대방의 군사들은 속수무책인 채로 모용 군사들에 의해 포박당했다. 번나발은 여전히 태수부는 공격하지 않고 그날 밤은 그저 포위만 한 채 야영했다.

"저놈들이 노리는 바가 뭐란 말이냐?"

"보병 없이 모두 기병인 걸로 보아서는 대방을 점령하려는 것 같지는 않습니다."

"그럼 모두 죽이고 가겠다는 뜻이냐?"

"그랬다면 벌써 태수부를 공격했을 텐데 저들의 움직임은 이상하기만 합니다. 우리 군사들이 정신을 못 차린 상태라 대항을 못하기도 했지만 저들 역시 군사나 백성을 크게 해치려는 생각이 없는 듯합니다. 약탈도 별로 없는 것 같고요."

겁에 질렸던 대방 태수 선우흔은 모용군이 포위만 한 채 공격을 하지 않자 약간 정신을 차리고는 번나발에게 사절을 보내왔다.

"일전 우리 군사 삼천이 낙랑으로 가는 길에 귀군과 충돌하긴 했어도 그것은 태수의 뜻이 아니라 최도의 독자적 행동이었소. 우리 대방과 귀국은 이제껏 한 번 충돌한 적도 없고 서로를 존중하며 살아왔거늘 오늘 왜 이렇게 갑자기 우리를 핍박하는지 이유를 알 수 없소. 문제가 있다면 무엇인지 어떻게 풀 수 있는지 알려주기 바라오."

번나발은 사절을 슬쩍 한 번 보고는 노기를 띤 채 소리쳤다.

"아직 우리 일만 보병이 도착하지 않아 기다리고 있는 참인데 너는 웬 웃기는 소리를 하는 거냐?"

사절은 내심 깜짝 놀랐다. 일만이나 되는 보병이 오고 있다면 이것은 대방의 운명이 걸린 문제였다.

"이유가 무엇인지는 모르지만 태수께서는 일단 항복하실 뜻이 있소. 어떻소, 받아주겠소?"

"개소리 말아라! 우리 모용부는 항복을 해본 적이 없어서 받아줄 줄도 모른다."

사절은 번나발의 군막을 뒷걸음쳐 빠져나온 후 태수에게 이 사실을 알렸다. 태수는 밤새 몇 번이나 사절을 더 보내 항복을 받아줄 것을 호소했고 번나발은 다음 날 그의 항복을 받아들였다.

항복하는 날 대방 태수 선우흔은 부인과 함께 태수부 앞마당에 무릎을 꿇고 조아렸다.

"대방 태수가 모용선비 번나발 장군께 꿇어 엎드려 죄를 청하는 바입니다!"

번나발은 계단 위의 의자에 앉아 이 모습을 물끄러미 바라보다 느닷없이 물었다.

"너는 몇 살이냐?"

"신은……."

"아니, 너 말고 너 말이다."

태수 부인은 화들짝 놀랐다. 태어나서 이런 언사를 처음 들어보는 부인은 비로소 항복이란 게 실감이 났다. 그냥 태수 옆에서 형식상 잠시 무릎만 꿇으면 되는 걸로 알았지 이렇듯 치욕과 모욕의 한복판에 던져질 줄은 생각지도 못했던 것이다.

"서른둘이옵니다."

대답을 하지 않아야 한다고 마음먹었지만 자신도 모르게 입에서 소리가 새어 나가고 말았다. 부인은 대답과 동시에 얼굴이 달아오르는 모욕감을 느꼈지만 한 번 새어 나간 목소리를 되담을 수는 없었다.

"여봐라, 오늘 밤 저것을 내 침상에 넣어라!"

부인은 무언가 소리를 내려 하였지만 목소리가 전혀 나오지 않아 곁에 있는 남편을 향해 고개를 돌렸다.

"……."

그러나 남편은 아무 말도 못 들은 듯 미동도 하지 않았고 자신이 구원의 눈빛을 보내고 있음을 알아차렸을 텐데도 눈을 한껏 내리깐 채 그저 머리만 조아리고 있을 뿐이었다.

수많은 이민족 사내들이 칼과 창, 그리고 도끼를 들고 늘어서 있는 가운데 대방의 한족들은 눈 한 번 제대로 돌리지 못한 채 사시나무 떨듯 했고 이들의 공포심은 그대로 부인에게로 이어졌다. 부인은 자신을 뚫어지게 바라보고 있는 번나발을 향해 깊이 고개를 숙였다. 순종의 표시였다.

"그리고 너!"

번나발은 태수를 가리켰다.

"옛!"

"너는 오늘 밤 내 방 앞을 지켜라! 쥐가 찍찍거리지 못하게 하되 풀벌레 소리는 그냥 두어라!"

"……."

"이놈이 왜 대답이 없나! 여봐라, 저놈의 양 귀를 잘라라!"

"옙!"

대답과 함께 무시무시하게 생긴 사내 둘이 성큼 다가오자 태수 부인은 그만 소리를 질렀다.

"어서 대답을 해요, 어서!"

태수 역시 겁에 질려 더듬거리며 다급한 음성을 토해냈다.

"네, 알겠습니다."

"이미 늦었다."

두 사내가 다가와 태수의 머리를 잡아 젖히고는 그중 하나가 푸르게 날이 선 비수를 귀에 갖다 댔다.

"아악!"

"아아악!"

태수와 부인이 비명을 토하는 사이 사내들은 태수의 양 귀를 교대로 잘라버렸다.

"이놈! 오늘 보초를 잘못 서서 찍소리라도 나면 내일 아침에는 두 눈을 뽑아버리겠다. 알겠느냐!"

"네에에에!"

태수는 온몸에 피가 흥건한 가운데도 악을 쓰며 큰 소리로 대답했다.

그날 밤 번나발의 방에서는 밤새 태수 부인의 신음이 흘러 나왔고 태수는 꼼짝없이 그 소리를 들어야만 했다. 몇백 번이나 방으로 뛰어 들어가야 한다는 생각이 들었지만 그럴 때마다 늘 반대편의 생각이 치고 올라왔다. 그게 최선이 아니라는 생각, 진짜 복수하는 법은 따로 있다는 생각으로 자신을 달래며 태수는 더디고 더디게 흐르는 시간을 견뎌냈다. 그런데 이상하게도 시간이 흐를수록 부인의 신음은 괴로움이 아니라 환락의 소리로 들려왔고 미움의 화살은 번나발보다 오히려 부인에게로 쏘아져 가는 것이었다.

"찌찌!"

어디선가 소리가 들려오자 태수의 모든 생각은 씻은 듯 달아나버렸다. 소리가 멈춘 순간 태수는 잘려나간 귓바퀴 자리에 손을 갖다 대며 제발 쥐가 내는 소리가 아니기만을 바랐다.

"찌찌!"

다시 소리가 들려왔을 때 태수는 눈을 꼭 감고 온 신경을 기울여 소리가 난 방향을 쫓았다. 앞쪽인 것 같기도 하고 뒤쪽인 것 같기도 했다. 태수는 온몸에 땀이 비 오듯 흐르는 걸 느꼈다. 이제 저 소리 하나에 자신의 두 눈이 달려 있다 생각하니 울음이 터질 것만 같았다. 태수는 이번에는 땅바닥에 귀를 대고 엎드렸다. 잘려나간 자리에 견딜 수 없는 통증이 몰려왔지만 눈을 지켜야 한다는 태수의 의지는 악착같이 통증을 견뎌냈다.

"찌찌, 찌리릿!"

태수의 입가에서 절로 한숨이 새어 나왔다. 다행히 소리의 주인은 쥐가 아니고 풀벌레였다. 풀벌레임이 확인되자 태수의 상상이 또다시 시작되었고 태수는 밤새 몇백 번이나 문을 부수고 들어가는 그림을 그렸다 지우고 부인을 원망했다 이해했다를 반복하며 밤을 하얗게 지새웠다.

아침이 되자 번나발은 방문을 열고 나오며 태수에게 물었다.

"잘 지켰나? 쥐는 없었어?"

"네, 다행히 쥐는 없었고 풀벌레가 잠시 울었습니다."

"나를 원망하나?"

"아, 아니……."

"너희 부부는 어제 항복을 하면서도 나를 오랑캐라고 깔보는 기색이 역력했다. 그런데 너는 왜 방 안으로 뛰어 들어오지 않았지?"

"사, 사실……."

"사람은 형편에 따라 무엇이든 할 수 있다는 걸 느꼈겠지?

그러니 형편이 좀 낫다고 남을 깔보아서는 안 돼. 무식한 자든
가난한 자든."

번나발은 태수의 표정을 흘낏 보고는 측간으로 가버렸다.

최비의 초청

모용외는 아영의 서한을 받고 비할 데 없는 기쁨을 느꼈다. 아영이 풀려난 것이다. 자신이 낙랑의 군사들을 요절내고 직접 옥문을 따주지는 못했지만 어쨌거나 자신으로 인하여 아영이 풀려난 것이었다. 모용외는 아영이 서한에 적은 대로 급히 전령을 대방으로 보내 번나발을 돌아오도록 했다. 그런데 아영의 서한에는 빠진 게 하나 있었다. 언제 어떻게 두 사람이 만날 수 있는지에 대한 아무런 언급이 없었던 것이다. 모용외는 사도중련을 불렀다.

"아영 낭자가 비록 풀려났다 하나 주공을 만나러 오겠다는 의사를 밝히기는 곤란할 것입니다."

"그럼 어떻게 해야 하는 것이냐?"

"아영 낭자를 풀어준 게 최비의 몫이었듯 두 분을 만나게 하는 것도 역시 최비의 몫입니다."

"전령을 다시 보내 번나발로 하여금 돌아가 대방을 더욱 옥죄도록 할까?"

"그러면 오히려 해가 될 뿐입니다. 회군이 늦어지면 이번에는 최비가 아영 낭자를 처형할지도 모릅니다."

"왜 그런 것이냐? 왜 똑같이 대방을 누르는데 처음에는 아영을 풀어주고 두 번째는 아영을 처형한단 말이냐?"

"최비가 아영 낭자를 풀어준 것은 그녀에게 주공을 조종할 능력이 있다는 걸 알게 되었기 때문입니다. 그런데 주공이 아영 낭자를 걸고 모험을 한다면 그녀가 더 이상 주공에게 절대적 존재가 아니라는 뜻이기 때문에 그녀의 지위가 추락하는 까닭입니다."

"답답하구나. 내가 할 일이 없단 말이냐?"

"번나발 장군이 철군하고 나면 최비로부터 무슨 연락이 있을 듯합니다."

"그러할까?"

"기다리시면 될 것입니다."

과연 사도중련의 말대로 번나발이 돌아오고 얼마 지나지 않아 최비로부터 사절이 왔다. 최비의 사절 장통은 온갖 험상궂은 표정의 장수들이 늘어선 가운데로 걸어 들어와 모용외를 배알했다.

"낙랑 사절 장통이 모용 족장을 뵈옵니다."

족장은 최비가 준비한 칭호였다. 모용외는 황제나 왕이 아니니 족장이라 부르는 게 당연했지만 근래에는 아무도 모용외를 족장이라는 칭호로 부르지 않았다. 그만치 모용선비는 강해졌고 모용외는 주변 어느 나라의 왕보다 높은 위상을 갖고 있었다. 모용외의 신하들은 어떻게 반응하는 게 옳은지 몰라 우두커니 바라보기만 했다. 남들이 자신들의 주공을 어떻게 불러야 하는지 적당한 호칭이 떠오르지 않아 선뜻 나서서 장통을 꾸짖지 못했고 모용외는 그런 데 아예 관심이 없는 사람이었다.

"무슨 일인가?"

"저희 태수께서는 사소한 오해가 있어 잠시나마 대치하게 된 일을 유감스럽게 생각하시고 이제 모든 일이 잘 풀린 만큼 모용 족장을 청해 요리를 대접하고 싶어 하십니다."

모용외가 뭐라고 대답을 하기 전에 배의가 한 걸음 앞으로 나섰다.

"어디서 만나자는 얘기입니까?"

"어디든 상관없지만 아무래도 요리를 준비하고 편안하게 모시는 데는 낙랑성 안 태수부가 나을 것이라 생각됩니다."

배의는 표정을 바꾸었다.

"허허, 어찌 그런 말을 할 수 있단 말이오? 우리 군사가 모두 성안으로 들어갈 수는 없을 테고 기껏해야 수백 혹은 수천의 군사만 들어가게 될 터인데 이를 틈타 우리 주공을 해하겠다는 뜻이오?"

"공께서는 오해가 있으신가 봅니다. 태수께서는 그런 생각을 추호도 하실 분이 아닙니다. 만약 그게 염려되신다면 저희 태수께서 모용부의 군막으로 오실 수도 있을 것입니다. 하지만 군막에서 요리 준비가 제대로 되겠습니까?"

"수만 군사가 대치하고 있는 이때 요리가 뭐 그리 문제가 됩니까?"

두 사람의 설전을 듣고 있던 모용외가 손을 내저었다.

"그만들 하라! 내가 가겠다."

배의는 절대 불가하다는 듯 한 발 더 앞으로 나섰다. 그가 입을 열려는 순간 모용외는 한층 더 기막힌 소리를 뱉어냈다.

"몇백이든 몇천이든 군사는 필요 없다. 나 혼자 갈 것이다."

한 번 뱉으면 그걸로 끝인 걸 아는 배의는 더 이상 말을 하지 못했다. 그 대신 장통을 물고 늘어졌다.

"그럼 우리 주공이 가시는 동안 귀공이 우리 군막에서 머무는 건 어떻소?"

모두의 눈길이 장통에게로 쏠렸다. 그러나 장통이 뭐라고 대답하기도 전에 모용외가 다시 말을 잘랐다.

"배의는 더 이상 말하지 말라!"

그러자 사도중련이 나섰다.

"이미 주공께서 결심하셨으니 비록 그 길이 죽음의 길이라 해도 주공께서는 가실 것입니다. 그럼 우리는 주공의 뜻을 좇는 의미에서 성 앞의 진영을 걷고 자초관으로 철수하는 것이 좋겠습니다."

그러자 아야로를 비롯한 장수들과 배의가 다 같이 놀라 소리쳤다.

"아니, 사도 군사! 우리가 여기 있어야 혹 주공께 무슨 일이 생겨도 달려갈 수 있는 게 아니겠습니까?"

그러나 사도중련은 고개를 가로저었다.

"주공께서는 아무것도 두려워하지 않소. 그러니 주공의 뜻을 좇는 게 신하의 도리일 것이오."

"하하, 과연 중련이 나의 뜻을 아는도다. 모두 그렇게 하라!"

그로써 모용부의 군사들은 모두 자초관으로 철수하고 모용외만이 낙랑성으로 들어가기로 결정되었다.

장통으로부터 모용부의 이런 결정에 대해 보고를 받은 최비는 고개를 끄덕이며 크게 탄복했다.

"음, 세상에 가장 죽이 잘 맞는 주군과 신하를 꼽으라면 아마 모용외와 사도중련일 것이다."

"그 점이 잘 이해가 가지 않습니다. 모용외는 워낙 계산이 없는 사람이니 그렇다 치고 사도중련은 왜 군사를 물리라고 했을까요? 누구든 한 걸음이라도 더 성 앞으로 다가서려 할 텐데요. 자신의 주군이 그렇게 홀몸으로 성안으로 들어간다면."

"그건 바로 가장 어리석은 사람들의 생각이다. 모르겠느냐,

사도중련의 뜻을?"

"저는 우둔하여 생각이 나지 않습니다."

"그는 군사를 물려 모용외가 그야말로 홀몸으로 당당히 낙랑성 안으로 들어갔다는 사실을 천하에 알리려는 것이다. 어떤 대비도 없이 오로지 모용외의 기백만으로. 그리하여 만약 모용외에게 일이 생기면 모든 욕이 다 나에게 돌아오게 되어 있는 이치이다. 하나 그는 자신의 주군이 지극히 안전하리라는 걸 이미 내다보고 있지."

"그럼 군사를 멀리 자초관으로 물린 것은요?"

"내가 이번에 왜 주아영을 풀어주었느냐?"

"그건 여자를 풀어주는 사소함으로 대방을 지키고 백제를 견제하며 모용부의 출정을 제압하는 일석삼조의 큰 이익을 챙기신 게 아닙니까?"

"대방을 지키고 백제를 견제했다, 그렇다면 자초관이 어디에 있나 생각해 보아라."

"아! 바로 대방으로 가는 길목에……."

"그러하다. 사도중련은 만약 모용외에게 문제가 생기면 전군을 이끌고 대방을 짓밟은 후 대방을 백제에 넘기고 백제와 같이 낙랑으로 다시 쳐들어오겠다는 위협을 하고 있는 것이다. 낙랑의 약점을 한 치 어긋남 없이 짚고 있음이지."

장통은 더 이상 아무 말도 하지 못했다.

다음 날 오전부터 모용부는 진영을 거두어 자초관을 향해 철수하기 시작했다. 낙랑성에서 수레가 도착하자 모용외는 성큼 수레에 올라탔다. 만약 무슨 일이 생기면 뒤를 부탁한다느니 하는 자질구레한 말 한마디 없이 차고 있던 칼조차 벗어놓고 멀어져가는 모용외를 바라보고 있던 사도중련의 눈에 물기가 맺혔다.

"아, 그야말로 일세의 영웅이시다."

사도중련은 자초관으로 물러나면서 이제 곧 모용부의 천하가 올 것임을 믿어 의심치 않았다.

동생이 되어버린 모용외

최비는 태수부 앞에 나와서 기다리고 있다가 모용외가 수레에서 내리자 깊이 고개를 숙였다.

"낙랑 태수 최비가 모용 제를 뵙습니다."

자신의 사절인 장통이 모용부의 군막에서 족장이라 불렀던 사람을 최비는 수하들이 늘어선 자신의 집 앞에서 제(帝)라고 부르고 있는 것이다. 아무리 호칭에 무심한 모용외였지만 최비가 붙인 제라는 호칭은 뜻밖이 아닐 수 없었다.

"족장이라고 부르시오. 태수가 수하인 장통보다 나를 높이 부를 수는 없지 않소."

"그럼 영웅이라고 부르겠습니다. 안으로 드시지요."

어쨌든 모용외는 최비가 기분 좋은 사람이라 느끼며 태수의 별전으로 들었다.

"여기 저의 가신들을 소개하겠습니다."

최비는 옆에 늘어선 사람들을 하나하나 소개했다. 모용외는 형식적으로 고개를 끄덕일 뿐 최비의 수하들에게 하등의 관심을 보이지 않았다. 그의 마음속에는 오직 아영이 있을 뿐이라 내심 언제 최비가 아영을 만나게 할지 그것에만 신경을 곤두세우고 있었다. 그러나 최비가 화려한 관복을 입은 문신들을 다 소개하고 나서 무장들을 소개하자 모용외는 눈을 바로 떴다.

"진에서 온 무장들로 흉노와의 오랜 전쟁에서 경험을 쌓았지요."

최비는 감히 천하제일의 무장인 모용외에게 소개하기도 부끄럽다는 듯한 목소리로 무장 한 사람을 소개했다.

"창을 좀 쓰는 진욱이라는 장군인데 조상이 대대로 제(齊)나라 무장으로 봉직했습니다."

순간 모용외는 눈에 힘이 들어갔다. 진욱의 조상이 어느 나라에서 무엇을 했건 모용외의 관심 대상이 아니었지만 너무도 부드럽게 자신을 바라보며 고개를 숙이는 이 사람에게서 풍기는 평온함이 마음에 걸렸다. 무신(武神)에 가까운 모용외는 무장에게서 풍기는 부드러움과 평온함이 어디서 오는지 알고 있었다. 오로지 목숨을 다투는 순간을 넘고 넘어 영혼 저 깊은 곳에까지 생사의 승부를 넘은 무장들만이 가질 수 있는 게 바로 이 부드러움과 평온함이었다.

"이 사람은 초나라의 전통적 무가인 안가장 출신의 장수로 안저라고 합니다."

안저는 숫제 무장이 아니라 학자 같은 분위기였다. 모용외는 안저에게서도 창이나 칼로는 도저히 꺾을 수 없는 무형의 정신 같은 것을 느꼈다.

"이 사람은 고연굉으로 진의 무재(武才)입니다."

고연굉 역시 말없이 고개를 숙여 보였는데 모용외는 이 평범한 동작에서도 태산 같은 무게가 전해져 오는 걸 느낄 수 있었다. 이 장수들은 한결같이 있는 듯 없는 듯 조용조용해 결코 무장의 풍모나 언행을 보이지 않았지만 모용외는 이들이 자신의 거칠고 험상궂은 수하들에 비해 결코 뒤떨어지지 않는 무장들이라는 걸 직감적으로 느꼈다. 더군다나 최비는 일부러 이런 조용한 사람들만 내세우고 있다는 걸 알 수 있었다. 필시 이들의 뒤에는 모습만 보아도 산을 뽑고 강을 뒤덮을 것 같은 험악한 장수들이 득시글거릴 것이 뻔했다.

'음, 이놈들이 약해서 낙랑성 안에 숨어있던 것이 아니구나!'

최비는 사람들을 물리고 나자 주안상을 차리도록 했다. 모용외는 이제나저제나 아영이 나올까 기다리다 음식이 다 차려졌는데도 그녀가 나타날 기미가 없자 퉁명스럽게 내뱉었다.

"이보시오, 태수. 나는 이따위 음식에는 별 흥미가 없소. 단도직입적으로 말해 태수는 내가 여기에 왜 왔는지 알 거 아니오?"

모용외가 한마디 내뱉자 최비는 부드럽게 웃었다.

"아마 이제 들어올 때가 되었을 것입니다. 이 식탁은 아영 낭자에게 물어서 차렸습니다. 모용 영웅께서 좋아하는 음식을 대접하고 싶다는 마음이 아영 낭자나 저나 다를 게 없었던 까닭입니다."

최비의 말이 끝나고 얼마 있지 않아 날아갈 듯 차려입은 아영이 들어왔다. 모용외는 아영을 보자마자 의자에서 벌떡 일어나 다가갔다.

"오오, 아영! 그간 얼마나 고생이 많았소."

아영 역시 크게 반가워하면서도 한편으로는 절제된 몸짓으로 모용외를 맞았다.

"모용 공, 이 못난 몸 때문에 밀리서 오셨다는 얘기를 듣고 마음이 편치 않았습니다. 그 은혜를 어떻게 다 갚을 수 있을지 아득하기만 합니다."

모용외는 아영의 이 한마디에 그간의 고생이 봄눈 녹듯 사라지는 걸 느꼈다.

"자, 이제 끝이오. 모든 고생이 다 끝났단 말이오. 이제 나와 같이 갑시다! 우리 모용부로 갑시다. 끝없이 파란 하늘 위로는 하얀 구름이 둥실 떠가고 양 떼가 한가로이 풀을 뜯는 사이로 여름이면 향기로운 꽃바람이 날아와 코를 간질이는 곳이오."

"호호호호!"

아영은 터져 나오는 웃음을 참지 못한 채 모용외의 눈을 똑바로 응시하며 말했다.

"호호, 모용 공께서 이런 간지러운 말을 하실 수 있을 거라고는 생각도 못했어요. 저뿐 아니라 아야로, 번나발, 반강, 도환 등 모용 공의 가장 가까운 형제라 하더라도 꿈엔들 상상이나 하겠어요?"

"하하하, 미안하오. 그리고 보니 겨울이면 천산의 매서운 칼바람이 불어온다는 얘기를 빠트린 것 같소. 하지만 우리 모용 용사들은 산들산들 불어오는 봄바람보다는 살을 에는 찬바람을 더 좋아하오. 아마 아영도 이제 거기서 살다 보면 사람이든 바람이든 살살거리는 간지러운 것보다는 깊숙이 차갑게 파고드는 게 좋다는 걸 느끼게 될 거요."

"저도 가벼운 사람은 싫어요."

가볍게 보조를 맞추어 준 아영은 최비에게로 고개를 돌리고는 고개를 숙였다.

"태수님을 뵙습니다."

며칠 전의 그 꼿꼿하고 당당하던 태도와는 전혀 다른 고분고분하고 부드러운 여자의 몸짓이었다.

"자, 어서 앉읍시다. 이 음식들은 따뜻할 때 먹어야 더 맛이 나는 것들이니."

모용외가 자리에 앉자 최비는 모용외에게 잔을 권했다.

"이것은 사천 지역의 대나무순으로 향을 내고 천 년 묵은 하수오로 기를 채운 술이오. 진제에게만 진상되는 술이지만 연이 닿아 내게도 오게 되었소. 그간 목숨처럼 아꼈으나 오늘 두 분의 재회를 맞아 이 술을 따게 되니 보람이 훨씬 크기만 하오."

최비는 아영과 모용외에게 술을 따르고는 자신의 잔도 채웠다.

"듭시다, 모용 영웅과 아영 낭자의 재회를 위해!"

최비는 사람의 마음을 기쁘고 들뜨게 하는 재주를 가진 사람이었고 모용외는 누구를 의심할 줄 모르는 호쾌한 사람인지라 음식이 나온 지 얼마 되지 않아 모용외와 최비는 서로 권커니 잣거니 하며 금세 친숙한 사이가 되었다.

"진이 다 망한 나라인 줄 알았더니 태수 같은 분이 있었구려! 나 모용외는 솔직히 아까 크게 놀랐소이다."

"하하, 모용 영웅을 놀라게 할 일이 뭐가 있겠소?"

"아까 그 무장들은 너무나 조용했지만 모두 대단한 장수들이었소. 세상에 사나운 장수는 헤아릴 수 없지만 나는 평생 그처럼 조용한 장수들은 한 사람도 보지를 못했소. 그들은 한결같이 공손하고 부드러웠으나 사실 우리 사이에는 긴장이 흘렀소."

"긴장이라니요? 감히 저의 수하들이 은연중 모용 공께 무례라도 범하였는지요? 그렇다면 당장 결처하겠습니다."

"아니, 그런 게 아니오. 살심이 담긴 흉흉한 긴장이 아니라 그 뭐랄까, 말 없는 가운데 비범한 상대를 느끼고 인정하는 그런 류의 긴장 말이오. 화려한 긴장이라고나 할까."

"호호호호!"

"하하하하!"

아영과 최비의 입에서 동시에 큰 웃음이 터져 나왔다.

"그런 멋진 말은 태어나 처음 들어요. 화려한 긴장이라니. 제 머릿속에서는 죽는 그날까지도 그런 말이 만들어지지 못할 거예요."

"실로 아름다운 말입니다. 하지만 모용 영웅에 비하면 한 마리 모기만도 못한 자들이니 지나친 평가는 저를 부끄럽게 할 뿐입니다. 그나저나 반강 장군의 일은 참 안됐습니다."

"간계만 거듭하는 그 방정균은 쥐새끼 같은 자요."

모용외는 마음에 있는 대로 내뱉었다.

"하하, 아무래도 모용 영웅께서는 반강의 일 때문에 심히 언짢아하시는 것 같습니다."

최비는 잠시 말을 끊었다 어려운 일을 결심하였다는 듯 결연한 어투로 내뱉었다.

"좋소. 그러면 내 참모들과 반강을 내드릴 수 있는지 여부를 의논하리다."

모용외는 반강을 떠올리자 기분이 나빠졌다. 그 때문에 최비와의 대화에서마저 밀리자 싫다, 너희가 죽이라고 넵다 고함을 지르고 싶었지만 꾹 눌러 참았다. 오히려 그는 이 대목에서 그답지 않게 매우 유연해졌다.

"태수님의 은혜를 이렇게 받기만 해도 되는지 모르겠소."

순간 아영은 모용외라는 사람에 대해 자신이 잘 모르고 있지 않았나 하는 생각이 들 정도였다. 모용외는 말 한마디로 최비가 내뱉은 말을 번복할 수 없게 만들었다. 그러고 보니 모용외는 오늘 밤 시인의 면모와 지략가의 면모를 동시에 보이고 있었다. 모두 평상시의 모용외와는 전혀 어울리지 않는 모습이었다.

"은혜랄 게 뭐 있겠소. 오늘 모용 영웅을 보니 왜 진작 만나지 못했는지 지나간 시간이 아까울 뿐이오. 늦게라도 이렇게 만났으니 이 우정을 언제까지나 이어가고만 싶소."

"못할 게 뭐 있겠소? 그럼 우리의 우정을 위해 한잔합시다!"

술이 오르자 두 사람 간의 대화는 더욱 거침이 없었고 급기야는 호형호제하는 사이로 발전했다.

"태수님은 너무나 기분이 좋아지는 분이오. 이제부터 나는 태수님을 비 형님이라고 부르겠소."

"허, 이런 영광이 있나! 그럼 나는 모용 영웅을 외 동생이라고 부르지."

두 사람은 다시 한번 잔을 크게 부딪쳤다.

"형님, 내가 아영 낭자를 데리고 모용부로 돌아가는 데 문제는 없는 거지요?"

"문제는 무슨 문제가 있겠나? 오히려 내가 선물을 듬뿍 안겨 보내고 싶네."

"크하하하! 역시 나의 형님이오. 그럼 나는 내일 아영 낭자를 데리고 가겠소."

"물론 그래야지."

이때 아영이 웃으며 끼어들었다.

"태수님, 모용 공이 떠나시고 나면 태수님은 다시 우리 부녀를 옥에 가두고 재산을 빼앗으실 건가요?"

아영의 말은 당장 극성으로 데려가겠다느니 보내주겠다느니 하는 두 사람의 대화와는 결을 달리했다.

"아니, 아영 낭자, 그게 무슨 소리요? 원영이라는 수하가 세금을 올리는 것보다는 부정한 축재를 바로잡는 게 낫다는 뜻에서 몇몇 부호를 다루었지만 주 대부는 전혀 문제가 없었소."

"그럼 모용 공이 돌아간 후에도 우리는 문제가 없겠네요?"

"이르다 뿐이오."

"모용 공이 왜 저와 같이 모용부로 떠나자고 하는지 아시겠어요?"

"그야 외 동생이 아영 낭자를 사랑하기 때문이 아니오?"

"틀렸어요."

두 사람은 놀랐다. 특히 모용외의 놀라움은 더욱 컸다.

"그건 저의 상황이 불안하기 때문이에요. 모용 공은 자신이 떠나고 나면 제가 다시 핍박당할까 봐 서둘러 가자는 거예요. 그런 문제가 없다면 세상 어느 누가 하루아침에 모든 걸 버리고 도망치듯 고향을 떠나자고 하겠어요? 더구나 남자도 아니고 여자에게."

"……."

"저는 시간이 필요해요. 일단 아버지의 건강도 챙기고 집안일도 정돈해야 하며 무엇보다도 저 자신의 준비도 필요해요. 저는 아직 마음의 결정을 하지 못했어요."

"……."

"그러니 태수님이 이 자리에서 모용 공께 저의 안전을 다짐해 주세요."

최비는 아영의 얼굴을 바라보았다. 며칠 전 자신이 분명히 앞으로 아무 문제도 없다는 다짐을 두었음에도 이 여자는 모용외의 앞에서 안전을 요구하고 있는 것이었다. 최비는 아영의 마음을 바로 읽었다. 모용외에게 당신 덕분에 내가 안전하다는 뼈대를 만들어 기쁨을 줌으로써 자신이 모용부로 가지 않는 데서 오는 실망을 잠재우려는 심산이었다. 최비가 고개를 돌려 모용외를 바라보자 편치 않은 얼굴이었지만 그는 태수를 향해 고개를 끄덕였다. 아영의 말대로 안전을 보장하라는 뜻이었다.

"앞으로 아영 낭자와 주가장은 낙랑에서 재산 문제로 조사를 받는 일이 없도록 내가 보장하겠소."

아영의 뜻에 따라 최비가 다짐을 두었지만 분위기는 많이 가라앉았다. 특히 들떠 있던 모용외는 실망의 기색을 숨기려 하지 않았다.

"설마 아영 낭자는 내가 싫은 거요?"

아영은 모용외의 질문에 상큼하게 웃었다.

"저는 모용 공을 존경하고 있어요. 특히 제가 위기를 당하자 즉각 모든 군사를 거느리고 먼 길을 와준 데 대해서는 생명을 바쳐도 다 갚지 못할 은혜를 입었다고 생각해요. 그렇지 않다 하더라도 모용 공의 참모습을 알고 나면 이 세상 어떤 여자라도 좋아하지 않고는 못 배길 거예요. 저 역시 마찬가지예요. 여자니까요."

모용외는 아영으로부터 이런 말은 처음 들어보는지라 다시 마음이 들떴다.

"그만, 그만하시오. 아영 낭자, 내가 너무 서둘렀나 보오. 아영 낭자의 마음이 그렇다면 모용부로 가는 건 언제가 되었든 낭자의 결정에 따르리다. 나는 낭자의 그 말만으로도 충분히 행복하오."

모용외는 진정 행복한 모습으로 다시 술잔을 높이 들었다.

"자, 비 형님! 다시 한번 술잔을 마주칩시다. 아영 낭자의 마음을 안 이상 언제 가든 그게 뭐 그리 중요하겠소. 나는 언제까지나 기다릴 수 있소. 설사 기다리다 늙어 죽는 한이 있더라도 말이오."

최비는 웃으며 술잔을 들었다. 그는 아영의 속마음을 읽었기에 모용외의 이런 순진한 반응이 우습기도 하고 가련하기도 했다.

"이 세상에서 가장 점잖고 가장 순수한 외 동생의 행복한 앞날을 진심으로 빌고 싶네. 자, 아영 낭자도 같이 빕시다. 술잔을 들어요."

그러나 아영은 말없이 고개를 가로저었다. 아무 말 없이 고개를 가로젓는 아영의 표정은 그리 밝지 않았다. 아니, 오히려 슬픔을 머금은 표정이라 최비는 약간 어색했지만 그냥 그대로 모용외와 술잔을 부딪쳤다.

"그럼 저는 이만 일어나겠어요. 모용 공, 이번 일은 평생 잊지 못할 거예요. 부디 몸조심하시고 건강하게 잘 돌아가세요."

아영은 자리에서 일어나더니 모용외를 향해 깊이 고개를 숙였다. 당황한 모용외는 자리에서 일어나 반쯤 고개를 숙이며 절을 받았다. 고개를 드는 아영의 눈에 물기 같은 게 서려있는 걸 본 모용외는 가슴이 뭉클해 어쩔 줄 모른 채 서 있기만 했고 아영은 태수에게 가볍게 고개를 숙인 후 몸을 돌려 나가버렸다.

아영이 가고 나자 모용외는 거푸 술잔을 비워댔다.

"비 형님, 이 모용외는 오늘 아영 낭자의 마음을 얻어 진정으로 기쁩니다. 천하를 얻은들 이보다 좋겠습니까?"

"외 동생만 결심하면 내일이라도 아영 낭자를 데리고 갈 수 있지 않나? 나 같으면 그냥 데리고 가버릴 텐데, 아니 지금 당장 수레에 태워 나가버릴 텐데 왜 그렇게 하지 않는 건가?"

"비 형님, 이 모용외가 얻고 싶은 건 저 사람의 마음이요. 저는 아영 낭자가 올 때까지 평생을 기다릴 수 있소. 아니, 이 세상에서가 아니면 저세상에서도 기다릴 수 있소."

모용외는 밤이 늦도록 술을 마셨다. 최비는 끝까지 모용외와 대작을 해주고는 밤이 깊어지자 그를 자신의 침소로 안내했다.

"외 동생, 내 침상에서 자게."

"아니, 내가 형님 침상에서 잘 수는 없소. 비 형님이 침상에서 자고 내가 바닥에서 자면 되는 일이오."

"아니, 나는 또 처소가 있네. 외 동생이 여기서 자 주는 것이 내게는 영광이네. 어서 잠을 청하게."

"그럼 신세를 지겠소."

모용외는 최비의 침상에 몸을 던지더니 그대로 잠들어 버렸다.

한낮이 되어서야 깨어난 모용외는 두 명의 미인이 다리를 주무르고 있는 걸 보고는 물었다.

"언제부터 이러고 있는 것이냐?"

"잠이 드신 그 순간부터 모용 영웅을 모셨습니다."

"내가 그렇게도 오래 자더냐?"

"정말 잘 주무셨습니다."

모용외는 극성을 떠난 날 이후로 이렇게 술을 많이 마신 건 처음이었다. 어젯밤 아영의 마음에 취해 정신없이 마시던 기억과 더불어 끝까지 대작해 주던 최비가 떠올랐다.

"형님은?"

"태수님은 일찍 일어나셔서 두 번이나 기색을 살피러 오셨습니다. 깨어나시면 드리라고 참마즙을 놓고 가셨습니다."

모용외는 침상에 앉은 채 시녀가 들고 온 참마즙을 삼키다 새삼 최비에게 고마운 생각이 들어 자리에서 벌떡 일어섰다.

"형님은 어디 계시냐? 많이 안 취하셨더냐? 내가 밤새 너무 오래 잡아둔 것 같구나."

이때 마침 최비가 들어오다 말을 받았다.

"외 동생이 측간에도 못 가게 하는 바람에 오줌보가 퉁퉁 부어버렸네 그려!"

"오, 형님!"

"그래, 속은 괜찮나?"

"이 동생은 속이 무쇠로 되었소. 오히려 나는 살집으로 되었을 형님 속이 걱정스럽소."

두 사람은 이미 가까울 대로 가까운 사이가 되어 스스럼없는 농담을 주고받았다. 모용외가 떠나기 직전 최비는 은밀한 방에서 모용외와 단둘이 마주 앉았다.

"외 동생, 천하를 어떻게 생각하나?"

"천하라 함은……?"

"대륙과 동, 서, 북방 모두를 말하는 걸세."

"이 동생은 그리 넓게 생각해 본 적은 없소."

"그러하다면 오늘은 아직 천하를 논의하기는 이르네. 그러니 동생의 땅을 먼저 얘기하세."

"나의 땅이라 함은 모용선비의 땅을 말함이오?"

"바로 북방이네."

최비는 잠시 뜸을 들이더니 느닷없이 밑도 끝도 없는 물음을 던졌다.

"모용부의 땅은 어디까지라야 한다고 생각하나?"

모용외는 잠시 생각하고는 호기롭게 내뱉었다.

"우문, 단 등 모든 선비는 모용부에 의해 일통되어야 하오."

"그러면 되나?"

모용외는 최비의 말투에서 이상한 기색을 느꼈다. 그는 마치 자신이 모든 걸 다 해줄 수 있는 사람처럼 말하고 있는 것이었다. 모용외는 이것이 새롭게 호형호제하는 사이가 된 자신에게 내보이는 최비의 호기라고 생각했다.

"모용부가 선비를 일통한다면 더 이상 무엇을 바라겠소?"

"동생은 생각 외로 꿈이 단단하구나!"

"단단하다고요? 그건 무슨 뜻이오?"

"작다는 얘기다. 작으니 단단할 수밖에 없지 않으냐?"

"모용부는 오랫동안 우문선비와 단선비로부터 시달림을 당해왔소. 그러니 이들을 정벌하고 선비를 일통하는 것이 쉬운 일만은 아니오."

"그것은 이 형이 도와주겠다. 자네로 하여금 모든 선비를 일통해 하나가 되도록 하지. 그런데 진정 네 꿈이 그렇게 소박하냐?"

최비는 이제 모용외를 친동생으로 대했다.

"형님은 다른 생각이 있는 모양이구려. 하긴, 낙랑 태수나 하실 분이 아니란 건 바로 느꼈지만."

"외야, 나는 나중에 너에게 유주를 떼어 주려고 한다."

"유주?"

"그래, 유주는 비옥한 땅이고 물산이 모이는 곳이다. 일단 여기에 터를 잡으면 모용부는 그까짓 양 떼에 목숨을 걸지 않아도 되는 것이다."

"나라고 유주에 뜻이 없겠소만 유주는 복잡한 곳이 아니오?"

"물론 유주는 모두가 노리고 있는 곳이다. 그러나 진은 지금 유주를 관리할 만한 여력이 없다. 누군가 진출해 터를 잡으면 바로 주인이 된다."

"그러나 아직은 유주자사가 버티고 있고 그 옆의 평주자사, 진의 황제, 그리고 진 황제가 동원할 수 있는 제후들이 수두룩한데 내가 그들 모두를 적으로 돌리면서 어떻게 유주를 차지하겠소. 물론 기백만은 유주가 아니라 대륙 전체를 삼키고 싶지만."

"외야, 이 형을 믿어라. 사실 지금 낙랑에는 진의 내로라하는 문무 관리들이 수도 없이 와 있다. 이들은 모두 이 형이 천하를 가질 것이라는 기대를 안고 모여든 사람들이다."

"낙랑이 전과는 비교도 안 되게 강성해진 것은 나도 느끼고 있소."

"진 조정은 이미 붕괴 직전에 와 있다. 내가 낙랑에 온 것은 낙랑을 중심으로 북방 세력을 모아 진을 쓰러뜨리고 천자로 군림하기 위함이다. 그리고 나는 같이할 북방 세력으로 바로 너를 선택했다."

최비는 뜨거운 눈길로 모용외를 응시했다. 모용외 역시 최비의 눈을 깊숙이 들여다보았다. 돌연 최비가 손을 내밀었다.

그의 목소리가 떨려 나왔다.

"외야, 너와 내가……."

"형님! 내가 필요하면 언제든 불러만 주시오!"

손을 맞잡은 채 서로를 응시하는 두 사람의 눈길은 활활 타고 있었다.

다루를 찾는 부녀

낙랑성을 떠난 양운거 부녀는 천천히 걸었다. 딱히 어디 달려갈 곳이 없는 터라 부녀는 마치 낙랑에서 멀어지고 싶지 않은 사람들처럼 느릿하게 움직였다. 다행히 오래전에 양운거의 은혜를 입어 평생 한 가족이나 다름없는 하인 둘이 동행하고 있어 부녀에게 위로가 되었다.

"방정균, 이 나쁜……."

그럴수록 소청의 마음속에서는 방정균에 대한 미움이 커져 갔다. 모든 것이 낙랑에 못 미치는 고구려 땅에 들어서며 침체되었던 소청은 도읍인 평양에 도착하자 기분이 확 살아났다.

"아버지, 이제 힘든 여행은 끝났어요. 평양은 마치 낙랑 같아요."

"네가 기분이 좀 나아진 것 같아서 다행이다."

게다가 평양에 도착할 즈음에는 양운거의 건강도 나아져 소청은 기쁨과 기대로 들떴다.

두 사람은 평양에 도착하여 집을 한 채 얻었다. 양운거는 평생을 청백리로 살아온 터라 낙랑을 떠나올 때 가산을 모두 정리하긴 했지만 그리 풍족할 수만은 없었다. 소청은 먼저 의원부터 찾아갔다.

"칼을 여러 번 맞은 모양인데 기적적으로 큰 근맥을 다친 데가 없으니 정말 운이 좋았소. 게다가 워낙 쇳덩어리 같은 몸이라 급속히 회복한 거요. 더 치료해야 할 만한 상태는 아니니 기의 운행을 돕는 약초나 달여 먹으며 마음을 편히 가지시오."

맥을 짚어본 후 내린 고구려 의원의 진단은 그 이상 반가울 수 없었다.

"더 치료할 게 없다고요? 그럼 아버지가 완전히 회복되셨단 말씀이에요?"

"이제 할 일은 적절히 몸을 움직이면서 근력을 되찾는 거요. 내게는 가끔 맥이나 짚어보러 오시오."

"의원님, 우리는 부근에 새로 이사 왔는데 완전히 회복되실 때까지 저희 아버지를 좀 챙겨주세요."

"양 처사라 그랬소? 나는 그리 바쁜 것도 없는 사람이니 언제든 놀러 오시오."

소청은 집으로 돌아오는 길에 밝은 목소리로 재잘거렸다.

"아버지, 봐요. 고구려 사람 참 괜찮잖아요. 사람들이 친절하니 이제 곧 다루 오빠를 찾을 수 있을 거예요. 그런데 아버지, 이렇게 빨리 회복될 줄 알았으면 그냥 낙랑에 있어도 될 걸 그랬나 봐요. 저야 다루 오빠를 찾으러 왔으니 좋지만 아버지는 괜히 관직을 버리셨잖아요."

"네 간병 덕분에 내가 이리 빨리 회복되었나 보다."

"우리 다루 오빠만 보면 낙랑으로 돌아가요. 가서 다시 관직에 나가세요."

양운거는 말없이 쓸쓸한 미소를 지었다.

"돌아가서 아버지를 물러나게 했던 그 요동장군과 태수님 앞에서 대결해 보기 좋게 꺾어버려요. 누가 뭐래도 아버지는 낙랑 최고의 무예가잖아요."

양운거는 잠시 망설이다 뜻밖의 얘기를 내놓았다.

"소청아, 사실 내가 낙랑을 떠난 건 태수의 뜻이었다."

"네? 그럴 리가! 태수님은 요동장군을 꾸짖고 아버지가 떠나는 걸 만류하셨잖아요?"

"태수는 낙랑의 구세력을 몰아내고 싶어 했기에 그 중심인물인 나를 먼저 떠나보낸 것이란다. 요동장군은 이런 태수의 뜻을 읽은 데 불과하다."

소청은 적이 놀랐다. 아버지의 몸이 완쾌되기만 하면 낙랑으로 돌아가 다시 예전의 관직과 명예를 회복할 줄 알았던 그녀에게는 청천벽력과도 같은 소리였다. 그러나 소청은 자신보다 더 큰 아픔을 속으로만 삭여온 아버지 앞에서 이런 속내를 드러낼 수 없었다.

소청은 짐짓 쾌활하게 말머리를 돌렸다.

"아버지, 우리 빨리 다루 오빠를 찾아봐요."

"그래, 하지만 너무 큰 기대를 하지는 말아라. 그 아이는 간세라 어디서 이미 목숨을 잃었을지도 모르고 어쩌면 애초부터 진심이라고는 없는 사람일지도 모르는 것 아니냐?"

양운거는 소청의 원에 따라 고구려로 오기는 했지만 소청이 다루에 집착하는 것이 여간 걱정스러운 게 아니었다.

"네, 그럴지도 몰라요. 그래도 꼭 찾아보고 싶어요."

소청의 지나친 기대가 걱정스러워 마음에 없는 말을 하긴 했지만 양운거에게도 다루는 어딘지 정이 가고 믿음이 가는 청년이었다. 처음 낙랑루에서 불의를 참지 못하고 나서던 모습부터 밤을 새워가며 무예를 가르치고 받아들이던 기억이 샘솟아났다. 일전 자신을 죽이러 온 백제의 자객이 갈대숲에 숨었을 때 돌을 던져 위치를 드러나게 한 사람이 다루였을 거라는 짐작도 이제는 확신으로 굳어져 있었다. 비록 사람을 속이는 것이 직업이요, 습관인 간세라 하더라도 어쩌면 다루만은 다를지 모른다는 막연한 기대감을 양운거 또한 가지고 있었다.

"그런데 어떻게 그 사람을 찾을 수 있을까요?"

"간세라면 아무래도 고구려 조정과 관계가 있지 않을까? 조정의 장군 중에 그런 걸 맡아 하는 사람이 있을 것이다. 하지만 내가 직접 나서는 건 옳지 않을 것 같구나.”

“물론이죠. 아버지는 건강을 돌보고 계세요. 다루 오빠 일은 제가 알아볼 거예요.”

양운거는 그리 쉬운 일이 아닐 거라 생각하면서도 말리려 들지는 않았다.

소청은 양운거의 보약을 지으러 다니는 동안 그 의원이 고구려 장수나 군교들을 자주 치료해주고 있다는 사실을 알게 되었다. 소청은 의원에게 아버지는 무명의 무사이지만 다루를 정성 들여 가르쳤고 아버지가 다루를 무척 보고 싶어 한다고 얘기했다. 의원은 낙랑에 약재를 팔러 가기도 하고 구하러 가기도 한 적이 여러 번 있어 낙랑의 사정을 잘 아는 편이었다. 비록 고구려와 낙랑이 좋은 사이는 아니었지만 낙랑은 폭넓게 문호를 개방하고 있었으므로 고구려의 상인이나 학자들이 낙랑에 왕래하는 건 그리 드문 일이 아니었고 특히 의원들은 낙랑과의 교류가 더욱 빈번했다.

“흠, 그랬구나. 사람이 나이가 들면 과거에 매달리게 된단다. 특히 제자에게는 더욱더 애착이 가지. 안됐구나. 간세인 줄 모르고 모든 걸 다 전수하였다니. 그런데 그 간세의 이름이 다루라고 했나?”

“네.”

"조정에서 누가 그런 일을 하는지는 모르지만 내게 생각이 있다. 내가 다루를 찾는다고 소문을 내면 본인이 연락을 취해 오거나 관계된 인물이 찾아오지 않겠느냐? 간세이니만치 예민하게 반응할 것이다."

"어머, 그거 좋은 생각이네요."

의원은 소청 부녀의 처지를 은근히 동정해 온 데다 소청의 티 없이 맑은 성정이 좋아 적극적으로 나서주었다. 그러나 의원이 여러 편으로 다루의 행방을 살폈음에도 다루를 아는 사람은 나타나지 않았다.

"아버지, 혹시 그 다루라는 이름은 거짓이 아닐까요?"

시간이 지나도 다루는커녕 다루라는 이름을 아는 사람조차 나타나지 않자 소청은 새로운 의심을 하게 되었다.

"그가 남기고 간 편지에는 분명 자신을 낙랑 간세 다루라고 하지 않았더냐?"

"그건 그런데…… 어쩐지 그 편지가 이상하다는 생각이 들어요. 자신이 고구려의 간세이고 본명이 다루라면 낙랑에 와서 그 이름을 그대로 쓸 리는 없지 않을까요?"

"그도 그럴 법하다만 어쩌면 우리 가족에게는 본명을 속이지 않으려 했을지도 모르는 일 아니냐?"

어떻게 보면 양운거는 오히려 소청보다도 더 다루의 진심을 믿으려 하는 것 같았다. 의원을 통해 다루의 행방을 알아내려는 방법이 수포로 돌아가자 소청은 한층 더 대담하게 나섰다. 소청은 의원에게 간세와 관련한 일을 주관하는 장군의 이름을 물었다.

"확실치는 않다만 최근 이모저모로 알아본 바에 의하면 명림중수 태대형이 간세를 관리한다더구나."

"명림중수요? 그럼 그의 귀에도 다루라는 이름이 들어갔을까요?"

"들어갔다. 내가 부탁한 장수가 그분에게도 알아봐 달라고 했지만 아무 소식이 없는 걸 보면 다루는 없는 게 확실한 것 같다. 아니면 이미 죽었던지."

"죽었다 하더라도 다루가 자신이 관리하던 간세였다면 무슨 반응을 보이지 않았을까요?"

소청은 다루가 죽었을 리가 없다고 믿고 또 믿었다. 다루는 그렇게 쉬사리 죽을 사람이 아니었다. 소청은 자신이 직접 고구려의 간세들을 만나고 싶었다. 그러기 위해서는 본인이 고구려의 간세가 되는 게 가장 확실한 방법이라는 데 생각이 미쳤다.

소청은 어느 날 밤 복면을 하고 명림중수의 자택 부근에 매복하고 있다가 귀가하는 그에게 비호처럼 날아 일격을 가했다.

"어엇!"

명림중수는 소스라치게 놀라며 정면에서 날아드는 소청의 일격을 간신히 피했다. 소청이 이어 다시 한번 가격하려는 순간 풀숲 어디선가 한 사람이 솟아올랐다. 그는 소청의 옆구리 쪽으로 짧은 칼을 넣었다.

"이얏!"

소청은 공중제비를 돌며 상대의 등을 발꿈치로 가격했다. 그러나 상대는 만만치 않은 실력을 가진 자였다. 그는 공중에서 몸을 돌려 소청의 발을 빗나가게 하고는 명림중수의 앞을 가로막으며 땅 위에 내려섰다.

소청 역시 반대편 지면에 내려선 뒤 재차 도약하려는 순간 명림중수의 외침이 들렸다.

"잠깐!"

소청은 그 자리에 멈춰 섰다.

"목적이 무어냐!"

"……."

"네가 옆구리에 차고 있는 칼로 나를 뒤에서 공격했으면 나는 지금쯤 바닥에 피를 쏟으며 죽었을 것이다. 하나 너는 앞에서 내가 알아차릴 수 있게 손바닥으로 공격을 가했다. 이는 나를 해하고자 하는 뜻이 없는 것. 게다가 너는 여자이다. 도대체 왜 이러느냐?"

"방금 태대형께서 말씀하신 것처럼 나를 믿는다면 이 무사를 물려주시오. 나는 칼을 풀겠소."

소청이 칼집을 풀어 땅바닥에 던지자 명림중수는 고갯짓으로 사내를 물리쳤다.

"나는 낙랑에서 온 사람으로 고구려를 위해 일하고 싶소."

"나를 찾아온 걸 보면 특별히 하고자 하는 일이 있는 것 같은데."

"그렇소."

"너는 낙랑인이면서 왜 고구려를 위해 일을 하겠다는 것이냐?"

"우리 가족은 간악한 무리에 의해 모함을 받고 낙랑을 떠났소. 그래서 보복을 하고자 함이오."

"그렇다면 간세가 되어 낙랑으로 가겠다는 뜻이냐?"

"바로 그렇소."

"간세가 되는 일은 쉽지가 않다. 수련도 힘들지만 정작 적국에 파견된 후에도 발각되어 모진 고문을 받고 죽는 일이 허다하다."

"알고 있소."

"그럼에도 불구하고 기어코 낙랑으로 가겠다는 것인가?"

"갈 것이오."

"복면을 벗어보아라!"

소청이 복면을 벗자 어둠 속에서도 소청의 얼굴선이 곱게 나타났다. 명림중수는 차츰 또렷이 망막에 맺히는 소청의 얼굴을 보다가 가볍게 탄성을 뱉었다.

"아니다. 너는 간세가 될 수 없는 얼굴이다. 그 빼어난 미모는 누가 봐도 기억할 수 있기 때문에 간세가 될 수 없다. 지금 네가 낙랑으로 가면 너를 알아보는 사람이 수없이 많아 바로 발각돼 처형당할 것이다."

"그럼 낙랑이 아닌 다른 나라로 가면 될 것이오."

소청의 이 말에 명림중수는 가만 생각하더니 웃었다.

"너는 무슨 사연이 있는 아이로구나. 혹 고구려의 간세 중에 너의 원수가 있느냐?"

"……."

"칼을 집어 들고 이리 들어오너라."

명림중수는 소청을 자신의 집으로 데리고 들어갔다. 밝은 불빛 아래에서 소청의 얼굴을 바라보고 있던 명림중수는 이 것저것 캐물었다.

"다루라는 간세가 네 아버지의 제자란 말이지? 그런데 그를 만나기 위해 네가 간세까지 되겠다는 건 너무 이상하기만 하구나. 혹 그가 너희 가족의 몰락과 관계가 있느냐?"

"그렇지는 않아요."

"편하게 말하여라. 간혹 간세 중에는 본의 아니게 자신이 은혜를 입은 사람들에게 피해를 끼치는 경우도 있다. 너의 사정이 진정 억울하다면 내가 풀어줄 수도 있는 문제이다."

"그냥 다루를 만나게 해주세요."

"그리하면 그를 죽일 것이냐?"

"아니에요. 우리 부녀는 단지 그가 보고 싶을 뿐이에요."

"보고 싶을 뿐이다?"

명림중수는 대략 짐작이 갔지만 더 이상 두 사람의 관계에 대해서는 묻지 않았다.

"낙랑으로 간 간세 중에 다루라는 이름은 없다. 그러니 누군가 그 이름을 지어 썼을 것이다. 마음으로는 너에게 이들을 다 보여줬으면 좋겠다만 그건 마음일 뿐. 절대 그럴 수는 없는 일이다."

"……."

"그 대신 내가 그들에게 너의 이름을 말하겠다. 만약 그들 중 누군가가 너의 이름을 안다면 반드시 내게 자초지종을 말하게 되어있다. 너의 이름을 알려주겠느냐?"

소청은 잠시 생각하다 대답했다.

"소청이에요. 양소청."

"그래, 그러면 그 의원을 통해서 연락을 하면 되겠느냐?"

"네."

"가서 기다려라."

며칠 후 소청은 집으로 찾아온 의원을 보고는 크게 들떴다.

"소청아, 그분으로부터 궁으로 들어오라는 연락이 왔구나."

"궁 어디로 가면 되나요?"

"서문으로 가서 교위에게 그분을 만나러 왔다고 얘기하면 된다는구나."

의원이 가고 나자 소청은 뭔가 일이 풀리고 있다는 생각으로 매무새를 가다듬었다. 다루를 만날 수 있을 것 같은 예감이 들자 소청은 만나서 무슨 말을 해야 할지 긴장되기 시작했다. 원망을 해야 할지, 아니면 사정을 캐물어야 할지, 그도 아니면 아버지가 몸을 다쳐 낙랑에서 쫓겨났다며 눈물을 흘려야 할지 도무지 갈피를 잡기가 어려웠다. 자신이 고구려 여인의 옷을 입고 나타나면 다루가 어떤 느낌을 가질지, 다루의 첫 마디가 무엇일지, 소청은 궁을 향해 걸어가는 동안 마음이 여러 갈래로 엇갈렸다.

발걸음을 총총 옮기며 소청은 다루를 향한 자신의 마음이 무엇인지 차분히 생각했다. 그것은 미움일까, 아니면 사랑일까. 그도 저도 아니면 그저 오누이의 정일까. 하여간 일단 다루를 만나면 이 모든 것이 정돈되리라 생각하며 소청은 궁을 향해 부지런히 걸었다.

그러나 막상 궁이 보이자 소청은 머리를 세차게 흔들었다.

이렇게 생각이 복잡해서는 다루를 만나 제대로 따질 수도 판단할 수도 없을 것 같았다. 차분해야 한다 생각하면서도 서문에 초병들과 함께 서 있는 교위를 보자 소청의 목소리는 자신도 모르게 들떴다.

"명림중수 태대형 님을 찾아왔어요."

교위는 이미 지시를 받았던지 앞장서 소청을 안내했다.

"궁으로 오라고는 했다만 남의 눈에 띄는 건 좋지 않다. 이리 오너라."

부근에서 기다리다 소청을 맞은 명림중수는 두어 발자국 앞서 걸었다. 소청이 뒤따라가며 보니 명림중수는 사람이 안 다니는 구석진 곳만 골라 밟다가 인기척이라도 있으면 몸을 돌려 사람을 피한 후 다시 발걸음을 옮겼다. 제법 걷고 나자 나타난 어느 으슥한 건물 앞에서 명림중수는 걸음을 멈추었다.

"들어가자!"

명림중수를 따라 안으로 들어가던 소청은 흠칫 놀랐다. 무엇으로 가렸는지 대낮인데도 건물 안은 밤처럼 어두컴컴했던 것이다.

"알아보았는데 다루라는 이름을 쓴 간세는 없었다."

명림중수의 말은 너무나 뜻밖이었다. 소청은 의원이 집에 찾아왔을 때부터 조금 전 문을 열고 들어올 때까지도 다루를 만날 것을 의심하지 않았다. 그런데 명림중수의 입에서는 너무도 실망스러운 말이 나온 것이다. 소청은 어딘지 이상한 기분이 들었다. 그런 얘기라면 굳이 이곳까지 자신을 부를 필요도 없을 터였고 아무데서나 간단히 한마디 하면 될 일이었다. 소청은 본능적으로 이 남자가 엉뚱한 마음을 품지 않았을까도 생각했지만 여기가 궁 안이라는 점을 고려할 때 그것은 이치에 맞지 않는 것 같았다. 그리고 일전의 만남에서 명림중수가 점잖은 사람임을 느낌으로 알고 있었다.

"진정 저를 안다고 나선 사람이 하나도 없었어요?"

"그렇다."

"혹시 여기 없는 건 아닐까요? 낙랑이나 아니면 다른 나라로 나가 있는 건 아닐까요?"

"간세란 한 곳으로만 나가게 되는데 지금 낙랑에 가 있는 사람은 없다. 그러니 다루라는 이름을 쓴 간세는 없는 것이다."

소청은 눈물이 나오려는 걸 억지로 참았다. 명림중수는 어둠 속에서도 소청의 완연히 실망한 기색을 느끼고는 고개를 옆으로 돌렸다. 약간의 침묵이 이어진 후 소청이 슬픔을 간신히 누르고 입을 열었다.

"그동안 감사했어요. 저는 이만 가겠어요."

소청이 몸을 돌려 걸음을 떼려 할 때 명림중수의 목소리가 소청을 주춤하게 만들었다.

"하나의 길이 있긴 한데 그것은 내가 해줄 수 없는 일이다.

즉 네가 직접 해야 한다는 말이다."

"길이라면요?"

"간세 중에는 서전으로 가는 사람들이 있다."

"서전? 서전이 뭐죠?"

"궁의 기관이다."

"그럼 다루가 서전에서 일할 수도 있다는 말씀이신가요?"

"그러하다. 일단 서전에 들어가면 마치 죽은 사람처럼 세상에서 없어지기 때문에 만날 수도 무엇을 물어볼 수도 없다. 나 또한 마찬가지이다."

"그러면 제가 직접 해야 한다는 뜻은……?"

"그렇다. 네가 서전에 들어가면 혹 다루를 만날 수 있을지도 모른다는 생각을 해보았다."

"서전 사람들끼리는 서로 연락을 하나요?"

"나는 서전에 대해 아는 바가 없다. 조정의 그 누구도 아는 바가 없어. 태왕께서 직접 관리하시는지 아니면 다른 누가 있는지 아무도 모른다. 오직 태왕만이 아실 뿐이다."

"그럼 서전은 태왕님의 비밀 집단이군요."

"그러하다. 누구의 명령도 듣지 않은 채 오직 태왕께만 보고하고 태왕의 지시만 따를 뿐인 그런 부리이다."

"서전이 하는 일이 뭐예요?"

"조정 안팎에서 일어나는 모든 일을 태왕께 보고하는 거지.

즉 태왕의 귀라고 할 수 있다. 그래서 사람들은 모두 서전을 겁낸다."

"다루가 정말 거기에 있을까요?"

"셋 중 하나이다. 처음부터 낙랑으로 간 다루라는 간세가 없거나, 죽었거나, 서전에 있거나."

소청은 다루가 죽었다고는 도저히 생각되지 않았다. 그렇다면 다루는 서전에 있거나 처음부터 모든 걸 속였거나 둘 중 하나였다. 소청은 할 수 있는 한 무엇이든 하고 싶었다.

"그런데 제가 서전에 들어갈 수 있나요?"

"그것은 나도 모른다. 다만 느낌으로는 길이 있을 것으로 본다. 너는 무공이 뛰어나고 알려지지 않은 사람이기 때문에 그런 일에 아주 적합할 것이다."

"누구를 만나야 하나요? 태대형께서 저를 추천해 주실 수 있나요?"

"너는 이미 서전에 들어와 있다. 여기가 바로 서전이다. 만약 네가 서전에 들어갈 뜻이 없으면 지금 나와 같이 나가면 되고 들어가고자 하면 여기 혼자 남아있으면 된다."

"여기는 빈 방이잖아요?"

"누군가가 들어올 것이다."

소청은 잠시 생각하더니 바닥에 엎드려 명림중수에게 큰절을 했다.

"이 은혜를 잊지 않겠어요. 진심으로 저를 위해 애써주시는 걸 느꼈어요."

"그러나 내 마음이 편치만은 않다. 서전에 들어가는 네게 어떤 운명이 닥칠지 알 수 없기 때문이다. 이제 이 순간이 지나면 나는 너를 볼 수 없다."

"제가 받아들여지지 않으면 다시 볼 수 있지 않을까요?"

"그건 나도 모른다. 하지만 소청아, 부디 다루를 찾기 바란다. 어쩌면 그를 찾는 게 더 큰 불행이 될지도 모르지만 지금 너는 그 다루라는 사람을 찾지 않고는 견딜 수 없어 보이는구나."

명림중수는 소청을 혼자 놔두고 방을 나갔다. 문이 열리자 잠시 밝아졌던 방이 다시 어둠 속에 묻혔다. 소청은 눈에 힘을 주며 어둠 속을 살폈다. 아무리 보아도 빈 방일 뿐 어떤 장치도 없었다. 이제 저 문을 열고 들어오는 사람이 자신의 운명을 좌우한다는 생각이 들자 소청은 긴장이 되었다. 자신이 지금 올바른 판단을 하고 있는지 확신이 서지는 않았지만 오직 다루를 만나겠다는 생각 하나로 고구려까지 왔으니 할 수 있는 일은 다 해보고 싶었다. 소청은 결심을 굳힌 듯 가부좌를 틀고 앉았다.

얼마나 시간이 흘렀을까. 컴컴한 어둠 속이라 소청은 시간의 흐름을 전혀 느낄 수 없었다. 문이 열리는 소리는 나지 않았지만 공기의 흐름이 미세하게 바뀌는 것을 알아챈 소청은 자리에서 일어나 한쪽 구석으로 몸을 붙였다.

"이름은?"

어둠 속에서 사내의 목소리가 들렸다. 어떤 절차도 생략된 간결한 목소리였다.

"양소청!"

소청 역시 간결하게 답하며 어둠 속 사내의 몸놀림에 예리한 시선을 보내고 있었다. 낙랑에서 소청은 이런 유의 무예 연습을 하곤 했었다. 어릴 적부터 어둠 속에서 날아오는 비수나 독침에 대비해 감각을 기르는 훈련을 아버지로부터 받았기에 소청은 그런대로 침착하게 이 상황에 대처하고 있었다.

"가족은?"

"없소!"

소청은 생각해 둔 바가 있어 망설임 없이 대답했다.

"어디서 왔나?"

"낙랑!"

질문을 던지면서 차츰 소청에게로 다가온 사내는 세 걸음 정도 되는 거리에서 멈추었다.

"거짓이 있으면 죽는다!"

"물론!"

"서전은 아무것도 묻지 않는다. 어디서 왔는지, 무슨 목적으로 왔는지. 설사 네가 고구려의 적이라도 좋다. 하지만 단 한 가지, 자신에게 주어진 일만 잘하면 된다. 그럼 네가 할 일을 주겠다."

"……."

"국상 창조리가 누구와 만나는지, 무슨 얘기를 나누는지 일거수일투족을 탐지해 이레 후 이 방으로 오라."

순간 소청은 놀랐다. 명령인즉슨 국상을 염탐하라는 것이었다. 궁에 근거를 두고 있는 비밀 조직이 이 나라 최고위직의 인사를 염탐하라는 지시를 내린다는 사실에 갑자기 모골이 송연해졌다. 비록 고구려에 들어와 산 지 얼마 되지는 않았지만 소청도 창조리가 어떤 사람인지는 익히 들어 알고 있었다. 상부의 오늘이 있기까지 가장 중추적 역할을 했을 뿐 아니라 지금 이 순간도 상부와 다름없는 권력을 누리고 있는 이인자가 바로 창조리였다. 소청은 새삼 서전이라는 조직이 두려워졌다.

"알겠소!"

소청은 일단 대답을 해두고 나서 문을 열고 밖으로 나왔다.

숙신의 세월

"을불, 이 거머리 같은 놈!"

상부는 신경질적으로 외쳤다.

숙신을 침공한 사도중련이 고스란히 물러나고 을불이 숙신에서 거병했다는 소식은 고구려 조정에도 머지않아 전해졌다. 상부는 그 소식을 듣고 기가 막힐 지경이었다.

"모용부의 사도중련이란 놈이 숙신을 쳤다기에 크게 기대했건만 어떻게 그 역적 놈은 또다시 무사한 것이냐!"

고구려의 태왕이라는 자가 외세의 침략을 반기는 꼴을 보고 신하들은 기가 막혔으나 날이 갈수록 더욱 폭압적으로 변해가는 상부 앞인지라 그 누구도 감히 간언하지 못하고 허리만 숙일 뿐이었다.

"직찰대는 하나도 남김없이 모조리 죽고 평양성 제일의 무사니 뭐니 하던 해추마저 을불에게 죽임을 당했어! 도대체 그 아무것도 없는 을불 놈에게 어떻게 그토록 허망하게 죽임을 당할 수 있단 말이냐!"

시립해 있던 중신 하나가 앞으로 나섰다.

"그래도 폐하를 향한 해추 장군의 충성은 놀랍기만 합니다. 불과 삼백의 직찰대만으로 숙신군을 거느린 을불을 잡으러 간 건 오로지 폐하를 향한 충성심의 발로입니다."

"나는 그렇게 생각하지 않는다. 진정한 충신이라면 을불을 잡아 와야지 가서 죽는 자는 충신이 아니다!"

상부는 곧 옆에 서 있는 창조리를 크게 외쳐 불렀다.

"국상!"

"예, 전하."

"이 세상에 을불을 잡아들일 수 있는 자는 오직 하나뿐이다. 국상은 명민하니 그가 누군지 알 터."

창조리가 읍하며 대답했다.

"황공하오나 우둔한 소신은 그가 누구인지 알지 못합니다."

"고노자! 바로 고노자다! 그를 불러들여라!"

"고노자라 하셨습니까?"

"그렇다. 오로지 고노자가 있을 뿐이다."

창조리는 목소리를 높였다.

"폐하! 역적은 꾀에 밝은 자인데 꾀로 맞서야 하지 않겠습니까? 제가 가겠습니다. 제가 가서 을불을 잡고 그를 추종하는 군사들을 모조리 베어버리겠습니다."

그러나 상부는 손을 내저었다.

"안 될 말이다. 국상은 나를 지켜주어야지. 무슨 일이 있어도 국상은 도성을 떠나서는 안 된다. 국상이 없으면 도성에서 무슨 일이 일어날지 어떻게 알겠으며 무슨 일이 일어났을 때 어찌 대처하겠느냐? 도성의 일에 비하면 을불을 잡는 것은 차라리 나중 문제이다."

"이제 조정은 안정되었습니다. 왕족 중 유일하게 남은 을불을 잡는 것이 바로 사직의 안녕을 공고히 하는 일입니다."

"그래도 국상만은 안 된다. 모두가 내 곁을 떠나도 국상만은 있어야 한다. 국상을 보내면 내가 도대체 누구를 믿고 이 자리를 지키겠느냐?"

지난 세월 한 번도 상부의 뜻을 거스른 적이 없는 창조리였지만 어쩐 일인지 이번만은 쉽게 물러서지 않았다.

"그러면 제가 폐하를 모시고 숙신 원정을 하겠습니다."

"불가하다. 만일의 경우를 생각해야지. 아직 태자가 철이 없는데 내게 무슨 일이라도 생기면 이 나라 사직이 어떻게 되겠느냐?"

창조리가 온갖 이유를 동원해 자신의 출병을 주장했지만 상부는 끝내 허락하지 않아 필경에는 창조리가 물러설 수밖에 없었다.

"알겠습니다. 신성에 사람을 보내겠습니다."

이때 평소와 달리 끝까지 물러서지 않고 상부와 맞서는 창조리를 눈여겨보고 있던 남부대사자 여구가 상부 앞에 몸을 던지며 외쳤다.

"폐하! 어찌 작은 도적을 겁내어 변방의 명장을 불러들인단 말입니까!"

"무어라! 내가 겁을 내? 지금 내가 겁을 낸다 했느냐?"

여구의 말에 상부가 버럭 화를 냈다.

"폐하! 신성은 선비족 단부와 모용부, 거란, 말갈에 이르기까지 수많은 오랑캐들을 막는 제일의 요새입니다! 오로지 고노자 장군이 있어 적들이 함부로 침공하지 못하는 것인데 어찌 그를 불러들이라 하십니까! 게다가 모용부의 움직임이 심상치 않습니다. 이번에도 숙신 땅에 저들의 말발굽 소리가 울리지 않았습니까? 하오니 그 명은 거두어 주시옵소서."

여구는 상부의 살기등등한 표정 앞에서도 할 말을 다 했다.

"오호라, 네놈 또한 역적의 무리로구나! 네놈이 역적을 도우려고 나를 막는구나! 여봐라, 이놈을 당장 끌어내 참하라!"

상부가 크게 분노하여 명령하자 창조리가 나서며 그를 꾸짖었다.

"여구, 네 이놈! 모용부는 지금 낙랑과 전쟁을 벌이느라 우리를 넘볼 여력이 없다. 짧은 생각으로 감히 태왕 폐하의 심기를 어지럽히고 말씀을 욕되게 한 죄 죽어 마땅하나 나라를 생각하는 마음만은 가상하니 어서 폐하께 용서를 구하고 목숨을 건지도록 하라!"

창조리가 이렇게 나오자 상부는 못 이기는 척 여구의 죄를 더 이상 묻지 않았다. 곧 창조리는 고노자에게 사람을 보내고 상부 앞을 물러났다.

창조리가 대전을 걸어 나오는데 부르는 자가 있어 보니 아까 상부에게 목숨을 걸고 간언하던 여구였다.

"국상 덕에 목숨을 건졌습니다."

창조리는 돌아보지 않은 채 낮은 목소리를 흘려냈다.

"대사자는 어찌 그리 목숨을 함부로 여기는가."

"신성의 고노자 장군은 북방을 지키는 호랑이가 아닙니까. 그가 변방을 팽개친 채 숙신으로 을불을 토벌하러 간다는 건 그야말로 스스로 외침을 부르는 격인데 국상이야말로 어이하여 끝까지 반대하지 않으셨습니까?"

원망과 염려가 뒤섞인 여구의 목소리에 창조리는 묵묵히 고개를 끄덕였다. 평상시 각종 사안에 대해 별로 자기 의견을 내놓지 않던 자였는데 그것도 진정으로 나라를 걱정하는 그 나름의 충심이었을 거라는 생각이 들었다. 창조리는 조용히 여구에게 말했다.

"저녁에 집으로 좀 와주겠나?"

그날 저녁 집으로 찾아온 여구를 창조리는 은밀한 방으로 안내한 다음 술잔을 채워주며 말했다.

"아까 대사자의 충정을 보고 놀랐네. 폐하의 안전에서 하기 힘든 언행이었지."

"선대의 태왕들은 오로지 서진(西進)에 몰두하셨는데 현 태왕은 서진은커녕 오랑캐를 막고 있는 장수를 빼고자 하니 가슴이 답답하여 저도 모르게 그만 불경을 저질렀습니다.

"그래서 말인데……."

창조리는 여구의 기색을 살피며 뜸을 들였다.

"말씀하십시오, 국상."

"대사자가 고노자를 찾아가 만나주시게."

"네? 제가요? 아까 숙신 원정을 명하는 성지(聖旨)를 전하라고 사자를 보내지 않았습니까?"

"아니, 성지를 전하라는 게 아니고 사자와는 별도로 은밀히 고노자를 찾아가 만나보라는 말일세."

"신성을 비우면 안 된다는 뜻을 따로 전하라는 말씀이군요. 그러나 고노자 장군이 태왕의 명을 거역할 리 있겠습니까? 충성심이 무척 강한 데다 폐하의 명을 어겼다가는 바로 죽음이라는 걸 누구보다 잘 알고 있을 터인데요."

"가서 뒷일은 내가 책임지겠다고 하시게."

"국상께서 뒤를 보장하신다고요?"

창조리는 묵묵히 고개를 끄덕였다.

"알겠습니다. 그러나 국상께서 그렇게까지 하실 이유가 있으신지 혹 여쭈어도 되겠습니까?"

일단 밀명을 수행하겠노라 답한 여구가 조심스럽게 창조리의 안색을 살피며 물었다.

대답 대신 앞에 놓인 잔을 들어 천천히 비운 창조리가 되물었다.

"혹시 대사자는 왕손 을불의 소식을 들은 바가 있는가?"

여구의 눈빛이 묘하게 갈라졌다. 창조리는 지금 을불을 가리켜 역적이라 하지 않고 왕손이라 부르고 있는 것이다.

"숙신에서 백성들의 칭송이 높다는 이야긴 들은 바 있습니다."

"그래, 대사자는 그분을 어찌 생각하나?"

창조리의 물음은 짧고 단순했으나 여구의 머리는 복잡하게 돌아가고 있었다. 태왕이 가장 신뢰하는 국상의 입에서 전혀 생각지 못했던 말들이 튀어나오고 있었던 것이다. 여구는 자신도 모르게 주변을 살폈지만 따로 듣는 사람이 있을 리 없었다.

"솔직히 말씀드려도 되겠습니까?"

"물론."

"그분이야말로 영웅이 아닌가 하는 생각이 듭니다. 어린 나이에 홀몸으로 떠나신 분이 그 사나운 해추를 잡아 죽이더니 오직 덕으로만 숙신을 장악해 이제 숙신 백성들은 을불 왕손을 보면 즐거워서 춤을 춘다는 말까지 들려오고 있습니다. 얼마 전에는 피 한 방울 흘리지 않고 모용부의 사도중련을 돌려보냈다는 소식을 듣고 제 가슴마저 뛰었습니다. 죄송합니다, 국상. 역적을……."

"아니, 아니야. 나도 고구려 백성 중 하나인데 어찌 그분이 존경스럽지 않을 수 있겠나! 군왕의 자질이 넘치는 분이지."

창조리의 말에 여구의 머릿속은 다시 복잡하게 굴러가기 시작했다. 이 사람은 정말 상부를 배신하고 있는 것일까? 그러나 다른 사람이라면 몰라도 이 사람 창조리가 상부를 배신한다는 건 생각조차 할 수 없는 일이었다.

여구는 표정을 굳힌 채 한 걸음을 더 나아갔다.

"국상께서는 을불이 반란을 일으켜 왕위를 차지할 가능성이 있다고 보십니까?"

"반란?"

"예."

"반란이라 하였나?"

"예예."

"대사자."

"말씀하십시오, 국상."

"지금은 바야흐로 전란의 시대일세. 진나라의 힘이 모조리 낙랑으로 모여들어 터질 듯 부풀었고 선비족에 모용외라는 불세출의 영웅이 태어나 그 기세를 천하에 떨치고 있네. 그 사이로 백제가 호시탐탐 틈을 노리고 있어, 그런데 지금 우리 고구려는 어떤가?"

"······?"

"이것은 반란이 아니네. 백성이 진정으로 바라고 대소 신하가 모두 바라는 일이라면 그것을 어찌 반란이라 하겠는가?"

"하지만 국상 어른······."

"일찍이 폭군이었던 모본왕은 측신인 두로에게 죽임을 당했고 어질지 못했던 차대왕 또한 명림답부에 의해 제거되었지. 이처럼 못된 왕을 폐위시키고 현군을 맞이하는 것은 면면히 이어온 고구려의 전통이었네."

"······."

"나는 보고 싶네. 이 나라 고구려가 새롭게 떨치고 일어나 안으로 백성들을 평안케 하고 밖으로 잃어버린 강토를 되찾는 그 모습을 말일세."

"아, 국상······."

여구는 너무 놀랐는지 아무 말도 잇지 못하고 국상만 내처 부르고 있었다.

"대사자, 이 청패를 받아주겠나?"

창조리가 품속에서 패찰 하나를 꺼내 그의 앞으로 밀어 주었다.

"이것이 무엇입니까?"

"뜻을 같이하는 동지들의 징표일세."

여구는 청패를 집어 이리저리 살폈다. 그러나 박달나무로 깎아 만든 작은 청색 패에는 아무것도 적혀있지 않았다. 어떤 의미를 부여하지 않는다면 그저 아이들 노리갯감 정도로나 여겨질 만큼 아주 볼품없는 것이었다.

"나는 이 청패 일흔여섯 장을 나누어줄 수 있다면 새로운 고구려가 태어난다고 생각했네."

"이제껏 모두 몇 장을 나누어주셨는지요?"

"대사자가 받아준다면 모두 스물여덟 장이 되네."

"스물여덟⋯⋯."

창조리의 말을 되뇌는 여구의 목소리가 떨려 나왔다. 그렇다면 지금 거사를 도모하는 자들이 국상 말고도 스물일곱이나 더 있다는 말이 아닌가.

"이제껏 이 패를 내밀어 받지 않은 자가 있었습니까?"

여구의 물음에 창조리가 고개를 저으며 말했다.

"아직까지는 없었네."

여구는 자신도 모르게 고개를 끄덕였다. 아마 그럴 것이었다. 창조리라면 충분히 그러고도 남을 사람이었다. 바늘 끝만큼도 빈틈이 없는 무서운 사람. 그러기에 지금까지 속마음이야 어찌 되었건 상부의 가장 신임받는 신하로 남아있는 것이 아닌가. 여구는 창조리 모르게 부르르 몸을 떨었다. 그러고는 걱정스레 물었다.

"일흔여섯 장은 무리가 아니겠습니까. 그 정도로 충신이 남아있을 리도 없고요."

창조리가 동의한다는 뜻으로 고개를 끄덕였다.

"스물여덟만 가지고서는 불가능한 일입니까?"

"조정이 둘로 나뉘어 싸우는 결과가 될 것이야. 그러나 힘이 있는 자들은 거의 상부 편에 서게 되겠지."

"그건 왜입니까?"

"아무리 민심을 잃은 폭군이라 해도 상부는 고구려의 태왕일세. 힘이 있고 지위가 높은 신하일수록 변화를 싫어하지 않겠나? 그 힘과 지위란 오로지 상부에게 충성함으로 얻어진 것인 데다 사직을 지킨다는 명분 또한 그럴듯하니 말일세."

여구는 자신도 모르게 마른침을 삼키고는 고개를 끄덕였다.

"언제 죽어도 한 번 죽을 몸, 기꺼이 청패를 받겠습니다."

"고맙네."

"그런데 앞서 청패를 받은 스물일곱 명이 어떤 이들인지 알 수 없겠습니까?"

여구가 묻자 창조리는 그의 눈을 깊이 들여다보며 말했다.

"그건 나를 믿어주게. 뜻을 이루기 전에는 결코 밝힐 수 없으니. 그리고 청패를 받은 사람들 중 누구도 자신 외엔 어떤 사람이 있는지 알 수가 없네."

"잘 알겠습니다."

여구가 눈을 내리깔며 대답했다.

"자, 그만 일어나세. 그리고 다시 생각해 보니 대사자가 고노자 장군에게 가는 것은 좋은 생각이 아닌 것 같네. 그러니 그만두게."

"알겠습니다. 그런데 어째서 마음을 바꾸셨는지 물어도 되겠습니까?"

"아니, 아까는 내가 너무 마음이 급했네. 설사 국상인 내가 간다 한들 고노자를 막을 수는 없을 것 같네. 그는 그런 사람이니까. 자, 조심해 돌아가시게."

창조리의 손님

봉상왕 9년의 여름은 유난히 무더웠다. 지난해에 이어 봄부터 계속된 긴 가뭄으로 논밭이 갈라지고 곡식들은 타버려 가을이 오기도 전에 들판이 누렇게 변해갔다. 폭정에 시달리는 것은 비단 백성만이 아니었던 것이다.

그러나 그 무더웠던 여름이 지나고 아침저녁으로 제법 서늘한 바람이 불기 시작하자 평양성에서도 어느새 나뭇잎들이 단장을 서두르고 있었다. 창조리는 뜰에 외롭게 선 단풍나무를 바라보며 혼자 술잔을 기울였다. 이제 막 빨갛게 물들기 시작한 단풍잎은 바람에 가늘게 흔들리며 무언가를 애타게 호소하는 것만 같았고 그것을 바라보는 그의 눈길 또한 회한과 슬픔으로 깊게 물들어 갔다. 지나간 일들이 주마등처럼 스쳐가는 가운데 한 사람의 얼굴이 과거로부터 되살아나 너무나 생생하게 망막에 맺혀왔다.

"아아! 안국군 전하!"

창조리는 마치 살아있는 사람에게 절하듯 잔을 내려놓고 눈에 선한 안국군을 향해 무릎을 꿇고 고개를 숙였다. 전장에서 서로를 부둥켜안고 울고 웃던 순간들, 자기의 왼손 약지를 한칼에 잘라내며 고구려의 미래를 살리기 위해 스스로 죽음을 택해달라고 절규하던 기억, 너무도 태연하게 죽음을 받아들이던 안국군의 표정이 어지럽게 교차하며 창조리의 마음을 휘저었다.

이제 자신도 죽음이든 삶이든 하나를 택해야 하는 바로 그 순간이 왔다는 걸 느낀 창조리는 한 마디가 없는 뭉툭한 왼손 약지를 내려다보았다. 그간 상부 몰래 조정을 장악하는 일이 생각만큼 순탄하지는 않았다. 아무리 학정을 일삼는다 해도 상부는 엄연히 고구려의 왕이었다. 자신의 위치가 비록 만인지상의 국상이라 해도 일인지하라는 그게 무서웠다. 왕의 명령 한마디면 하루아침에 죽을 수 있다는 점에서는 국상이나 일개 군병이나 다를 게 없었다.

군왕의 자질과는 너무나 먼 거리에 있었지만 모반에 대한 본능적 후각만큼은 누구보다 뛰어났던 상부는 어느 누구도 알 수 없는 그만의 비밀 조직을 가지고 있었다. 아무리 조정 중신이라 해도 그 조직에 대해서만큼은 접근이 허락되지 않았다. 조직이 어떻게 구성되었는지, 조직원이 몇 명인지, 조직 책임자가 누구인지 철저한 비밀에 부쳐졌고, 심지어는 조직의 이름조차도 알려지지 않았다. 그 유령 같은 조직을 두고 사람들은 서전(西殿)이라고 불렀다. 궁의 서편에 있는 한 작은 별전에서 상부와만 연락이 닿는다고 알려져 그렇게 부를 뿐 정확한 명칭조차 아는 사람이 없었다. 다만 아무리 은밀한 곳에서 토해놓는 작은 불만이나 불평도 빠짐없이 상부의 귀에 들어간다는 사실만은 분명했고 거기에는 항상 서전이 작용하고 있다는 것 역시 모두 알고 있었다. 말하자면 서전은 있으면서도 없고, 없는 것 같으면서도 분명히 있는 그런 존재였다.

사정이 이렇다 보니 국상이 되어서도 누구와 속을 터놓고 깊은 얘기를 나눌 수 없는 세월이 무려 일곱 해나 지나갔지만 이제는 결단을 내려야 할 때가 왔음을 창조리는 분명히 느꼈다. 다행히 을불이 훌륭한 청년으로 성장해 신성 동맹제에서 누구도 따라갈 수 없는 무예의 경지를 보여주었고 지금은 숙신에서 백성의 마음을 얻어 존경을 받으며 힘을 기르고 있는 중이었다. 자신이 보낸 소우와 조불 이외에도 을불이 숙신의 족장까지 자기 사람으로 만들었다는 사실을 떠올리며 창조리는 흐뭇한 미소를 지었다.

비록 대소 신하들 중에 청패를 건넬 만한 사람이 많지는 않았지만 을불이 밖에서 일어나고 자신이 안에서 호응하면 뒤집을 수 있다고 생각했다. 문제는 서전이었다. 비록 자신이 오랫동안 관찰하여 목숨처럼 믿는 사람들만 골라 청패를 주긴 했지만 서전의 감시 때문에 자주 만나 의지를 다질 여유는 없었다.

언젠가 한 번은 접선하던 사람의 배신으로 위험한 지경에 처한 적도 있었다. 요행히 절묘한 수완을 발휘해 오히려 배신 자를 역적으로 몰아 빠져나오긴 했지만 서전이라는 그림자 조직이 있는 한 조정에서는 어떤 모의도 하기 힘들었다.

창조리는 그간 몇 번이나 서전의 정체를 파악하려는 시도를 했었다. 자신이 직접 서쪽 별전에 들어가 누군가 나타나기를 기다려보기도 했고 밤을 새워 군사들과 서전을 지켜보기도 했지만 그때마다 나타나는 사람은 없었고 오히려 상부로부터 넌지시 경고만 받았을 뿐이었다.

"국상!"

"네, 폐하!"

"서전에 갔었다면서?"

"네."

"가끔 군사들과 서전을 감시하기도 한다던데?"

"어떤 무리들이 궁전에 드나드는지는 알아야 할 것 같아서 입니다."

"거기 오는 사람들은 나의 은밀한 수하들이오."

"그런 줄은 알고 있지만 혹시라도 불순한 자들이 드나들어 폐하께 해가 될까 두려운 바가 있습니다."

"내가 철저히 관리하고 있으니 염려할 것 없소. 나도 나대로의 영역을 갖고 싶은데 그게 잘못은 아니지 않소?"

"무슨 말씀이신지 알겠습니다."

탕탕탕!

창조리는 누군가 대문을 스스럼없이 두드리는 소리에 생각
에서 깨어났다.

"여기가 국상 댁이오?"

이어 들려오는 굵은 목소리는 국상의 집이라 해서 거리끼거
나 조심하는 기색이 전혀 없어 창조리는 귀를 기울였다.

"누구냐?"

하인이 거친 목소리로 압박했음에도 목소리는 조금도 움츠
러들지 않았다.

"국상 댁에서 술이나 한잔 얻어먹을까 한다."

"별놈 다 보는구나, 어서 꺼지지 못할까!"

"허허, 하인 놈이 입이 걸구나. 가서 국상께 고하라! 마음에
두고 있는 사람과 함께 사는 사람이 다르니 어찌 근심이 없겠
느냐고, 내가 그러더라 일러라!"

이 소리가 귀에 들어오는 순간 창조리는 자신도 모르게 자리
에서 일어섰다. 바깥채로 걸어 나가자 하인이 허리를 숙이며
대문을 사이에 놓고 대치하고 있던 중년의 사내를 가리켰다.

"국상 어른, 웬 미친 자가……."

창조리는 사내의 얼굴을 보고는 가볍게 고개를 숙였다.

"마침 단풍을 보며 한잔하던 참이었습니다. 들어오시지요."

"술이야 둘이 마시는 게 더 낫지요."

창조리는 어리둥절해하는 하인에게 말했다.

"손님은 내가 모실 테니 가서 뒤뜰에 술상을 다시 보라 이르거라!"

잠시 후 두 사람은 마치 오래전부터 알고 있던 사이라도 되는 듯 편한 모습으로 술상을 앞에 두고 마주 앉았다.

"자, 한잔하시지요."

사내는 창조리가 따른 잔을 받아 시원하게 들이켜고는 사슴고기 한 점을 집어 입속에 넣었다.

"국상도 한잔하시오."

사내는 국상 앞이라고 해서 전혀 거리끼는 게 없었다. 마치 몇 살 어린 동생을 대하듯 거침없이 술잔을 받고 다시 술을 따라주었다.

"올해는 단풍이 유난히 붉습니다. 가뭄이 들면 단풍이 곱다더니 정말 새빨간 단풍물이 땅으로 뚝뚝 떨어질 것만 같군요."

사내는 창조리를 따라 단풍나무로 눈길을 돌리더니 의미심장한 한마디를 던졌다.

"단풍은 고구려 사람을 자극하지요."

"고구려 사람이요? 왜 하필 단풍이 고구려 사람을 자극하지요?”

“국상, 저 단풍에는 유래가 있소. 혹시 아시오?”

창조리는 말없이 고개를 가로저었다.

“저 단풍잎의 새빨간 색이 무엇을 의미하는 것 같소?”

“나는 우둔하여 문예에 취미를 갖지 못하였소만.”

“하하, 국상 같은 천하의 재목이 웬 겸손이란 말이오? 아무튼 저 단풍은 피를 머금고 있어요.”

“피요? 사람의 피를 말하는 것인가요?”

“누구의 피인지 알아맞혀 보겠소?”

“귀인이 느닷없이 나타나서 나를 골탕 먹이는군요. 내게 묻지 말고 그냥 처음부터 끝까지 다 얘기해 보시오.”

“저 단풍에 물든 피는 바로 치우(蚩尤)의 피요.”

“치우? 치우천황을 말하는 건가요?”

“그렇소. 선도(仙道)에서는 치우의 피가 튀어 단풍잎이 붉게 되었다는 얘기가 전하고 있소.”

“낭만이 있는 전설이군요.”

“하지만 그분의 죽음이 전설만은 아니오.”

“예부터 전해 내려오는 황제(黃帝)와 치우의 얘기가 전설이 아니란 말인가요?”

“국상은 유주의 탁록(涿鹿)에 가본 적이 있소?”

“유주는 노상 다녔지만 탁록이란 곳은 가본 적이 없소.”

"다음에 유주에 가거든 탁록에 꼭 가보시오. 탁록벌에 서면 흘러간 먼 옛날이 눈에 스며들 거요."

"저 단풍을 왜 치우의 피라 전하는지 정녕 궁금하구려."

"본시 중원의 황하족은 스스로를 염황지손(炎黃之孫)이라 하지요. 즉 염제와 황제의 자손이라는 뜻으로 그들은 황하에서 자신들의 역사가 시작되었다고 믿고 있어요."

창조리는 황하족이 누런색을 숭상하는 게 황하에 뿌리를 두었음을 자랑으로 여기기 때문임을 알고 있었다. 이들은 요하를 기반으로 하는 동이(東夷)족을 은근히 멸시하고 있었는데 그 이유는 황하야말로 모든 강의 으뜸이라 믿기 때문이었다.

"요하를 뿌리로 하는 동이족과 황하를 뿌리로 하는 황하족은 이미 오랜 옛날부터 대립했소. 그러다 드디어 탁록에서 맞붙은 거요. 그게 바로 동이족의 조상 치우와 황하족의 조상 공손헌원 간에 벌어진 탁록전쟁이오."

"호오, 전설상의 그 전쟁이 정녕 사실인가요?"

"이미 삼천 년 전의 얘기지만 사방에 자취가 남아있으니 어찌 안 믿겠소?"

"탁록에 가면 그 자취들이 있소?"

"그러니 가보라는 게 아니오. 하여간 두 종족은 탁록에서 크게 붙었소. 거의 수십 회에 이르는 전투를 벌였으니 얼마나 치열했겠소."

"어느 쪽이 이긴 거지요?"

"사마천의 사기(史記)를 보면 공손헌원은 수십 차례의 전투에서 모두 패했으나 마지막 싸움에서 이겨 치우를 죽이고 그 시체를 여덟 동강 내어 여덟 군데에 파묻었다 하지요."

"아, 그럼 그때 치우의 피가 나무에 튀어 단풍이 되었다는 얘기군요."

"그렇소. 그런데 수십 번을 이긴 치우가 마지막에 한 번 져서 죽임을 당했다고 하는 것은 어딘지 믿음이 안 가지 않소?"

"그런 것 같기도 합니다."

"치우와 황제의 싸움을 치우치지 않고 볼 수 있는 증좌가 하나 있소."

"뭐지요?"

"싸움에 이겼다는 황제의 무덤은 산 위 거친 곳에 있고 졌다는 치우의 무덤은 기름진 평야에 있다는 사실이오. 이긴 자가 산으로 도망가고 진 자가 평야를 장악했다는 이치이니 사마천의 이 기록은 분명 꾸며진 거요."

창조리는 사내가 보통 사람이 아니란 걸 알 수 있었다. 그리고 오늘 자신을 찾아온 것도 특별한 이유가 있음을 알아차렸다. 돌연 창조리는 자리에서 일어나 옷깃을 바로 한 다음 깊숙이 고개를 숙였다.

"오늘의 지혜를 청하고자 합니다."

"지혜랄 게 뭐 있겠소. 다만 지난날의 얘기 하나를 먼저 하고 싶소."

"귀를 씻고 듣겠습니다."

"나는 별자리를 보는 사람이요. 그런데 팔 년 전 하늘에 지독한 마성이 하나 나타나 고구려의 영웅들을 줄줄이 침범하지 않겠소?"

창조리는 마성이 바로 상부를 뜻함을 알 수 있었다.

"다른 별들을 살릴 수는 없었지만 그중 어린 별 하나는 살릴 수 있었소. 다만 진에서 사람이 와서 살려야 하는 상황이라 내가 진 조정에 안국군이 왕위를 이었다는 소문을 퍼트렸소."

"아!"

"상부의 화살을 잠시 돌려 돌고 공으로 하여금 아들을 피신시킬 기회를 주기 위함이었소."

"아! 그래서 당시 사신이……."

"이만하면 마음을 서로 나눌 만하오?"

창조리의 눈앞에 그날의 일이 손으로 그린 듯 생생히 떠올랐다. 상부가 즉위한 지 얼마 지나지 않아 진 조정으로부터 축하 사신이 와서는 뜻밖에도 안국군을 향해 배례(拜禮)하며 등극을 경하하는 말을 쏟아냈었다. 이에 상부는 돌고부터 거세하려던 애초의 계획을 바꿔 안국군에게 독초를 내렸고 덕분에 시간을 번 돌고는 아들 을불을 피신시킨 후 장렬히 최후를 맞았던 것이다.

창조리는 당시 자신이 읽었던 유일한 생로를 그대로 읽어낸 사람이 또 있었다는 사실 앞에 놀라지 않을 수가 없었다.

"나는 무휴라 하오. 당시 나와 국상은 뜻이 맞았던 거요. 나는 어차피 죽을 운명인 안국군을 돌고 공보다 먼저 죽여 을불 부자가 부지불식간에 상부의 첫 표적이 되지 않게 시간을 벌어주었고 국상은 안국군을 희생시켜 상부의 주변을 장악하고 때가 되면 을불을 왕으로 추대하려 했을 거요."

"오늘 무휴 도인께서 어려운 발걸음을 해주신 건 진정 고구려의 홍복입니다. 지금 제가 무엇을 잘못하고 있는지요?"

"지난 세월 마성을 맞이해 누가 국상보다 더 잘할 수 있었겠소? 나는 천문을 보았을 뿐이지만 국상은 지략으로 긴 세월 동안 왕손을 지켜왔으니 나는 국상과 재주를 겨룰 위치는 아니오. 다만 새로운 기운이 있어 얘기하러 온 것이오."

"천문에 변화가 있습니까?"

"왕자의 별이 궁성으로 들어오는 하늘의 움직임이 있소."

"왕자의 별이라면?"

"바로 을불을 말하는 거지요."

"왕손이 궁성으로 온다고요?"

창조리의 가슴이 덜컥 내려앉았다. 을불이 궁성으로 온다는 건 바로 고노자에게 잡힌다는 뜻이었다. 그렇지 않고서는 을불이 궁성으로 올 이유가 없었다.

"죽어서 옵니까?"

창조리의 목소리가 가늘게 떨려 나왔다.

"그건 알 수 없소."

"허허, 답답하기 짝이 없군요. 왕손께서 군사를 거느리고 궁성으로 진격해 온다는 말씀입니까, 아니면 고노자에게 사로잡히거나 죽임을 당해 궁성으로 끌려온단 뜻입니까?"

"천문은 별의 움직임과 밝기를 보는 것이지 더 이상을 알 수는 없는 일입니다. 나머지는 국상께서 생각하셔야 하지요."

"도대체 이것이 흉조인지 길조인지 알 도리가 없으니 참으로 갑갑하고 답답합니다. 한 조각만 더 가르침을 주시지요."

"왕자별이 마성을 만나기는 하나 그 이상은 보이지 않습니다. 하늘은 조금 틈을 보여줄 뿐 나머지는 인간이 할 일입니다. 국상께 대강이라도 알려드리려 왔으나 더 이상은 대답할 능력이 없습니다. 뒷일은 국상이 생각하셔야 할 부분이지요."

무휴는 의문만 잔뜩 던져주고는 자리에서 일어났다.

"저의 집에서 하룻밤이라도 유하고 가십시오."

"아니오. 이제 국상은 생각을 많이 하셔야 하니 나는 이만 가봐야겠소."

무휴는 창조리의 만류에도 불구하고 굳이 일어나 작별을 고했다.

홀로 남은 창조리는 깊은 생각에 빠져들었다. 천문이란 것이 곧이곧대로 믿기는 힘든 분야였으나 무휴가 주는 무게감은 그의 말을 허투루 들을 수 없게 하였다. 어떤 경우에 을불이 도성에 올 수 있을까를 한참 생각하던 창조리는 두 개의 결론을 내렸다. 하나는 을불이 고노자에게 사로잡혀 궁성으로 압송되는 경우였다. 그리고 다른 하나는 을불이 죽임을 당하여 그 시체나 수급이 궁성으로 옮겨지는 경우였다. 아무리 생각해도 그렇지 않고서는 을불이 상부가 도사리고 있는 궁성으로 올 리는 만무했다. 설사 을불이 고노자의 군사를 격파한다고 하더라도 궁성으로 올 리는 없었다. 백전노장 고노자와 싸워서 이긴다 한들 그 과정에서 큰 희생을 치르지 않을 수 없을 것이고 그 상태로 을불이 도성으로 상부를 멸하러 올 수는 절대 없는 일이었다.

창조리는 고민으로 밤을 하얗게 지새웠다.

기상천외의 지략

"역적을 친다!"

상부로부터 숙신으로 진격하여 을불을 치라는 명과 함께 새
롭게 정반대장군에 봉해진 고노자는 신속히 군사를 이끌고
원정길에 나섰다. 신성의 군사만도 오천에 이르는데 상부가
그에게 평양성의 군사마저 더하여 넘겨주자 원정군의 숫자는
일만이 넘었다. 명장 고노자가 고작 천오백에 불과한 을불의
군사를 상대하기에는 지나치게 많은 숫자였다. 하지만 신중
한 성격의 그는 결코 자만하거나 경솔하지 않았다. 먼저 그는
새로 합류한 평양의 장수들에게 중책을 맡겨 배려하고 군사
들에게도 술과 고기를 먹여 노고를 치하한 다음 행군하는 내
내 말에서 내려 병사들과 같이 걸으며 얘기도 나누고 불만과
불평에 세세히 귀를 기울였다. 그는 병이 있는 군사는 집으로
돌려보내고 몸이 불편한 군사는 말을 태워 자신이 직접 고삐
를 쥐었다. 대장군이 말단 병사를 대하는 태도가 이럴진대 군
사들의 사기가 오를 대로 오르지 않을 수 없었다. 고노자는 현
왕의 학정으로 을불에게 동정심을 가진 병사들이 꽤 있음을

알고는 행군하는 내내 병사들을 설득했다.

"군사가 일일이 정치에 간여하려 해서는 안 된다. 하나 분명한 것은 현군이었던 선왕께서도, 그리고 안국군 전하께서도 사직의 순수함을 지키기 위해 모든 것을 희생하셨다는 사실이다. 이제 이 사직을 지키느냐 못 지키느냐의 여부는 바로 우리 원정군에게 달려있다. 모든 게 다 허물어져도 군병이 살아있으면 그 나라는 산 나라이다. 군사들이여, 명심하라! 을불을 잡아 사직을 안정시키는 것만이 우리의 할 일이요, 나갈 길이니라!"

고노자가 이렇듯 병사들과 행군하며 한 사람 한 사람의 마음까지 헤아렸기에 군사들은 잡념을 떨치고 을불을 정벌하는 것이 최선이라 믿게 되었다.

고노자의 출병 소식은 숙신의 을불에게도 들어갔다.

"고노자가 명장이라는 말은 수없이 들었지만 변방을 지키기만 해서 그런지 달리 아는 것이 없군요. 저가 공께서 그의 얘기를 좀 해주시겠습니까?"

"북방에는 고구려의 두 호랑이라 불리는 장수들이 있습니다. 한 사람은 여노 장군이고 또 한 사람은 고노자입니다. 고노자를 일컬어 아비 호랑이라 하고 여노 장군을 가리켜 새끼 호랑이라 부릅니다."

"음, 그가 여노를 능가한다는 얘기인가요?"

"나이 때문이기도 하겠지만 두 사람의 공적이 워낙 차이가 나기 때문일 겁니다. 고노자는 그간 외적들과 수십 번 싸워 한 번도 패한 적이 없지만 여노는 아직 외적과의 전쟁에 나간 적이 없습니다. 그럼에도 여노를 새끼 호랑이라고 하는 것은 그의 무예가 워낙 출중한 데다 누가 봐도 큰 장군의 기질을 골고루 갖추었기 때문입니다. 참, 고노자는 모용외와도 겨룬 적이 있습니다."

"모용외?"

"왕손님의 부친께서 돌아가신 그 해에 모용외가 국경을 넘어 남소성 부근을 침탈한 적이 있습니다. 이때 상부가 무용을 뽐내고자 그를 뒤쫓았습니다."

"상부가 모용외를요?"

을불의 머릿속으로 상부의 용렬한 얼굴에 이어 모용외의 전신과도 같은 모습이 잠시 스쳤다.

"예. 당연히 상부는 모용외의 상대가 못되니 모용 군사들에게 쫓기다가 거의 사로잡힐 지경에 이르고 말았지요. 그때 바람처럼 나타나 상부를 구한 장수가 바로 해추였습니다."

"직찰대의 해추요?"

"그렇습니다. 그는 당시 신성 태수 고노자의 부장이었습니다."

"그래서요?"

"당시 고노자 자신은 모용외를 맞아 일전을 벌이고 있었기 때문에 부장 해추를 보내 상부를 구해낸 것입니다. 해추는 그 공으로 호위대장이 된 것이지요."

"고노자가 직접 모용외와 맞부딪쳤다는 말입니까?"

"그렇습니다. 그때 고노자와 모용외가 단기로 벌인 싸움이 그야말로 치열했다더군요."

"모용외와 동수를 이루었단 말입니까?"

"싸움을 직접 보지 못했으니 장담할 수는 없으나 심한 부상을 입긴 했어도 천하의 모용외를 맞아 끝까지 승부를 내지 못하고 해추가 상부를 구해내기까지 버텼다고 하니 고노자의 의지와 무예를 짐작할 수는 있겠지요."

"모용외를 홀로 끝까지 상대했다니 참으로 대단한 장수로군요."

을불은 감탄하며 훈련에 열중하고 있는 조불, 소우의 군사와 숙신의 병사들을 바라보았다. 모두 합쳐야 천오백. 도저히 고노자의 일만 군사와 비교할 숫자가 아니었다. 이런 을불의 심정을 헤아린 듯 아달휼이 결기 어린 음성을 밀어냈다.

"적이 비록 우리의 여섯 배가 넘는다 하나 싸움은 정신으로 하는 것이지 숫자로 하는 게 아닙니다. 나는 이것을 적에게 똑똑히 보여줄 것입니다."

양우도 자신만만한 표정을 지으며 말했다.

"사도중련을 피해 도적 행세를 할 때 무척 부끄러웠습니다. 이제 이들을 일거에 멸하고 그 부끄러움을 떨쳐버릴 때가 온 것이지요."

조불과 소우 또한 호기로운 얼굴들이었다. 하지만 을불은 고개를 저으며 말했다.

"그리 간단한 문제가 아닙니다. 조금 생각을 하고 싶으니 내일 오후에 다시 이야기합시다."

회의를 마치고 난 을불은 숙신 병사들이 훈련하는 모습을 보고는 만족스러운 표정을 지었지만 고구려 병사들의 훈련 모습을 바라보면서는 고개를 가로저었다. 곁에 있던 저가가 의외라는 듯 물었다.

"제가 보기에는 숙신 병사들보다는 고구려 병사들이 훨씬 짜임새 있고 강해 보이는데 주군께서는 어째서 고개를 가로저으십니까?"

을불은 대답이 없었다. 그의 얼굴에 짙은 수심이 서리는 것이 보였지만 저가는 더 캐묻지 않았다.

다음 날 오후, 회의를 막 시작하려는데 병사들의 놀란 소리가 여기저기서 들렸다. 을불과 여러 장수들이 밖으로 나와 성루로 올라가자 붉은 전포를 몸에 걸친 장수가 오백여 기의 군마를 거느리고 먼지를 일으키며 맹렬히 달려오는 모습이 보였다.

"기습이다!"

누군가의 외침과 동시에 아달흘, 조불, 소우 등은 자신의 병사들을 향해 뛰었다. 고구려로 향하는 통로를 지키고 있는 수비대에서 아직 전령조차 도착하지 않은 걸로 보아 오백 기는 무서운 속도로 달려왔음이 분명했다.

"당황하지 말라!"

적이 날래다고는 하나 을불의 군사 또한 그간 훈련을 쉬지 않았다. 성문이 굳게 닫히고 성루 위에서는 수백 개의 활시위에 화살이 얹혔다. 홀한주성의 수비대가 긴장에 휩싸인 가운데 수비대장이 막 공격을 알리는 신호를 하려는 찰나 갑자기 달려오던 오백 기가 일사불란하게 제자리에 멈추었다. 그리고 붉은 전포가 말에서 뛰어내리며 외쳤다.

"주군!"

붉은 전포는 한 손에 잡은 창으로 땅을 짚으며 한쪽 무릎을 꿇었다. 그리고 다시 한번 크게 외쳤다.

"주군! 소신 여노가 여기 왔습니다!"

"오, 여노!"

그제야 을불은 붉은 전포의 장수가 여노임을 알아볼 수 있었다. 곧 을불이 밖으로 달려나가 그를 일으켜 세웠다.

"여노, 여기엔 웬일인가?"

"소신, 고노자가 숙신으로 향하고 있다는 소식을 듣고 주군을 지키려 달려오는 길입니다."

"오오, 벗이여!"

을불은 여노를 굳게 껴안았다.

"저들은?"

"저를 따르는 이들입니다. 반정의 길임을 알고도 부득불 따라오겠다기에 함께 왔습니다. 모두가 하나같이 일당백의 정병입니다."

"더 이상 설명할 필요가 없네. 달려오는 모습만 보고도 저들이 강병 중의 강병임을 알아보았네."

을불은 군사들을 위로하고 휴식을 취하도록 했다. 맹장 여노의 출현은 장수, 병사 할 것 없이 모두의 사기를 크게 끌어올렸다. 여노가 참석한 상태에서 회의가 속개되자 소우가 주먹을 불끈 쥐었다.

"그야말로 천군만마를 얻은 기분이오. 저쪽에 고노자가 있다면 이쪽에는 여노가 있소!"

"와아!"

소우뿐만 아니라 모든 장수들이 용기백배했고 신중한 저가조차도 흥분하여 목소리를 높였다. 그러나 을불의 얼굴은 여전히 어둡기만 했다.

"여러분, 이것은 우리가 이길 수 있는 싸움이 아닙니다. 마주 싸우는 건 피해야 합니다."

을불의 말에 좌중에 동요가 일었다.

"예?"

"고노자의 군사와 맞서 싸워서는 안 된다는 말입니다."

"네엣?"

여기저기서 의문이 터져 나오는 가운데 저가가 입을 열었다.

"그러면 다시 한번 도적 행세를 하시겠단 말씀이십니까?"

"이미 알려진 계략입니다."

을불이 고개를 가로젓자 저가가 재차 물었다.

"그렇다면 피할 수 없다는 말씀이니 맞서 싸워야만 하는 게 아닙니까?"

"아니요. 무조건 고노자의 군사와 마주쳐서는 안 됩니다. 아니, 고노자의 군사를 마주 보아서도 안 됩니다."

을불의 약하디약한 대답에 좌중에는 일대 소란이 일었다. 성정이 급한 양우는 아예 자리에서 일어서며 크게 외쳤다.

"마주 보아서도 안 된다니요! 주군! 우리 모두 오직 상부를 멸하겠다는 일념으로 여기 숙신까지 와 굶주리면서도 군세를 정비하고 피나는 훈련을 하고 있습니다. 게다가 여노 장군의 정병 오백이 합세하여 우리 군사도 이천에 이르렀습니다. 이제 드디어 상부가 보낸 군사가 우리의 본거지로 진군해 오는데 그들을 짓밟기는커녕 마주치거나 아예 마주 보아서도 안 된다니요? 어찌 이들을 멸하지 않고 평양으로 가서 상부의 막강한 군세를 짓밟겠습니까?"

"나도 이들을 무찌르고 그 여세를 몰아 평양으로 진군하고 싶은 마음은 굴뚝같습니다. 그러나 이번만큼은 도무지 이길 방법이 없습니다."

"주군, 우리는 이미 주군을 위해 목숨을 바치기로 결심했습니다. 저가 어른을 위시하여 여노, 소우, 조불, 아달흘 할 것 없이 주군을 위해 모든 걸 다 바치기로 결심이 서있는 사람들입니다. 누구 하나 결사의 의지가 없는 사람이 없습니다. 그런데 무조건 진다니요! 이길 방법이 없다니요! 너무나 욕된 말씀입니다."

양우의 기세가 비할 데 없이 강하였으나 을불의 흔들림 없는 눈빛이 그의 판단이 확고함을 잘 보여주고 있었다.

"눈만 보아도 여러분의 결심을 알 수 있습니다. 고맙기 짝이 없는 일입니다. 하지만 장수는 무릇 군병의 마음을 잘 헤아려야 합니다."

"주군, 군병들 역시 저희와 마찬가지로……."

을불이 조불의 말을 잘랐다.

"나는 역적입니다. 백성들이 보기에 저 상부는 태왕이고 나는 역적일 뿐이란 말입니다. 나를 따르는 여러분도 역적입니다. 자연히 우리의 군사들도 역적인 것입니다. 여기서 군사들이 목숨을 걸고 싸우면 그 대가로 저들의 가족은 역적이라는 굴레를 쓰고 죽어나가게 됩니다. 그러니 누구 하나 마음 놓고 싸울 수가 없습니다. 용감해지고 싶어도 용감한 수가 없습니다."

말과 더불어 을불이 일어나 막사의 천을 걷자 도열해 있는 병사들의 모습이 눈에 들어왔다. 겉으로 보아서는 자못 삼엄한 기세를 보였지만 자세히 뜯어보니 그들의 얼굴 하나하나에는 수심이 가득하여 어두운 빛을 띠고 있었다.

"무릇 병사란 고향에 있는 처자와 부모 형제를 걱정하는 법입니다. 여러분, 적은 사기가 충천한 일만 병사이고 우리는 걱정과 두려움을 안고 있는 이천 병사입니다. 그러니 절대 맞서 싸워서는 안 됩니다."

을불의 정연한 말에 비로소 좌중의 열기가 가라앉았다. 누구도 쉬이 입을 열지 못하는 가운데 저가가 언제나처럼 차분한 목소리를 밀어냈다.

"주군의 말씀이 옳기는 하나 그렇다고 피할 수도 없습니다. 이천이나 되는 군사가 모두 몸을 숨길 방법이 없지요. 싸우지도 피하지도 않겠다니 주군께서는 혹시 모든 것을 버리고 떠나려 하십니까? 그렇다면 속 시원히 말씀해주십시오. 후일을 기약하는 것 또한 하나의 방법이 될 것입니다."

틀린 이야기는 아니었다. 피할 방법이 없으니 떠나는 것 또한 길이라는 저가의 말에 모두가 침통한 기분을 이기지 못하고 고개를 떨구었다.

"그 또한 틀린 말씀이 아닙니다. 그러나 제게 사흘만 시간을 주십시오. 그때에도 방법이 없다면……"

장수들은 더 묻지 않았고 을불도 더 말하지 않았다. 깊어가는 한숨 소리를 뒤로하고 을불은 홀로 군막을 나서 산속으로 들어갔다.

을불이 산으로 떠나버린 이튿날 고구려에서 숙신으로 통하는 길목을 지키던 척후병이 아달흘의 군막으로 급히 뛰어들었다.

"고노자의 군세가 이미 근처에 이르렀습니다. 한나절이면 이곳 홀한주성에 닿을 것입니다."

갑자기 날아든 급보에 모든 장수들이 급히 모여들었다. 모두 만일의 사태를 대비하고 있던 터라 이미 무장을 갖추고 병사들을 준비시킨 이후였다.

"사흘은 더 걸릴 것이라 했는데……"

을불이 없는 이때 장수들 간에 높고 낮음이 정해지지 않은 터라 상석에는 연배가 높은 저가가 앉았다. 장수들의 여러 의견을 들으며 한참 고민하던 저가는 결국 결론을 내렸다.

"싸웁시다. 주군이 없는 지금 지레 성을 비울 수도 없는 노릇이오."

여러 장수들이 환호성을 질렀다. 전날 을불의 말에 고개를 끄덕이긴 했으나 무장인 그들의 마음속에 답답함이 남아있던 탓이었다.

"숙신은 아달휼 족장이 가장 잘 알고 있으니 먼저 그의 이야기를 듣는 것이 좋겠소."

모두의 눈이 아달휼에게 쏠렸다. 아달휼은 미리 생각해 둔 것이 있는 듯 이내 입을 열어 설명을 시작했다.

"야습이 유리합니다. 그러나 적은 분명 기습을 대비하고 있을 터, 우리 군의 숫자가 적으니 눈속임을 합시다."

아달휼은 탁상에 놓인 지도의 한 점을 손가락으로 짚었다.

"이곳은 바람이 거세고 주변의 산세가 깊어 밤이 되면 피아의 식별이 어렵소. 우리는 이 장소를 노려 기습을 하되 군사를 동서남북 네 갈래로 나누지요. 네 갈래의 군사가 사방에서 시간차를 두고 번갈아 공격하는데 그 선봉에는 항상 흰 옷을 입은 기수로 하여금 커다란 깃발을 들게 합니다. 그리하면 적은 우리 군사가 여러 갈래임을 알지 못하고 같은 군사가 이곳저곳에 나타나는 줄 알 터이니 귀신에 홀린 듯 혼란스러워 함부로 군사를 움직이지 못할 거요. 날이 밝을 때까지 이를 반복하면 큰 타격을 입힐 수 있을 것이오."

모두가 탄복하며 아달휼의 전략을 칭송하는 가운데 여노가 걱정스레 입을 열었다.

"원래 기습이란 적에게 간파당할 경우 피해가 큰지라 적은 군사만으로 하는 작전입니다. 그러나 우리는 워낙 군사가 적어 전군을 이끌고 기습을 해야 하니 자칫하면 온 군사를 다 잃을지 모릅니다. 그러니 약조를 해두지요. 이백 군사를 잃거든 무조건 북을 크게 쳐 신호하고 퇴각하도록 합시다."

장수들이 모두 고개를 끄덕이며 회의를 끝냈다. 곧 해산한 이들은 군사를 정비하여 제각기 약속한 장소로 떠났다.

사방에 매복을 끝낸 이들의 눈에 고노자의 군사가 들어온 것은 반나절이 지나서였다. 선봉군이 지나가고 나서 머잖아 본대가 도착하더니 막사를 치고 밥을 짓는 등 진영을 세웠다. 첫 번째로 적을 들이치기로 한 장수는 동쪽을 맡은 여노였다. 날이 더 어두워지기를 기다리며 높은 곳에서 적을 면밀히 살피던 여노는 문득 놀라 혼잣말을 내뱉었다.

"아, 북쪽의 군사들이 반으로 나뉘어 교대로 잠을 자는구나. 북쪽을 맡은 소우 장군이 이를 모른다면 필시 위험에 빠질 것이다. 그러나 시간이 없고 거리가 멀어 이를 전할 수가 없으니 그의 신중함을 믿는 수밖에 없구나."

짙은 어둠이 깔리자 여노의 군사들은 발걸음을 죽여 선봉군 진영으로 향했다. 선봉군은 과연 밤이 깊었는데도 수많은 병사들이 사방을 살피며 경계하고 있었다. 군사들의 선두에서 허리를 숙인 채 길게 자란 풀숲을 헤치며 나아가던 여노는 적을 눈으로 식별할 수 있는 거리까지 닿자 곧 입에 물고 있던 풀피리를 불었다.

"삐익!"

이것을 신호로 여노의 군사들은 재빨리 뛰쳐나가 적을 들이치기 시작했다. 워낙 위명이 자자한 여노를 태산같이 믿는 군사들은 침착하고 겁이 없는 데다 몸놀림에 군더더기가 없었다. 급히 뛰쳐나오는 선봉군을 빠르고 정확하게 베어 넘기는 데 혹시 모를 야습을 미리 경계하고 있었음에도 선봉군은 순식간에 수십이 죽어나갔다.

잠시 후 서편 너머에서 불길이 오르는 것이 여노의 눈에 들어왔다. 아달휼의 신호임을 알아챈 여노가 퇴각을 알리는 피리를 길게 불자 여노의 군사들은 일사불란하게 퇴각하기 시작했다. 그제야 상황을 추스른 선봉군이 여노를 쫓았으나 이미 그즈음에는 그들의 등 뒤에서 아달휼이 온 사방에 불을 지르며 들이치고 있었다.

"숙신의 칼을 맛보아라!"

아달휼과 병사들의 함성 소리가 지천을 울리자 고노자의 군사들은 도무지 정신을 차릴 수가 없었다. 눈앞에서 적병이 사라지고 얼마 지나지 않아 등 뒤에서 다시 나타나는데 이들이 같은 군사인 듯도 하고 아닌 듯도 한 것이 사태를 종잡을 수가 없었다.

"당황하지 말라!"

선봉군의 비장(神將)들이 뛰어다니며 병사들을 독려했으나 아달휼이 긴 창을 신들린 듯 자유자재로 휘두르며 병사들을 치고 찌르는 가운데 남쪽에서 조불의 군사까지 들이닥치자 이들은 일대 혼란에 빠져 어찌할 바를 모르고 있었다.

그즈음 본대의 고노자는 전황을 파악하려 사방을 살피고 있었다.

"적이 믿을 수 없는 속도로 움직이는군. 그런데 어째서 기습을 하는 군사가 저토록 큰 깃발을 눈에 띄게 들고 다닌단 말인가. 이것은 필시 이유가 있을 것이다."

고노자는 곧 무릎을 쳤다. 선두에 내세운 세 개의 깃발을 빼놓고 보니 사방의 군사가 모두 다른 복색을 한 다른 군사들이었다. 고노자는 즉시 북쪽에 주둔한 선봉군 대장 우창에게 전령을 보냈다.

"적은 미리 준비하였다가 시간을 두고 교대로 사방을 치는 것이다. 이미 동쪽과 서쪽, 남쪽을 들이쳤으니 이번에 남쪽의 적이 후퇴하거든 쫓지 말고 경계하다가 북쪽에서 오는 적을 기다려보도록 하라!"

여노가 보았듯 북쪽에 주둔한 우창은 군사를 반씩 나누어 교대로 경계를 세우던 터였다. 때문에 갑작스러운 기습에도 다른 군사에 비하여 혼란을 겪지 않고 있었는데 이렇게 고노자의 명까지 따로 전해지자 아예 허술한 척하면서 함정을 설치해 놓았다. 이를 꿈에도 모르는 소우는 남쪽의 조불이 퇴각하는 것을 보고는 곧바로 우창이 파놓은 함정 속으로 뛰어들었다.

"무언가 이상하다."

북쪽 진영을 기세 좋게 들이치며 깊숙이 파고든 소우는 적의 군사가 보이지 않자 이상한 느낌이 들어 군사를 물리려 했다. 그러나 이미 때는 늦어 있었다.

"쳐라!"

어둠 속에 몸을 숨기고 있던 우창의 군사들이 순식간에 소우군을 포위하고 사방에서 창칼을 찔러 왔다. 곧 혼전이 벌어졌고 함정에 빠진 소우군은 도망갈 구멍조차 찾지 못한 채 속수무책으로 무너져갈 뿐이었다.

소우의 실책은 남쪽의 조불에게도 큰 피해를 가져다주었다. 북쪽에서 호응해 주지 못하자 남쪽의 선봉군이 마음 놓고 조불의 군사를 덮쳐온 것이었다. 곧 숫자가 절대적으로 적은 조불의 군사는 적진 한가운데에 고립되었다. 절체절명의 위기에 빠져 창을 휘두르며 필사적으로 맞서는 가운데도 퇴로를 살피고 있던 조불의 눈에 한 장수가 군사를 이끌고 바람같이 달려오는 것이 보였다. 조불은 경황 중에도 너무나 반가워 크게 외쳤다.

"여노 장군!"

퇴각했던 여노가 조불과 소우의 위태로움을 알아차리고 되돌아온 것이었다. 조불은 한 번 거세게 창을 휘둘러 상대하던 적장들을 밀어내고 여노 쪽으로 몸을 돌려 전력을 다해 뛰었다. 그러자 적장들이 곧 조불의 뒤를 쫓았다.

여노는 한쪽에는 칼날이, 다른 쪽에는 창날이 달린 독특한 철창을 애용했는데 이 기묘한 병기는 무게가 상당하여 세게 휘두르면 말과 사람을 동시에 벨 정도로 파괴력이 있었다.

"허리를 숙여요!"

여노가 철창을 가로게 들고 급히 소리치자 조불은 뛰는 중에도 재빨리 허리를 숙였다. 곧이어 조불의 머리 위로 여노의 철창이 무서운 속도로 날았다.

"아악!"

철창 끝에 달린 칼날은 조불의 뒤를 쫓던 병사 하나를 관통하여 다음의 병사에까지 닿았다. 달려오던 두 병사가 한 창에 꿰어 쓰러지자 이 광경을 본 다른 선봉군 병사들은 당황하여 그 자리에 걸음을 멈추었다.

"소우 또한 위험하오!"

조불은 숨을 몰아쉬면서도 친구를 걱정하여 다급히 외쳤다. 그러나 여노는 고개를 저으며 손가락으로 북쪽을 가리켰다. 조불이 보니 이미 횃불이 사납게 어른거리는 가운데 북쪽의 군사들이 모조리 사로잡혔고 소우 역시 포박되어 있었다.

"죽을힘을 다해 도주하지 않으면 우리 또한 사로잡힐 것이오."

곧 여노와 조불은 사력을 다해 퇴로를 뚫고 군사를 물렸다.

날이 밝고 피해를 헤아려보니 오백이 넘는 군사가 사라지고 소우가 사로잡힌 몸이 되어있었다. 반면 큰 피해를 입지 않은 고노자의 군대는 다음 날도 변함없이 진군하여 홀한주성 앞에 이르렀다. 성루에 올라 이 광경을 바라보는 장수들은 하나같이 마음이 무겁기만 했다.

"홀한주성은 성벽이 낮고 성문이 얇으니 적을 오래 막을 수 없을 것이오."

"역시 군사를 흩트리고 성을 떠났어야 하는데……"

아무런 방비책을 찾지 못한 장수들이 탄식하는 가운데 고노자의 군사가 마침내 성벽 아래에 이르렀다. 길을 따라 두 줄로 걸어오는 끝도 없는 적병을 보며 저가가 중얼거렸다.

"여기까진가 봅니다."

별다른 저항 한 번 없이 성문 앞에 이른 고노자의 병사들은 해자(垓字)를 건너는 도개교 위를 홀로 가로막고 있는 한 장수를 발견하고는 걸음을 멈추었다. 붉은 전포를 입고 긴 철창을 비껴든 여노였다. 이도 저도 방법이 없자 여노는 홀로 성문을 나와 적군의 앞을 가로막은 것이었다. 다리는 겨우 수레 하나가 지나갈 수 있을 정도로 폭이 좁았으므로 고노자의 군사들은 여노를 죽이지 않고서는 성문에 이를 수 없었다. 선봉장 우창이 멀리서 이 광경을 보고는 선두의 부장을 불러 물었다.

"저놈은 뭐냐? 도대체 왜 혼자 저러고 있는 것이냐?"

"기세로 보아서는 자신을 죽이기 전에는 성문을 통과할 수 없다고 시위하는 것 같습니다만……."

"미친놈이 아니냐? 네댓 명 보내서 주저앉혀라!"

"그게, 장군님. 저자가 바로 여노입니다."

"뭐라고? 여노? 여봐라, 진군을 멈추어라!"

여노라는 이름 두 자에 긴 행렬은 그 자리에 멈춰 서야 했다. 우창이 여노에게로 다가갔다.

"장군은 고구려의 쌍호랑이로 우리 정반대장군과 이름을 같이하는 터인데 어인 연유로 반란군의 앞에 선 것이오? 어서 창을 거두고 고노자 장군께로 갑시다."

그러나 여노는 손에 잡은 창만을 바라볼 뿐 다른 곳에 눈길한번 주는 법이 없었다. 이에 우창이 다시 달래는 듯한 목소리를 내보냈다.

"여노 장군, 나는 고노자 대장군의 선봉장 우창이오. 대장군께서 직접 여노 장군을 만나고 싶어 하시니 피아간의 승부는 나중에 가리고 일단 대장군을 한번 만나보심이 어떻소?"

여노는 여전히 답이 없이 다만 앞의 대군을 노려보고 있을 뿐이었다. 한 치 흔들림 없이 일만 군사의 앞에 버티고 선 여노의 기개에 우창은 속으로 감탄하며 고노자에게 이 사실을 고했다.

"음, 여노가 혼자 창을 들고 성문 앞을 막고 있단 말이냐?"

"그러하옵니다."

"가자."

고노자 역시 여노라는 이름을 듣자 즉각 말을 몰아 선봉군의 앞자락으로 나갔다.

"여노 장군, 나는 고노자요."

여노는 고노자의 침착하고도 정중한 자세를 대하자 고개를 마주 숙이지 않을 도리가 없었다.

"동지로 만나 낙랑을 치고 고토를 수복해야 할 여노 장군을 이런 데서 만나니 마음이 아플 뿐이오. 창칼을 교환하는 건 언제라도 할 수 있는 일, 우선 술 한잔하면서 흉중에 있는 얘기나 나누어봅시다."

그제야 여노 또한 입을 열었다.

"대장군의 위명은 귀에 못이 박히도록 들었으나 막상 뵙기는 처음입니다. 무례해서는 안 될 분이지만 오늘은 주군을 모시는 몸, 오로지 이 자리에서 죽는 길이 있을 뿐입니다. 대장군께서는 부디 무사의 마지막 가는 길을 욕보다는 명예로 덮어주시기 바랍니다."

여노의 결연한 표정을 본 고노자는 한숨을 흘렸다.

"여노 장군, 내 저 해가 서산에 떨어질 때까지는 공격하지 않겠소. 그게 내가 영웅에게 베풀 수 있는 마지막 예이니 성안으로 돌아가 술도 한잔 자시고 쉬시다가 시간이 되면 나오시오."

일순 여노는 당황했으나 이내 마음을 다잡았다.

"나는 여기 이대로 있을 것이니 장군께서는 지금 공격하나 해 떨어질 때 공격하나 다를 것이 없습니다."

"하여튼 나는 한 번 뱉은 말을 거두지는 않겠소. 여노 장군이 진영으로 돌아가지 않는 것은 어쩔 수 없으나 나의 부탁 하나만은 들어주시오."

"이제 곧 죽을 사람에게 부탁할 게 도대체 뭐란 말입니까?"

"나와 한잔 술을 나누기 어렵다면 내가 보내는 술과 안주라도 들어주시오."

여노는 잠시 생각하다 고개를 끄덕였다. 어떻든 상대는 시간을 벌어주겠다는 것이 아닌가. 그것은 여노 자신도 원하는 바라 군이 거절할 필요는 없을 것 같았다.

한편 다리 위에 우뚝 선 채 술을 마시고 있는 여노의 모습을 내려다보는 을불의 장수들은 하나같이 답답하여 가슴만 치고 있을 뿐이었다. 여노가 목숨을 걸고서 시간을 벌어주고 있긴 하지만 그렇다고 달리 할 수 있는 일이라곤 아무것도 없었다. 오로지 남은 방법은 군사를 흩트리고 성을 버린 채 멀리 도주하는 것뿐이었다. 모두가 답을 알고 있었지만 차마 누구도 이를 입 밖으로 내지는 못한 채 답답한 시간만을 흘려보낼 뿐이었다. 그러던 차에 한 병사가 급히 달려오며 외쳤다.

"주군께서 오십니다!"

장수들은 뜻밖의 보고에 모두 동시에 자리에서 일어났다. 저가가 외쳤다.

"그래, 군사를 흩트리더라도 주군이 오신 후라면 짐 될 것이 없지."

을불은 군막에 들어오자마자 거두절미하고 물었다.

"저기 단신으로 대치하고 있는 사람이 여노가 맞습니까?"

"그러합니다."

저가로부터 그간의 얘기를 듣고 난 을불은 가슴을 쓸어내렸다.

"그야말로 간발의 차이로 여노가 죽을 뻔했군요."

"네? 그럼 여노 장군이 살아올 길이 있다는 얘깁니까?"

"지금 내가 부르면 여노가 돌아옵니다."

"그야 그렇지만……."

"그 후는 운명에 맡기지요. 그러나 우리가 모두 뭉쳐 운명을 맞이한다면 한결 낫지 않겠습니까? 사람을 보내 여노를 돌아오게 하시지요."

을불은 잠시 후 여노가 돌아오자 그윽한 눈빛으로 바라보다가 힘껏 끌어안았다. 그런 다음 모두 자리에 앉았다.

"자, 이제부터 전략을 말할 테니 모두 잘 들으시오."

모든 것이 무너져가는 마당에 사흘 만에 돌아온 을불은 그어느 때보다 빛나는 눈을 하고 있었다. 장수들은 마지막 희망을 짜내어 을불의 목소리에 기대를 모았다.

"지금부터 여러분 모두 고노자에게 투항하십시오."

"예?"

투항이라는 단어에 좌중에 일대 소란이 일었다.

"투항이라니요, 주군!"

"그것이 이기는 길입니다. 그리고 상부를 멸하는 길입니다."

을불의 입에서 모순된 듯 보이는 말들이 튀어나오자 순식간에 소란은 가라앉고 잠시 침묵이 흘렀다.

"주군, 우리는 우둔하여 무슨 말씀이신지 도저히 알아들을 수 없습니다."

저가가 여러 사람을 대신하여 말했다.

"고노자는 용맹한 장수이지만 성격이 잔혹하거나 용렬한 사람이 아니라 합니다. 그러니 여러분이 투항해도 안전에는 문제가 없습니다. 또한 군사들의 가족에게도 해가 미치지 않습니다."

"주군, 그럼 우리의 품은 뜻은 어떻게 하자는 것입니까?"

"어차피 승부는 평양성에서 결정지어지는 것입니다. 설사 여기서 고노자의 원정군을 전멸시킨다 하더라도 그게 이기는 것은 아니지 않습니까? 게다가 원정군 또한 고구려의 군사입니다. 고노자는 모용외를 막아내고 태왕을 구한 공신 중의 공신이고요. 어찌 그들과 싸워 서로 죽고 죽이는 일을 벌이겠습니까."

을불의 흔들림 없는 눈빛이 그의 결심을 잘 보여주고 있었다.

"나는 고구려를 구하고자 왕위에 오르려는 것입니다. 그런 내가 군사와 백성이 상하고 고구려가 망하는 일을 벌일 수는 없습니다. 따라서 모두 투항하라는 것이 나의 부탁입니다. 그동안 나는 평양성까지 온 힘을 다해 말을 몰 것입니다. 여러분이 투항하여 시간을 벌어주는 사이에 말입니다."

을불의 말에 침묵은 갑자기 소란으로 바뀌었다. 여러 장수가 자리에서 일어나 외쳤다.

"평양성으로요?"

"안 됩니다!"

"주군 혼자 도성으로 가게 할 수는 없습니다."

"조용히! 주군께서 말씀을 하고 계시지 않소!"

저가의 큰소리가 나고서야 좌중의 소란이 가라앉았다. 그러자 을불이 다시 입을 열어 차분한 목소리를 흘려내었다.

"나는 고노자의 전령을 가장하여 도성에 들 것입니다."

"예?"

"그리하여 여러분의 투항을 알리고 고노자의 승전을 보고할 것입니다."

점점 더 알 수 없는 을불의 말에 모두가 그의 입만을 바라보았다.

"여러분이 투항하면 고노자는 즉각 전령을 보내 승전을 보고하겠지요. 경계심이 많은 상부가 세상 모든 사람과의 접근을 꺼리지만 을불을 죽이고 그의 장수들을 사로잡았다는 고노자의 보고에는 허점을 보일 것입니다. 필시 크게 기뻐하며 전령에게 좀 더 상세한 보고를 듣고자 하겠지요. 나는 그 틈을 타 상부와 창조리를 죽일 것입니다."

장수들이 언뜻 이해하지 못하여 침묵이 흘렀으나 곧 한 장수의 커다란 탄성이 터져 나왔다. 조불이었다. 그는 크게 손뼉을 치며 외쳤다.

"아아! 대담합니다. 대담하고 기발한 계책입니다! 고래로 승전을 보고하는 전령만은 칼을 차고 태왕 앞에 나아갈 수 있는 법, 천하의 기책입니다!"

뒤늦게 여기저기서 탄성과 더불어 염려의 목소리가 터져 나왔다.

"상부와 창조리를 죽인다고 조정을 장악할 수 있겠습니까?"

을불은 숙연한 표정으로 한 사람 한 사람의 얼굴을 들여다보았다.

"그 또한 장담할 수 없는 일입니다. 일이 잘못되면 나는 물론 여러분 모두 목숨을 잃게 될 것입니다. 그러니 이것은 계책이 아니라 운명입니다. 나는 여러분 모두의 목숨을 운명에 걸겠다는 것입니다. 하지만 우리의 생각이 옳다면, 즉 천하가 상부를 미워하고 더 이상의 학정을 원치 않는다면 내가 상부를 죽임과 동시에 조정이 흔들릴 것이고 그렇지 않다면 우리는 모두 죽는 것입니다. 그러한 까닭에 이번에는 여러분께 허락을 받아야겠습니다."

잠시 침묵이 흘렀다. 먼저 그 침묵을 깨트린 것은 여노였다.

"오로지 주군을 위해 나라의 관리가 되었다가 이제 나라의 역적이 되었습니다. 어찌 지금에 와서 주군의 뜻을 거역하겠습니까."

이어 아달휼이 입을 열었다.

"이미 주공께 의탁한 몸, 죽이든 살리든 그것은 주공의 뜻이외다."

곧 사방에서 충성을 서약하는 외침이 일자 을불은 감격하여 이들을 하나하나 꽉 끌어안으며 뜨거운 목소리를 끌어냈다.

"나의 예상과 달리 만약 고노자가 여러분을 죽이기로 마음 먹는다면 여러분은 그 자리에서 꼼짝없이 당해야 합니다. 만약 여러분이 죽었다는 얘기를 들으면 상부를 죽인 후 나도 여러분들의 뒤를 따르겠습니다."

장수들은 이에 울컥했다. 그러나 을불은 담담히 자신이 입고 있던 옷을 벗었다.

"지금 이 순간부터 저는 죽은 사람입니다. 저가 공께서 그 작업을 해주시기 바랍니다."

저가는 고개를 끄덕였다. 밖으로 나간 저가는 간밤에 전사한 병사들의 시체 중에서 나이와 골격이 을불과 비슷한 것을 골라 을불의 옷을 입힌 다음 아달휼로 하여금 얼굴에 칼질을 하게 했다.

"주군께서는 어떻게 전령을 가장하려 하십니까?"

"여러분이 항복하면 고노자는 상황을 정리하자마자 상부에게 전령을 띄울 것입니다. 그 전령을 잡으려 합니다."

"알겠습니다. 그럼 먼저 떠나시지요."

을불은 고구려군의 군복으로 갈아입고 얼굴을 위장한 다음 저가의 무사 중 하나인 녹번을 비롯한 일곱 기의 기병을 거느리고 성을 빠져나갔다. 을불이 떠나자 장수들은 갑자기 목을 놓아 곡을 했다. 누가 보아도 을불로 보이는 시체 앞에서 장수들이 일제히 울음을 터트리자 군사들 사이에는 삽시간에 을불이 죽었다는 소문이 돌았고 장수들은 얼마 후 고노자에게 전령을 보내 투항 의사를 전했다.

평양성

이튿날 새벽 홀한주성에서 유수천성으로 통하는 길목에는 을불 일행이 고구려군의 복장을 갖추고 말을 탄 채 대기하고 있었다.

"저기 옵니닷!"

녹번의 외침에 을불이 고개를 들어보니 과연 다섯 기가 고노자의 정반대장군 기를 앞세우고 질풍같이 달려오고 있었다.

"잡아라!"

을불의 명령에 병사들은 미리 준비한 통나무를 굴려 길을 막았다. 달려오던 전령들은 길 한복판을 가로막고 있는 통나무를 보고는 급히 말을 세웠다. 순간 숲속에서 나온 병사들이 전령들의 목에 창을 갖다 댔다.

"뭐하는 놈들이냐! 나는 정반대장군의 전령이다! 길을 막는 자는 바로 죽음이다!"

전령장은 기세 높게 소리쳤다.

"우리는 대장군의 엄명으로 도주하는 반도를 막고 있다. 너희들은 어디로 가는 길이냐!"

전령장은 병사들을 흘낏 쳐다보더니 가소롭다는 듯 외쳤다.

"정반대장군께서 태왕께 올리는 승전표가 내 품속에 있다.
어서 길을 터라!"

"꺼내보아라!"

병사들이 길을 비키기는커녕 외눈 하나 깜짝하지 않자 전령
장은 약이 오를 대로 올라 악을 썼다.

"그래, 이놈들아. 지금은 하라는 대로 한다만 돌아와서는 네
놈들에게 곤장 세례를 먹여주마!"

그러거나 말거나 녹번은 마이동풍식의 엉뚱한 질문만을 던
졌고 마음이 급해진 전령장은 결국 고노자의 직인이 찍힌 영
패, 그리고 상부에게 보내는 승전표까지 다 꺼내어 보여줄 수
밖에 없었다.

"참으로 안타까운 일이다만 너희들은 대의를 위해 희생해
주어야만 하겠다. 나중에 제사는 후히 지내주마!"

녹번이 손을 들어 신호하자 순식간에 다섯 명의 전령은 목
이 떨어져 불귀의 객이 되고 말았다. 녹번이 전령의 표식 일체
를 거두자 을불이 말했다.

"여기서 평양성까지 온 힘을 다해 말을 달리면 이레 안에 도
착할 수 있을 것이다. 이제는 오로지 달리는 것밖에 없다."

한편 고심에 고심을 거듭하던 창조리는 머릿속에 떠오르는 모든 불길한 생각을 다 떨쳐버리고 상황을 명료하게 정리했다. 고노자가 숙신으로 간 이상 결과는 둘 중 하나일 터였다. 을불이 고노자를 물리치거나 고노자가 을불을 꺾는 것인데 창조리는 을불의 기지가 아무리 뛰어나다 해도 고노자의 일만 군사를 물리친다는 건 불가능하다고 판단했다.

창조리는 고노자가 을불을 사로잡아 평양으로 압송해 온다는 가정하에 치밀하게 계획을 세우기 시작했다. 일단 을불이 상부 앞에 내던져지고 나면 무슨 수를 써도 을불을 구할 수 없을 것임은 자명한 일이었다.

"으음!"

며칠을 고민하던 창조리는 자신이 직접 멀리까지 마중 나간 후 고노자로부터 을불을 인계받아야 한다고 판단했다. 그런 다음에는 노골적으로 을불을 앞세워 상부에게 반기를 들어줄 군세를 모아 상부와 존망을 건 일전을 벌이는 길밖에는 방법이 없었다. 이렇게 정리하고 나자 창조리는 마음이 조급해지는 걸 느꼈다.

'침착해야 한다.'

창조리는 급해지는 마음을 주저앉으며 그간 청패를 받아 든 사람들의 면면을 떠올렸다. 그중 군사에 간여할 수 있는 사람들은 모두 십여 명쯤 되었다. 창조리는 이들 한 사람 한 사람을 비밀리에 만났다.

"을불 왕손이 고노자에게 잡힌 것 같소. 평양으로 압송당해
오면 내가 중간에서 빼돌릴 생각이오. 대사는 그를 기화로 시
작될 것이오."

청패를 받은 사람들은 하나같이 고구려의 앞날을 걱정하고
창조리의 능력을 십분 믿는 자들이라 별말 없이 고개를 끄덕
여주었다. 개중에는 진심으로 우려를 표하는 자들도 있었다.

"우리 쪽의 군사가 적어 문제입니다. 차라리 태왕을 암살하
는 것이 어떻겠습니까?"

"난들 그 생각을 해보지 않았겠나. 수백 번도 넘게 상부를
암살하는 그림을 그려 보았지만 상부는 전혀 틈을 안 주고 있
네. 어느 누구든 대전에서 상부와는 열두 걸음 거리를 두어야
하고 술자리에서도 상부는 뒤에 호위를 세우고 누구도 일어
서지 못하게 하지. 심지어 여인과 잠자리에 들 때조차 침상 곁
을 호위하는 자가 있고 음식은 물론 물 한 그릇조차 엄중히 감
시하네. 암살은 불가능한 일이야."

"그럼 어떻게 상부를 몰아낼 수 있겠습니까?"

"모든 걸 다 계획할 수는 없는 법. 다만 하늘이 고구려를 버
릴 생각이 아니라면 거사는 반드시 성공하게 될 것이오."

"알겠습니다."

창조리는 청패 동지 중 한 명을 숙신으로부터 평양성으로

오는 길목에 배치했다. 고노자는 일단 전령을 보낼 것이었고 전령으로부터 확실한 정보를 얻는 게 무엇보다 중요했던 것이다.

"국상이 최근에 만난 사람들이에요."

창조리를 소리 없이 감시하던 소청은 그가 근래 분주하게 사람들을 만나고 다니자 이들의 이름을 하나도 빼놓지 않고 기록하여 서전에 보고했다.

"수고했어!"

서전의 어둠 속에서 사내가 손을 내밀어 소청의 죽편이나 면포 조각을 받으면 그걸로 모든 대화가 끝이었다. 때로 사내가 소청에게 손을 되내밀곤 했는데 그럴 때면 작은 은덩이가 건네지곤 했다.

"이런!"

그러나 죽편을 손에 쥐자마자 사라지곤 하던 사내가 오늘은 여느 때와 달리 황급히 쪽문을 열고 나갔다가 들어오더니 다급한 소리를 토해냈다. 소청은 요즘 들어 사내가 자신의 정보에 부쩍 큰 관심을 보이고 있다는 걸 느낄 수 있었다.

"국상이 짧은 시간에 이들 모두를 다 만났다는 거야?"

"네."

"모두가 군사를 다루는 자들인데……. 이자가 도대체 무슨 꿍꿍이지?"

사내의 목소리에서 긴장감이 느껴졌다. 그러더니 갑자기 사
내의 목소리가 야비해지며 은근히 물었다.

"내가 너를 특별히 배려하고 있다는 건 알고 있지?"

소청은 조용히 대답했다.

"네."

"이 중책은 오직 너에게만 맡기고 있는 일이다. 일이 끝나
면 큰 보상을 약속하마. 오늘 돌아가면 좀 더 애를 써주어야겠
다."

"무슨 일이죠?"

"국상이 가장 아끼는 경도장군이라는 자가 있다. 그자가 갑
자기 도성을 떠났다. 돌아오면 틀림없이 둘이 만날 것이다. 과
연 둘이 따로 만나는지, 또 만나서 무슨 이야기를 나누는지 알
아보아라."

소청은 이때가 기회다 싶어 얼른 마음속에 담아둔 말을 꺼
냈다. 이제껏 서전을 위해 일해 온 것은 단 하나의 목적을 이
루기 위한 것이 아니었던가.

"동료를 한 사람 붙여준다면 일이 훨씬 확실할 것 같아요.
대화 내용을 들으려면 가까이 다가가야 하는데 누군가 주변
을 감시하다 신호를 해준다면 훨씬 안전할 것 같아서요."

"다른 사람을 더 붙일 수는 없다. 상대가 상대인지라 누군가

를 붙이는 건 오히려 더 위험해. 너 정도의 무예를 가진 자가 없기 때문이기도 하고…….”

“다루는 어때요?”

“다루? 다루라니?”

“예전 낙랑에 있을 때 마주쳐 무예를 겨루었던 고구려 간세였는데 무공이 아주 특별했어요. 그와 함께 일한다면 절대 발각될 염려가 없을 것 같아요.”

“다루? 낙랑?”

“네.”

“서전에 그런 놈은 없어.”

“다루란 이름은 낙랑에서 아무렇게나 붙인 이름이 아닐까요?”

“이름은 중요하지 않아. 낙랑 간세 출신으로 서전에 들어온 자가 하나 있긴 했지만 이미 제거되었어.”

“네?”

소청은 간담이 서늘해졌다. 그가 다루일 가능성이 컸기 때문이었다. 소청은 두근거리는 심장을 눌러가며 물었다. 만약 이자가 다루를 제거했다면 이 자리에서 죽여버릴 참이었다.

“왜요?”

“자신이 감시해야 할 자와 내통한 까닭이야.”

소청은 두근거리는 가슴을 가까스로 진정시키며 물었다.

"그가, 그가 바로 다루가 아닐까요?"

"다루는 몇 살이나 된 놈이냐?"

"스물 정도."

"그럼 아니야. 그놈은 이미 서른이 넘은 자였으니까. 그런데 너는 다루라는 놈의 얼굴을 그릴 수 있어?"

"네."

"좋아, 그러면 내일 얼굴을 그려가지고 와봐."

소청은 고개를 숙였다.

"명심해라! 서전에서는 아무도 질문을 하지 않고 아무도 대답하지 않아. 이것을 어기면 바로 죽음이다. 하지만 오늘 나는 상상조차 할 수 없는 예외로 너를 대했다. 왠지 알아?"

"……."

"바로 네가 하는 일이 그만큼 중요하기 때문이야. 서전의 다른 놈들 전부를 합친 것보다 지금 네가 하고 있는 일이 더 중요하다는 말이다. 우리는 지금 고구려의 국상을 쫓고 있는 중이야. 이 세상에서 가장 속이 깊고 가장 무서운 사람이지. 발각되면 너는 말할 것도 없고 나도 산목숨이 아니라는 걸 잊지 마라."

소청은 고개를 숙이고 자리를 물러났다. 문을 열고 나가는 소청의 뒷모습이 사라지자 사내는 몇 걸음 걸어가 바닥으로 몸을 굽혔다. 지하로 통하는 문을 연 그는 아무도 보이지 않는 곳에서 밖으로 나와 걸음을 빨리했다.

한편 을불은 평양성으로부터 이백 리 떨어진 상치에 다다랐다. 숙신에서 여기까지 오는 동안 이들을 의심하는 자는 없었다. 정반대장군의 기를 앞세우고 미친 듯이 내닫는 이들을 보고는 모두 외경심을 품은 채 황급히 길을 피했다. 간간이 관문을 지키는 군교들 중 눈치 없는 자들이 전통의 내용을 묻기도 했으나 한 번 눈을 부라리면 모두 등을 돌리고 슬금슬금 사라질 뿐이었다.

사실 전장에서 대장군이 왕에게 올리는 표의 내용을 묻는 것 자체가 위법한 행위였다. 그만큼 전령은 특별한 지위와 신분을 누렸다.

"멈추어라!"

어둠 속에서 상치마을 입구로 내닫던 을불 일행은 뜻밖의 저지에 급히 고삐를 잡아당겼다. 몇 사람의 군병이 길 한가운데로 뛰쳐나와 그냥 지나칠 수도 없었거니와 군교나 군병들의 복색과 군기가 어딘지 그냥 지나칠 수 없는 분위기를 내뿜고 있었다.

"보이지 않느냐! 태왕 폐하께 가는 정반대장군의 전령이다. 목이 떨어지기 전에 어서 비켜라!"

녹번이 큰 소리로 외쳤으나 군교는 여전히 길 한가운데 서서 일행을 가로막았다.

"정반대장군의 전령은 말을 멈추라! 경도장군의 명령이다!"

녹번은 을불을 힐끗 보았다. 느낌상 군교의 지시에는 자신들이 알지 못하는 명령체계가 있는 것 같았다. 을불 역시 따르는 게 나을 것 같아 고개를 끄덕였다. 일행이 말을 멈추자 장수의 복장을 한 자가 초가 안에서 나와 말을 건넸다.

"국상의 부탁이니 은혜를 좀 베풀어주게나. 나는 경도장군일세."

"저희는 태왕 폐하께로 가는 정반대장군의 전령입니다. 한시도 지체할 수 없으며 누구도 막을 수 없습니다."

"알아. 그래서 국상의 특별 지시로 말을 멈춘 걸세. 자네들도 알다시피 모든 국사를 국상께서 다 하시잖나?"

"……."

"그리고 군교에게 맡겨도 될 일을 도성을 지키는 책임자인 내가 직접 나와 며칠간이나 자네들을 기다리고 있었단 말일세. 그만큼 전령을 존중하기 때문이지."

"그런데 왜 우리를 세우셨습니까?"

"국상께서는 어떤 전갈인지를 알고 싶어 하시네."

"아니, 어떻게 태왕께 올리는 표를 보겠다는 말씀입니까? 이 표는 누구에게도 보여드릴 수 없습니다. 오직 태왕 폐하만이 개봉하실 것입니다."

"표를 보자는 게 아니야. 그건 대역죄지. 하지만 국상은 내게 여러분들을 따뜻하게 대접하고 숙신에서의 일이 어떻게 되었는지 한 소식 들어 오라고 하셨단 말일세. 자, 어서 내려 저 집에 들어가 좀 쉬며 전장의 얘기를 들려주게. 보아하니 며칠간 한잠도 못 잔 것 같은데 오늘 밤은 여기서 자고 내일 새벽에 출발하는 게 낫겠네. 어차피 내일 아침이 되어야 폐하를 뵐 수 있으니."

녹번이 다시 을불을 훔쳐보자 이번에도 을불은 고개를 끄덕였다. 을불로서도 도성 안의 사정을 알고 싶기는 마찬가지였던 터라 차라리 좋은 기회라고 생각했다.

"을불은 죽었습니다."

전령장으로 가장한 녹번의 말에 경도장군의 안색이 돌변했다.

"무슨 얘긴가?"

"반란군의 장수들이 모두 투항했는데 정작 을불은 없었습니다. 장수들의 눈이 모두 붉게 충혈되어 있어 추궁하자 그들은 그제야 을불이 죽었음을 실토했습니다."

"시체를 확인했나?"

"네. 장수들은 물론 군병들까지 모두 을불의 시체임을 입을 모아 말했습니다. 군병들 중에는 을불의 시체를 보고 통곡을 터트리는 자들이 태반을 넘었습니다."

"어떻게 죽은 거지? 반란군 사이에서 자중지란이 일어났나?"

"그게 아니라 그 전날 심야에 반란군이 기습을 해왔는데 고노자 장군님의 출중한 대비책에 따라 야습해오는 적을 몰살시킨 적이 있었습니다. 약 오백 명의 군사 중 반이 베임을 당하고 반이 포로로 잡혔는데 을불은 그때 죽은 걸로 추정됩니다. 을불이 창칼에 난자당하는 걸 본 증인도 있었습니다."

"허, 그래?"

경도장군은 을불이 죽었다는 결정적 판단이 들자 자리에서 벌떡 일어났다.

"알았다. 수고했어!"

경도장군은 전령들과 자신의 수하들을 뒤에 둔 채 황급히 자리를 떠나 창조리의 집으로 미친 듯 말을 달렸다.

"왕손이 죽었다고?"

경도장군으로부터 자초지종을 듣던 창조리의 놀라움은 이루 말할 수 없이 컸고 하늘이 무너지는 듯한 비통함에 몸을 떨었다.

"그렇습니다."

하지만 창조리는 다음 순간 차가운 마음을 되찾고 날카로운 눈초리로 경도장군에게 꼬치꼬치 캐묻기 시작했다.

"고노자가 시체의 얼굴을 확인했다더냐?"

"시체를 본 자들은 모두 반란군 장수들과 군병들이었던 것 같습니다."

한참 무언가를 생각하던 창조리의 얼굴에 알 수 없는 기색이 스쳤다. 허망한 비탄 같기도 하고 어떻게 보면 옅은 웃음 같기도 했다. 곧이어 창조리의 입술에서 혼잣말이 새어 나왔다.

"장수들은 하나도 죽지 않고 투항했는데 왕손만이 죽었다는 얘긴가?"

그는 손을 저어 경도장군을 물렸다. 돌아가는 경도장군의 등 뒤로 창조리의 목소리가 떨어져 내렸다.

"이 이야기는 밖으로 내보내지 말라. 그리고 전령들은 언제 궁성에 도착하느냐?"

"제가 떠나올 때 상치마을에서 자고 새벽에 떠날 수 있도록 해두었으니 내일 오전 중에는 궁성에 도착할 것입니다."

"알았다."

경도장군이 가고 나자 창조리는 횃불에 비친 자신의 그림자를 상대로 물었다.

"창조리야, 부하 장수들은 모두 살아있는데 왕손만이 죽었다는 얘기를 믿어야 하느냐?"

다시 창조리는 자신의 그림자가 되어 대답했다.

"보았다는 사람들이 있고 시체가 있으니 믿고 싶은 자들은 믿겠지만 증인이 모두 왕손의 수하이고 시체는 말이 없으니 안 믿고 싶은 사람들은 안 믿겠지."

"만약 내가 안 믿는다면?"

"그러면 왕손은 어디에……?"

그림자의 질문을 듣고 난 창조리의 눈이 갑자기 황소 눈알만큼이나 커졌다. 그는 한동안 벌린 입을 다물지 못하다 갑자기 크게 소리쳤다.

"경도장군을 다시 불러라!"

처소로 돌아가다 급히 불려온 경도장군은 창조리의 얼굴을 보고 적잖이 놀랐다. 언제나 냉정하고 침착하여 웃으면서 사람을 죽일 수 있는 냉혈한이었던 창조리가 오늘 밤은 전혀 그답지 않게 무엇엔가 질려 있었다.

"전령들은 몇이더냐?"

"모두 여덟 기가 달려왔습니다."

"어서 말하라! 그 전령들의 생김새를."

경도장군은 전령들의 생김새를 소상히 고했다.

"그중 하나가 상처 난 얼굴에 헝겊을 덧대었더란 말이냐?"

"그러하옵니다."

"몸에 상처는 없더냐?"

"얼굴 말고 달리 다친 데는 없어 보였습니다."

"나이는 몇 살이나 되어 보이더냐?"

"이제 스물 정도 돼 보였습니다."

창조리는 경도장군을 손짓으로 물린 후 홀로 후원을 걸었다.

'아! 역시……'

가을 밤하늘을 환하게 비추는 보름달을 올려다보는 그의 눈이 흐릿해지는가 싶더니 눈물 한 방울이 스며 나왔다. 곧 다른 쪽 눈에서도 눈물 한 방울이 지어지고 눈물은 또 다른 눈물을 불러내어 이내 창조리의 얼굴은 눈물로 범벅이 되었다. 그의 입가가 미세한 경련으로 떨리더니 들릴 듯 말 듯한 소리가 목 안 깊숙한 곳으로부터 새어 나왔다.

"국조 동명성왕이시여, 그리고 안국군 전하시여! 어찌 이리도 영명한 왕손을 내리셨단 말입니까! 귀신도 짐작 못할 방법으로 왕손께서 상부를 멸하러 오셨습니다. 고구려의 홍복이옵니다. 앙축드리옵니다. 앙축드리옵니다."

창조리는 보름달이 하늘을 가로질러 서산으로 넘어갈 때까지 울먹거리며 후원을 거닐었다.

다음 날 아침 소청은 두근거리는 가슴을 가까스로 억누르며 서전에 들어섰다. 어둠의 사내는 귀신같이 먼저 와 소청을 기다리고 있었다.

"표정을 보니 뭔가 큰 걸 가지고 온 것 같은데?"

"네, 어젯밤 깊은 시각에 경도장군이 국상의 집을 찾았습니다."

"역시 그렇구나!"

사내의 목소리가 높아졌다.

"무슨 얘기를 하던가?"

"그 내용까지 엿들을 수는 없었습니다."

"도성을 지켜야 할 위치에 있는 자가 밀명을 받아 급히 떠났다가 깊은 밤에 은밀히 국상을 찾아 밀담을 나눈다……. 아무튼 수고했다. 계속 살펴라!"

"네."

그는 마음이 급했던지 평소처럼 먼저 소청을 내보내지 않고 등을 돌렸다. 소청이 서둘러 돌아서는 그에게 말했다.

"그림을 가지고 왔어요."

"그림? 무슨 그림? 아, 그 낙랑 간세라는 놈의 초상 말이냐? 이리 줘봐."

사내는 초상을 받아 들고는 쪽문 밖으로 나갔다 이내 다시 들어왔다.

"없어. 서전에 이런 놈은 없어."

"자세히 보았어요?"

"궁중에서는 내 눈매가 제일 매서워. 한 번 본 놈은 절대 잊어버리지 않거든."

"일전에 제거했다는 그 사람도 아닌가요?"

"아니라니까. 어, 그러고 보니 그놈 얼굴이 어딘지 눈에 익은데! 본 적은 없어도 어딘가 눈에 익어. 누구지? 어째서 꼭 아는 놈 같은 기분이 드는 거지? 그 그림 다시 한번 줘봐."

사내는 다시 밖으로 나갔다가 들어오며 소리를 질렀다.

"어디서 이놈을 봤다고 했지? 낙랑이라 했나?"

소청은 귀가 번쩍 뜨였다.

"네, 낙랑이요."

"이놈은 바로 을불이야. 반드시 죽여야만 할 고구려의 역적이지! 하, 이놈을 낙랑에서 보았단 말이지, 싸웠다고 했나? 무예를 겨루었다 했던가?"

"이 사람이 을불이라고요?"

"그래. 분명해."

"정말이요?"

"틀림없다!"

"아! 다루가…… 을불."

"그래, 그놈이야. 그런데 이놈을 왜 찾는 거냐? 아니, 이럴 때가 아니다. 그 얘긴 다음에 하자. 국상이 수상해. 어쩌면 역모의 우두머리일지도. 국상이! 빨리 보고해야 한다."

사내는 황급히 몸을 돌렸다. 소청은 을불이라는 이름을 듣자 놀라지 않을 수 없었다. 소청 또한 을불의 정체와 활약상을 항간에 떠도는 소문으로 익히 들어 알고 있었다. 갑자기 밀려드는 오만 가지 생각에 잠시 멍해져 있던 소청은 사라져가는 사내의 등 뒤에 대고 급히 물었다.

"을불은 어디에 있는데요?"

사내는 급한 터라 되는대로 내뱉었다.

"죽었어."

"네?"

"숙신에서 고노자 대장군에게 잡혀 참수형을 당했어."

"아아!"

소청은 순간 몸의 중심을 잃고 그 자리에 주저앉고 말았다. 하지만 사내는 곁눈질도 하지 않은 채 뛰다시피 방을 빠져나갔다.

"다루가 고구려의 왕손 을불이라고!"

정신을 차리지 못하고 비몽사몽간에 집에 도착한 소청이 양운거에게 모든 걸 얘기하자 양운거도 큰 충격을 받았다.

"그랬었구나. 어딘지 예사롭지 않아 보이더니만."

"그런데…… 으흑."

"왜 그러느냐?"

"그는…… 그는…… 죽었대요."

힘을 잃고 떨어져 내린 소청의 한마디 이후 두 부녀 사이에는 길고 긴 침묵이 흘렀다. 그간의 고생 탓에 거칠어진 딸의 얼굴을 한참 동안 안타깝게 바라보던 양운거가 이윽고 소청을 불렀다.

　"소청아."

　"……."

　"이제 낙랑으로 돌아가자꾸나."

　소청은 대답을 하지 않았다.

　"안된 일이지만 어차피 우리와는 맺어질 수 없는 운명이었구나."

　소청의 어깨가 가늘게 떨리기 시작했다.

　"그러니 그만 잊자."

　차츰 소청의 흐느낌이 커져갔다.

　"알아요. 저도 잘 알아요. 아버지……."

　양운거는 딸을 품에 안았다. 흐느끼는 딸을 안고 있는 양운거의 눈에도 물기가 어렸다. 그 또한 곧 다루를 만날 수 있을 것 같다고 기뻐하는 딸의 모습을 바라보며 기대감에 가슴이 두근거렸던 게 사실이었다. 양운거는 한없이 흐느끼는 딸의 어깨를 두드려주며 조용히 눈을 감았다. 자신들이 있어야 할 곳은 어쨌거나 고구려가 아닌 낙랑이었다.

창조리가 막 입궐할 채비를 하고 있는데 남부대사자 여구가 찾아왔다. 창조리는 웃으며 여구를 맞았다.

"조금만 있으면 궐에서 볼 텐데 어찌 이른 걸음을 하셨나?"

"함께 궐에 들면서 상의드릴 게 있어서요. 밖에 수레를 준비해 두었습니다."

"그래? 내 의관을 갖춰 입고 나오지. 안에 들어가 차나 한잔하며 기다리시게."

"아닙니다. 여기서 기다리겠습니다."

"여기 서서? 허허, 대사자가 마음이 많이 급한 모양이군. 여봐라. 어서 내 의관을 준비하라. 오늘은 옥대를 매겠다. 그럼 대사자는 잠시 기다리시게."

정원을 서성거리며 창조리를 기다리는 여구의 눈이 빠르게 이곳저곳을 살폈다. 하인 두셋 말고는 호위조차 없었다. 여구의 긴장된 눈에 정자 옆의 짙게 물든 단풍나무가 들어왔다.

"가십시다."

창조리와 여구가 문을 나서자 집 앞에는 평복에 무장을 한 사내들이 무리 지어 있다가 여구에게 고개를 숙였다.

"모셔라!"

여구의 말이 떨어지기 무섭게 무리 중 두 명이 달려들어 창조리의 양쪽 팔을 끼었다.

"무례하구나! 너희들은 누구냐?"

창조리가 소리쳤다. 급작스럽게 벌어진 상황 앞에서 당황할 법도 했건만 창조리는 위엄을 잃지 않았다.

창조리는 곧 포박되어 안이 들여다보이지 않는 수레에 태워졌다. 창조리 옆에 여구가 들어와 앉았다.

"자네 정체가 뭔가?"

창조리가 물었다.

"서전의 책임자요. 국상이 정체를 감추었듯 나 역시 정체를 감추고 살았을 뿐이오."

"역시 그랬나?"

창조리가 고개를 끄덕였다. 그러고는 가볍게 한숨을 내쉬었다.

"휴, 나도 이제 늙었나 보군. 사람 보는 눈이 이리 무뎌져서야……. 그런데 청패를 준 날이 제법 흘렀는데 어찌 이제야 손을 쓰는가?"

"국상 정도 되시면 좀 더 확실한 증좌가 있어야겠지요. 예를 들어 그와 같은 청패를 가진 자를 더 찾아낸다든지 하는 것 말이오."

"그래 증좌는 찾았는가?"

"역시 국상답더이다. 아무리 조사를 해도 스물일곱 중 한 명도 찾아낼 수 없었소. 물론 경도장군처럼 아직 청패를 확인하지는 못했으나 의심 가는 자가 몇 있었지만……. 이제 잡아들이면 밝혀지겠지요."

"허허허, 그런데 왜 오늘인가? 좀 더 찾아보지 않고? 지금 나를 잡으면 오히려 스물일곱의 청패 중 한 사람도 더 찾아내기 힘들다는 건 여구 자네가 더 잘 알 터인데?"

"그런 염려는 하지 않아도 되오. 당신은 서전을 우습게 보는 모양인데 지금까지 우리의 문초를 견뎌낸 자는 한 명도 없었소. 겪어보면 알 거요. 아무튼 지금처럼 예의를 지켜주는 건 서전에 들기 전까지요."

"그래. 두고 보지. 그런데 어째서 병사들을 데리고 오지 않은 건가? 기왕 나를 잡아가려면 적어도 기병 천 기 정도는 되어야 모양이 서지 않겠는가?"

"후후, 그거야 당신이 국상 자리에 있을 때 말이지. 남의 이목도 있는데 굳이 군사를 낭비할 필요가 있겠소? 지금은 한낱 깃털 빠진 소리개 신세일 뿐인데. 보다시피 이 정도로도 충분한 것 아니오?"

"하하하!"

창조리가 의미를 알 수 없는 웃음을 터트렸다. 그때 갑자기 수레가 멈추자 여구가 수레의 문을 열며 소리쳤다.

"무슨 일이냐?"

여구가 밖을 내다보았을 때는 이미 싸움이 벌어지고 있었다. 방갓을 쓴 사내 하나가 서전의 호위무사 일곱을 하나하나 베어 넘기고 있었다.

여구가 놀라 허리에 찬 칼을 빼어 들며 뛰어내렸다. 그 역시 무술 대회를 통해 관직에 오른 터라 칼에 자신이 있었다.

"웬 놈이냐! 나랏일을 방해하는 네놈은 더 이상 산목숨이 아니다!"

여구가 큰소리를 치며 칼을 뽑아 들었지만 그사이 방갓 사내에 의해 몇 합 겨루지도 못하고 나자빠진 자신의 수하들을 보고는 떨리는 목소리로 물었다.

"도대체 네놈의 정체가 무어냐?"

사내가 천천히 방갓을 벗었다.

여구가 보기에 제법 낯이 익은 얼굴이었다.

"날 알아보겠는가!"

그제야 여구는 상대의 정체를 알아보았다.

"아하, 네놈은 바로 안국군 휘하에 있다 달아났던 역적 고구로구나. 잘되었다. 그렇잖아도 확실한 증좌가 필요하던 차였는데 이제 네놈의 목까지 거두면 폐하께서 일점 의혹도 갖지 않으실 것이다."

말이 끝나기 무섭게 여구가 고구에게 달려들었다. 그러나 여구의 외침은 한낱 호기에 불과했다. 여구의 칼이 제법 빠르고 날카롭게 고구의 목을 향해 날았지만 뒤이어 터져 나온 외마디 비명은 여구의 것이었다. 고구는 서천왕 대에 안국군 휘하에서 이름을 날리던 고구려 최정상의 무인이었다. 오랜 세월이 흘렀지만 그 솜씨가 그때보다 더하면 더했지 못하지 않았다.

고구가 수레의 문을 열자 창조리가 포승줄에 묶인 채 웃음으로 그를 반겼다.

"형님이 제때 오셨구려!"

창조리의 포승을 풀어주며 고구가 물었다.

"자네 집 머슴이 한 걸음만 늦었어도 큰일 날 뻔하지 않았나. 그래, 오늘 이 꼴을 보이려고 어제부터 대기하라 한 건가?"

"만날 때가 되었다 생각했을 뿐인 걸요. 여하튼 요사스러운 자로 말미암아 시간이 좀 지체되었으니 서둘러야겠소."

"어디로 가는 건가?"

"대전으로 갑니다."

"궁으로 말인가? 나도 같이 가야 하나?"

"그렇소."

둘이 막 떠나려는 차에 마지막 숨을 몰아쉬던 여구가 힘겹게 창조리를 불렀다.

"국상…… 당신은 이미 내 정체를 알고 있었던 거요?"

그런 그를 내려다보며 창조리가 말했다.

"청패를 받는 자 역시 준 자에게 한동안 감시를 받는 게 당연한 것 아닌가? 그래야 공평한 거지. 자네 같은 가짜 충신이 야 얼마든지 있는 법이니까."

말을 마친 창조리가 고구와 한 말에 올라 궁을 향해 내달렸 다.

같은 시각 여덟 필의 군마는 정반대장군의 깃발을 높이 세 운 채 평양성을 향해 미친 듯 질주하고 있었다. 이마에 구슬 같은 땀을 흘리며 채찍을 후리는 이들은 바로 전령으로 위장 한 을불 일행이었다.

성문 앞에 이르자 이들을 제지하는 수비병들이 있었으나 이 내 정반대장군의 깃발과 녹번이 마상에서 꺼내 흔드는 패를 보고는 황급히 길을 비켰다. 여덟 필의 말은 평양성 안에 들어 서도 쉼 없이 달려 궁성에 다다랐다.

"멈추어라!"

수문장이 이들이 흔드는 영패를 보고는 앞으로 나섰다.

"어디서 오는 전령이냐?"

"숙신에서 정반대장군이 태왕 폐하께 보내는 전령이오!"

"영패를 넘겨라!"

수문장은 녹번이 넘기는 패를 건네받아 살피더니 부하들을 향해 우렁찬 목소리로 외쳤다.

"중문을 열어 말을 통과시켜라! 셋만 들어가고 나머지는 여기서 대기하라!"

을불과 녹번 그리고 한 사람의 병사만이 말을 타고 궁성 안을 달렸다. 궁성 안에서 말을 달리는 건 오로지 전장에서 올라온 전령만이 갖는 특권이었다. 을불이 마상에서 녹번에게 말했다.

"녹번, 이제 내가 그대가 되리라!"

말에서 뛰어내린 일행이 구르듯 내달아 대전 앞에 이르자 궁무를 맡는 대신이 나와 이들을 제지했다. 곧 을불이 크게 외쳤다.

"정반대장군 고노자의 부장 녹번, 역적 을불을 죽이고 반적의 무리를 소탕하였기에 대장군의 승전보를 지니고 태왕 폐하께 달려왔습니다."

"뭐라고? 다시 말하라!"

상부가 자나 깨나 학수고대하던 바로 그 소식을 가지고 나타난 전령을 대하자 대신은 몸을 떨며 외쳤다. 을불이 큰 소리로 다시 외치자 대신은 황급히 대전 안으로 달려들어갔다. 상부는 이 놀라운 소식에 입이 찢어질 듯 기뻐하며 문무백관을 앞질러 몸소 전령을 맞이했다. 한참 엎드린 채로 고개를 들지 않던 을불의 귀에 익숙한 목소리가 들려왔다.

"어서 고하라! 누구를 죽였다고!"

상부의 목소리였다. 스승이자 종조부인 안국군을 죽이고 아버지를 죽인 바로 그 원수의 목소리였다. 을불은 끓어오르는 속을 누른 채 마른 목소리를 내보냈다.

"정반대장군의 부장 녹번, 태왕 폐하를 뵈옵니다. 대장군이 역적 을불을 죽이고 승전을 거두었기에 먼저 저를 보내 폐하께 고하라 하였습니다."

"오오, 고노자가! 고노자가 드디어 해냈구나! 어서, 어서 고개를 들고 자세히 말하라. 그놈을 어떻게 죽였느냐? 목을 베었느냐? 심장을 찔렀느냐?"

상부는 들떠 어쩔 줄을 몰라 했다.

"대장군은 숙신에 도착하여 홀한주성을 함락하고 여노, 저가, 조불, 소우 등 나라의 큰 역적을 사로잡았습니다. 아군의 피해는 경미하여 죽은 이가 삼백이 되지 않았고……."

"을불은! 을불이란 놈은 어떻게 되었느냐?"

"이미 을불은 전날의 격전 중에 어둠 속에서 수십 개 창칼에 난자당해 죽었습니다. 이에 대장군은 장군도와 승전표를 주며 태왕 폐하께 고하라 하였습니다."

을불이 무릎을 꿇고 고노자의 장군도와 승전표를 양손으로 받쳐 들자 상부는 입이 귀밑까지 찢어졌다.

"오오, 칼에 맞아 헝겊을 덧댄 너의 얼굴을 보니 짐의 군사들이 얼마나 용맹하게 싸웠는지 알겠다. 전령은 어서 가까이 오라!"

상부의 외침을 듣는 순간 을불은 마른침을 삼켰다. 계획했던 일이 한 치의 어긋남도 없이 맞아 들어가고 있었다. 최소한의 결행 거리를 열 걸음으로 예상했었는데 지금 흥분한 상부가 자신의 앞으로 다가오라 하니 이보다 더 잘 풀릴 수는 없는 일이었다.

을불은 장군도와 승전표를 받쳐 들고 천천히 걸음을 옮겼다. 삼십 보 안에 철천지원수 상부가 있었다. 이제 스무 걸음만 더 옮기면 일거에 상부의 목을 베고 자신의 정체를 밝힌 후 고구려의 주인이 바뀌었음을 외칠 것이었다. 대소 신료들이 호응할지는 나중에 생각할 일이었다. 지금 무장하고 있는 자들이라고는 열 명 남짓한 시위무사가 전부인데 그나마도 상부의 열 걸음 뒤에 시립해 있었다. 이제 관건은 자신의 정체를 들키지 않고 상부 앞에 서기만 하면 되는 것이었다. 을불은 침착하게 마음을 다잡으며 걸음을 옮겼다.

"잠깐!"

누구의 목에선가 터져 나온 소리가 을불의 걸음을 막았다. 을불은 머리가 텅 비어버리는 듯했으나 옆을 돌아보지 않은 채 걸음을 멈추었다.

"너희 둘은 뒤로 물러서고 전령장은 얼굴의 헝겊을 떼어보아라!"

상부 뒤편에 버티고 섰던 시위대장이 앞으로 나서며 녹번과 병사를 떼어놓고 을불 가까이로 다가왔다. 을불의 머릿속이 하얗게 비었다.

'지금 뛰어야 할 것인가?'

그러나 을불은 조급한 마음을 접었다. 이미 시위무사들의 손이 칼 손잡이에 가 있는 바에야 지금 움직이나 자신의 정체가 탄로난 후에 움직이나 별반 다를 것이 없다고 판단했다. 게다가 이럴 경우를 대비하여 숙신을 떠날 때 미리 자신의 얼굴에 진짜 상처를 꽤 깊숙이 내두지 않았던가.

을불은 천천히 얼굴의 헝겊을 떼어냈다. 숙신을 떠난 날로부터 이레가 지났지만 마른 피에 눌어붙은 약초가 그대로 남아 있었다. 을불은 시위대장이 자신의 얼굴을 살피는 동안 최대한 태연을 가장했다.

"역적 을불! 그놈의 간계가 아닌가 했어. 하지만 진짜 상처로군."

상처를 확인한 시위대장이 막 물러서려던 참이었다.

스르릉!

을불의 뒤에서 금속성 소리가 들려왔다. 칼집에서 칼날이 빠져나오는 소리였다. 철과 철이 스치는 예리한 소리에 주변의 공기가 삽시간에 얼어붙었다. 을불이 급히 고개를 돌려 뒤를 바라보자 녹번과 나머지 병사 하나가 칼을 뽑아 든 채 어리둥절한 표정으로 서 있었다. 이들은 시위대장이 상처를 확인하며 역적 을불이라는 이름을 입에 올리는 순간 정체가 탄로 난 것이라 여겨 성급히 칼을 뽑아 들었던 것이다.

"아!"

모든 일이 틀어졌다는 절망감이 을불의 목덜미를 타고 흘렀다. 을불은 녹번에게 조금이라도 낌새가 이상하면 시위무사들보다 먼저 칼을 뽑아야 한다는 지침을 내려둔 걸 크게 후회했다. 녹번과 병사가 어쩔 줄 몰라 멍하니 선 채 을불을 바라보는 사이 시위무사들이 순식간에 뛰쳐나와 을불과 상부의 사이를 가로막았다. 그 뒤로 신하들이 다급히 물러나며 크게 외쳤다.

"반도다! 반도가 대전에 들었다!"

곧 대전 밖을 지키던 시위대 병사들이 순식간에 쏟아져 들어오며 세 사람을 겹겹이 둘러쌌다.

"이놈 상부!"

결국 일이 틀렸음을 깨달은 을불은 앞으로 몸을 날리며 상부를 노렸으나 시위무사들이 칼을 뻗어 그를 가로막았다. 신성 동맹제에서 여노와 맞붙어 승부를 가리지 못했을 정도로 을불의 무예는 대단했으나 상부의 시위무사들 또한 정예 중의 정예라 쉽게 물러서지 않았다. 을불이 네댓 명의 시위무사와 칼을 섞으며 다투는 사이 상부는 이미 뒤로 한참 물러서 있었다.

"네놈이! 네놈이 바로 을불이 아니냐!"

몸을 피하는 와중에 비로소 을불의 얼굴을 알아본 상부가 비명과도 같은 고함을 질렀다.

"저놈을 잡아라! 저놈이 바로 역적 을불이다!"

순식간에 시위대 병사들이 모조리 을불에게 달려들었다. 왕의 시위대란 말을 타고 창을 휘두르며 활을 쏘는 대신 여럿이 합하여 칼을 쓰는 법을 평생 배우고 수련하는 이들이었다. 아무리 을불이 날고 기는 무예를 지녔다 한들 이들을 상대하여 이길 수는 없는 노릇이었다.

녹번과 병사 또한 을불을 도울 처지가 아니었다. 대전 앞으로 밀려드는 병사들에게 겹겹이 포위당한 채 대치하던 중 병사는 목이 달아나고 녹번은 무기를 떨어뜨린 채 사로잡히고 말았다. 을불 역시 자잘한 상처를 입은 가운데 길어지는 싸움에 점점 동작이 굼떠지다 결국 시위대가 던진 그물에 온몸이 옭매이고 말았다.

"역적이 드디어 잡혔구나!"

성큼성큼 다가온 상부가 그물에서 꺼내져 포박당한 을불을 보며 만족스러운 웃음을 입가에 흘렸다.

"상부 네 이놈!"

"어찌 태왕의 이름을 함부로 부르느냐. 역적의 눈이라 뵈는 게 없구나."

"네놈이 태왕이더냐! 네놈이 정녕 고구려의 태왕이란 말이
더냐!"

을불은 발악하듯 외쳤다.

"영웅 안국군을 살해하고 왕위를 빼앗길까 두려워 동생을
살해하고 이들을 따르던 모든 충신들을 죽이고 천하의 백성
을 수탈하여 굶어 죽게 만든 네놈이 무슨 자격으로 나를 역적
이라 부르느냐."

"닥쳐라!"

상부는 분개하여 시위무사의 칼을 빼앗아서는 높이 쳐들었
다. 순간 녹번의 비명과도 같은 외침이 터져 나왔다.

"주군!"

"뭐라고! 지금 주군이라 했느냐!"

녹번의 안타까운 외침에 이어진 것은 상부의 걷잡을 수 없
는 분노였다. 상부는 여전히 칼을 쳐든 채로 부들부들 떨며 을
불을 노려보았다.

"지금 이 초라한 놈을 주군이라 했느냐!"

상부는 애써 얼굴에 비웃음을 머금었다. 그의 일그러진 얼
굴에서 피어난 걷잡을 수 없는 증오심이 점점 커지더니 이윽
고 길길이 날뛰며 소리를 질러댔다.

"여봐라, 저 역적 놈의 아가리를 찢어 죽여라. 도무지 참을

수가 없다. 주군이라니!"

"주군이시지요."

순간 조용한 목소리가 대전을 울렸다. 어디선가 돌연 들려온 귀에 익은 소리에 대전은 순식간에 침묵에 휩싸였다. 모든 사람의 눈길이 목소리의 주인을 향했다.

"그분은 이제 고구려의 주군이 되신 분입니다. 상부 공은 칼을 거두시지요!"

수백 개의 눈길이 향한 끝에는 창조리가 서 있었다. 그의 얼굴은 언제나 그랬듯 엷은 웃음을 띠고 있었다. 이 갑작스러운 사태에 병사들과 신하들은 물론 상부조차도 할 말을 잃은 채 멍하니 창조리를 바라보았다. 다시 창조리가 입을 열어 뚱딴지같은 말을 밀어냈다.

"오늘은 관모에 깃 대신 억새를 꽂은 분들이 계십니다."

신하들은 그 말이 무슨 뜻인지 몰라 하면서도 서로의 관모를 돌아보았다. 과연 창조리의 말대로 깃 대신 억새를 꽂고 있는 신하들이 있었다. 그 수도 적지 않아 어림잡아 삼분의 일은 될 듯했다. 그러자 지금까지 어두운 표정으로 상황을 지켜보고 있던 경도장군과 북부 대사자를 비롯해 억새를 꽂고 있던 신하들의 얼굴이 밝게 펴진 반면 남은 자들은 어리둥절한 얼굴로 창조리의 입에 눈길을 모았다.

"억새풀을 관모에 꽂은 분들은 모두 을불 왕손의 편에 선 분들입니다."

충격이었다. 너무 놀라 서로를 살피던 신하들과 장수들의 눈길이 다시 창조리에게로 급히 모아졌다. 창조리는 품에서 억새 줄기를 하나 꺼내어 들었다. 그러고는 그것을 천천히 자신의 관모에 꽂았다.

침묵 속에 무서운 동요가 일었다. 누구 하나 입을 열지 못하는 가운데 창조리와 함께 들어온 젊은 장수 하나가 억새풀을 한 아름 탁자에 올려놓았다. 깊은 침묵이 시작된 지 얼마 지나지 않아 신하들 중 한 사람이 앞으로 나와 자신의 관모에서 깃털을 빼고 억새풀을 집어 관모에 꽂았다. 이 사람을 필두로 기다렸다는 듯 대소 신하들과 장수들이 줄을 이어 억새풀을 집어 관모에 꽂았다. 마치 엄숙한 의례를 치르기라도 하듯 한 명 한 명 억새풀을 집어 들었고 이내 깃털을 꽂은 사람을 단 하나도 찾아볼 수 없게 되었다.

마침내 창조리가 소리 높여 선언했다.

"이제 상부의 세상은 끝났다. 상부를 위하여 칼을 휘두르는 자는 삼족을 멸할 것이다!"

이를 지켜보던 상부는 발악을 하며 시위대를 향해 소리쳤다.

"네 이놈들, 뭘 하고 있는 거냐! 어서 저놈들을 모조리 물고를 내지 못하느냐!"

하지만 아까부터 모든 상황을 지켜보던 시위무사들 중에는 감히 덤벼들려 하는 자가 없었다.

상부가 다시 악에 받친 목소리로 외쳤다.

"물러서는 자는 죽음을 면치 못하리라! 시위대는 어서 반역자들을 남김없이 쳐라! 아니다. 저놈 을불을 쳐라. 저놈만 죽이면 모든 게 끝난다. 저놈을 치는 자에게 황금 한 근, 아니 한 관을 주겠다. 어서 쳐라! 역적의 목을!"

상부가 연신 고함을 질러대자 망설이던 시위무사 중 하나가 을불의 목을 치기 위해 칼을 든 채 달려 나왔다. 비명이 대전을 가득 채움과 동시에 창조리와 신하들이 순식간에 을불의 앞을 온몸으로 막아섰다.

"쇄앵!"

곧이어 허공을 가르는 바람소리와 함께 칼을 든 시위무사가 고꾸라졌고 어느새 그의 등에 꽂힌 검신이 부르르 떨리고 있었다. 창조리를 따라 들어와 있던 고구가 던진 칼이었다. 고구가 소리쳤다.

"너희들은 모두 칼을 거두어라! 저분은 진정한 고구려의 태왕이시다."

호통 소리의 주인공을 알아차린 상부의 입에서 신음과도 같은 소리가 새어 나왔다.

"아니, 너는 고, 고구!"

너무나도 긴박하게 돌아가는 중이라 그때까지 상부는 가장 두려워했던 무장 고구가 그 자리에 있는 걸 눈치채지 못했던 것이다. 고구는 늘 온화했던 안국군과는 달리 강맹한 무사였기에 어린 시절부터 상부에게는 항상 경이로움과 두려움의 대상이었다. 안국군을 죽인 후 후환을 없애려 그를 찾았을 때는 이미 사라신 뒤였는데 그런 고구가 이제 다시 자신 앞에 나타난 것이다. 상부는 발작적으로 소리쳤다.

"죽여라! 어서 저놈도 눈앞에서 치워버려라!"

상부가 소리쳤지만 그의 명령에 움직이는 사람은 하나도 없었다.

"어서 새 태왕님의 옥체를 보중하라!"

창조리의 말에 경도장군을 비롯하여 억새풀을 꽂은 장수들이 을불의 포승을 풀고 앞을 막아섰다. 을불이 일어나 우뚝 서자 모든 신하들이 그 앞에서 무릎을 꿇었고 시위대의 무사와 병사들 또한 모두 병장기를 바닥에 던진 채 무릎을 꿇었다.

"태왕 폐하!"

순식간에 돌변한 상황 앞에 당황한 상부는 급히 도망쳤다. 몇몇 장수들이 뒤를 쫓으려 하자 창조리가 손을 들어 막았다.

"그냥 두시오!"

그러나 뜻밖의 상황이 벌어졌다. 바로 직전까지 상부를 위해 칼을 휘두르던 시위대 병사들이 상부를 추격하는 것이었다.

"잡아라!"

시위대가 크게 외치며 상부를 쫓아가자 상부는 다리가 꼬여 그대로 넘어지고 말았다. 곧 포박당해 대전으로 끌려온 그는 을불 앞에 급히 엎드렸다.

"사, 살려다오. 나는 네 백부가 아니냐."

을불은 사정하는 상부를 한참 내려다보았다. 평생의 숙적이 었던 이가 이토록 비참한 모습을 보이자 모든 것이 허망하게 만 느껴졌다. 을불이 비통한 목소리로 물었다.

"왜 그토록 많은 사람을 죽였는가! 왕이 되어 무얼 하고 싶 었기에?"

"무얼 하든 않든 왕은 왕이다. 어차피 나는 왕의 운명을 타 고난 몸이 아니더냐!"

을불은 고개를 돌려 눈을 감았다. 그의 머릿속에 불현듯 낙 랑 여인들을 등에 태우고 말이 되어 뛰어다니던 조선인들의 모습이 스쳐 지나갔다. 이어서 거지 소년 평강의 모습이, 숙신 의 변경에서 옆집 아이를 삶아 먹던 부부의 모습이 떠올랐다. 이 모든 게 왕이 왕의 도리를 저버려 생겨난 일이란 생각에 을 불은 모질게 내뱉었다.

"당신은 왕의 자격이 없는 사람이었다."

"더 말하지 말라! 백부인 내가 조카인 너에게 빈다. 제발 목 숨만 살려다오."

비굴한 얼굴로 조카에게 목숨을 구걸하는 상부의 얼굴 위로 천하를 금방이라도 삼킬 듯한 모용외의 얼굴이 겹쳐졌다. 을불은 눈을 감으며 상부를 향해 말했다.

"살려주겠다!"

"정말이냐? 그게 정말이냐!"

"살아서 꼭 보아라! 네가 폐허로 만들어버린 고구려가 어떻게 되살아나는지, 어떻게 천하를 호령하는지 두 눈으로 똑똑히 보아라!"

을불은 곧 상부에게서 눈길을 떼고 고개를 돌렸다.

"가라! 어디든!"

을불의 눈에 창조리의 모습이 들어왔다. 창조리는 스스로 포박한 채 무릎을 꿇고 있었다.

"태왕 폐하!"

을불은 말없이 창조리를 바라보았다. 그의 정체가 더없이 혼란스러웠다.

"그간 저는 이 나라 고구려의 충신을 수도 없이 죽였습니다. 상부를 보좌하여 그가 온 고구려를 수탈하도록 앞장서서 도왔습니다. 그 죄가 하늘에 닿아있습니다. 죽여주십시오."

창백한 얼굴로 고하는 창조리를 한동안 혼란스러운 표정으로 지켜보던 을불이 물었다.

"도대체 왜 그랬습니까?"

"권력을 좇고자 했을 뿐입니다."

"그렇다면 지금은 왜 멀쩡한 상부를 버렸습니까? 나는 너무나 혼란스럽습니다. 당신은 나의 은인입니까?"

"아닙니다. 저는 다만 비겁하였을 뿐입니다."

창조리가 자신의 죄를 고변하며 수차례 바닥에 머리를 부딪치는 중 뭔가가 그의 품에서 떨어졌다. 을불이 허리를 숙여 이를 집어 보니 바로 조불과 소우, 저가 등이 지니고 있던 청패였다. 순간 을불의 머리를 꽝 때리는 것이 있었다.

"이 패는 당신이 나누어준 것입니까?"

창조리는 더 말을 하지 않았다. 다만 머리를 바닥에 대고 흐느낄 뿐이었다. 한참 과거의 일들을 떠올리던 을불의 눈에 한 마디가 잘려나가 뭉툭해진 창조리의 왼손 약지가 들어왔다.

"안국군 전하의 생명과 바꾼 손가락입니다. 그의 손가락도 안국군 전하의 목숨도 모두 오늘을 위하여 준비되었던 것입니다. 이 모든 게 십 년을 기약한 창조리의 충심이었습니다."

고구의 목소리가 떨려 나왔다.

"그렇다면 과거 당신이 종조부님을 역적으로 몰았던 것도 계획이었습니까? 날더러 궁중을 떠나라 했던 것도, 그 모든 일들이 오늘을 위하여 그랬던 것입니까?"

"……."

눈길을 곧추세운 채 을불을 바라보고 있던 고구가 대답 대신 손을 들어 눈물을 찍어내는 걸 보자 을불은 모든 게 확실해졌다는 듯 비감한 표정으로 털썩 주저앉아 엎드려 있는 창조리를 부둥켜안았다.

"아아! 당신들은 정말 깊은 분들이셨군요. 아아, 나는 그것도 모르고…… 알겠습니다. 이제 모든 걸 알겠습니다. 국상, 고맙습니다. 고구장군, 고맙습니다. 두 분 어른, 정말 고맙습니다."

창조리와 고구가 흐느끼며 을불에게 나란히 절을 했다.

"이제야 저승에 가서도 안국군 전하를 뵐 수 있게 되었나이다. 성은이 망극하옵니다. 태왕 폐하!"

평양성에 난리가 났다는 소식은 고구려 전역에 퍼져나갔다. 숙신을 떠나 평양성으로 행진해 오던 고노자는 상부가 모든 신하의 뜻에 의해 쫓겨났다는 소식을 듣자 사로잡은 을불의 장수와 군사들을 놓아주었다.

"어떻게 해야 합니까?"

심복인 우창이 묻자 고노자는 괴로운 표정으로 대답했다.

"왕의 명에 따라 을불을 쳤으나 그가 왕이 되었으니 내 이제 그를 칠 수도 섬길 수도 없구나. 너는 군사를 데리고 신성으로 돌아가라."

"장군!"

"태왕이 악하여 고구려에 큰 해를 끼치고 있음은 잘 알고 있었으나 변방을 지키는 장수 된 도리로 섬기지 않을 수 없었다. 이제 그가 쫓겨나고 새로운 왕이 섰지만 나는 기뻐할 수도 슬퍼할 수도 없다."

고노자는 다음 날 새벽 홀연히 자취를 감추고 말았다.

고노자에게 투항했던 저가, 여노, 아달휼, 조불, 소우 등이 평양으로 오자 을불은 이들 하나하나를 굳게 껴안았다.

"죽음을 무릅쓴 여러분들의 희생이 오늘의 성공을 가져왔습니다."

여노는 놀라움을 잔잔한 미소에 묻었다. 모든 게 끝난 줄 알았던 바로 그 순간 성공의 밑알이 조용히 뿌려지고 있었음을 깨달은 감동은 크기만 한 것이었다.

시월 초사흘, 평양성에서는 새로운 고구려 태왕의 즉위식이 열렸다. 이로써 봉상왕 팔 년간의 폭정이 끝나고 미천왕의 시대가 시작된 것이다.

그전에 을불은 상부가 수탈한 모든 재물을 백성들에게 나눠주고 각종 부역에 동원되었던 백성들을 고향으로 돌려보냈다. 그리고 나라의 모든 곳간을 열어 굶주린 백성을 구휼하고 특히 숙신에 방대한 물자를 보내 전식의 악습을 끊었다. 또한 을불은 그간 상부를 따르던 대소 신하를 다 용서하고 받아들였다.

만백성의 경하와 축복을 받는 가운데 을불은 백라관을 쓰고 왕위에 올랐다. 어려서부터 민초들과 고생을 나누어온 그의 즉위식은 결코 호사스럽지 않았고 예식이라기보다는 전장에 임하는 장수의 다짐과도 같았다.

— 국조 동명성왕이시여! 이제 이 을불은 고구려의 왕이 되고자 합니다. 그간 조국의 방방곡곡을 다니며 이 나라 백성과 살을 부비고 살아온바 무엇이 백성의 바람이고 무엇이 임금의 해야 할 일인지 가슴으로 보았습니다. 이 세상 어느 목숨 하나 귀하지 않은 것이 없다는 걸 이 을불은 온몸으로 깨달았습니다. 저는 이제 백성의 자리가 무겁고 소중하며 임금의 자리가 오히려 가볍다는 걸 몸으로 실천하고자 합니다.

안국군 전하시여! 전하의 평생 꿈이었던 고토 수복을 이 손자가 해낼 것입니다. 황하족 유철이 사백 년 전 조선을 멸하고 낙랑, 현도, 임둔, 진번의 군현을 설치한 후 이 나라 백성들은 나뉘고 땅은 찢겼습니다. 그리고 폭군의 폭압에 신음하던 고구려는 이제야 한 미약한 나라로 겨우 일어났을 뿐입니다. 전하시여! 하지만 이 손자는 떨치고 일어날 것입니다. 황하족의 군현을 몰아내 우리 땅과 우리 백성을 되찾고 요하의 동서

남북을 차지하여 우리 요하족이 일어난 터전을 되찾을 것입니다. 그 업을 이룩하기 전에는 이 한목숨 함부로 죽지도 못할 것을 천지신명께 맹세하고자 합니다.

〈고구려 3권에 계속〉

六家為看烟
農黃城國烟
一看烟

八十□城
六家為看烟
就□□城
五□□

□城
一家為看烟
□□城
為看烟
□烟
於利城
十□城

敦□言
相□先王
但教取遠
近□城八家

略来韓穢
□國烟州卅
福涵律言數
三百都□

守□原□國烟州
立境好大王□
盡□百都如今

上關□平
立境好大王
□□□盡

育富□之若
□不得□
□□□

以牧國四一看烟二與利城四回

六家為國烟　看烟　豐黃城國烟一看烟

六家為看烟　烟就國烟五家

一家為看烟先王烟於利城八家

教言相亞先王便教申城

略來韓減令佃洒律教言百教如

守宰略來辥好太王

國新教　　上關甲立墻好太王第百烟戶